Quando
menos se espera...

FLORIANO SERRA

© 2017 por Floriano Serra
© iStock.com/jsmith

Coordenadora editorial: Tânia Lins
Coordenador de comunicação: Marcio Lipari
Capa e projeto gráfico: Jaqueline Kir
Diagramação: Rafael Rojas
Preparação e revisão: Equipe Vida & Consciência

1ª edição — 1ª impressão
5.000 exemplares — julho 2017
Tiragem total: 5.000 exemplares

CIP-Brasil — Catalogação na Publicação
(Sindicato Nacional dos Editores de Livros, RJ)

S496q

    Serra, Floriano
    Quando menos se espera... / Floriano Serra. - 1. ed. -
São Paulo : Vida & Consciência, 2017.
    288 p. ; 23 cm.

    ISBN: 978-85-7722-540-8

    1. Romance brasileiro. I. Título.

17-41929   CDD: 869.3
                                 CDU: 821.134.3(81)-3

Todos os direitos reservados. Nenhuma parte desta edição pode ser utilizada ou reproduzida, por qualquer forma ou meio, seja ele mecânico ou eletrônico, fotocópia, gravação etc., tampouco apropriada ou estocada em sistema de banco de dados, sem a expressa autorização da editora (Lei nº 5.988, de 14/12/1973).

Este livro adota as regras do novo acordo ortográfico (2009).

Vida & Consciência Editora e Distribuidora Ltda.
Rua Agostinho Gomes, 2.312 — São Paulo — SP — Brasil
CEP 04206-001
editora@vidaeconsciencia.com.br
www.vidaeconsciencia.com.br

Este livro é dedicado a todas as pessoas que, quando menos esperavam, tiveram seus sonhos impedidos ou interrompidos pela inveja e pequenez de terceiros sem alma. Estes, também quando menos esperarem, irão descobrir que fizeram a escolha errada.

Quando menos se espera,
coisas acontecem.
Quando menos se espera,
você pode decidir morar sozinho,
descobrir que pessoas fingem,
saber que parentes morrem
e até receber uma herança.
Quando menos se espera,
o mistério invade seu cotidiano
e, um dia, você conhece
alguém e se apaixona.
Quando menos se espera,
você passa a ver fantasmas
e a conversar com os mortos.
Por isso, não se surpreenda com nada nesta vida,
por mais incrível que possa parecer,
pois tudo pode acontecer,
quando menos se espera.

Capítulo 1

Os três rapazes disseram um oi apressado a dona Leonor na recepção e subiram correndo os degraus da escada que conduzia ao primeiro andar, onde ficava o quarto de Alex. Leonor já os conhecia. Eram estudantes de Direito que tomavam aulas semanais de reforço com Alex, recém-formado com louvor e muito brilhantismo.

Ela permitia que essas aulas fossem dadas no quarto, porque adorava Alex, um dos seus melhores hóspedes. Apesar de ser um dos mais jovens era muito educado, simpático, respeitador. Também simpatizava com os alunos, que se comportavam bem e, conforme o combinado, não faziam algazarra, nem fumavam no aposento.

Além daqueles três rapazes, havia duas moças, também estudantes de Direito, que recebiam as aulas de reforço em outro dia da semana. Ambas muito simpáticas.

Na saída, Leonor ouvia comentários positivos dos alunos em relação a Alex, de que ele era um professor muito dedicado e interessado em ensinar bem a matéria.

Mas aquele dia foi uma exceção, porque Alex mal conseguia esconder sua ansiedade. Tinha alguns assuntos a resolver, todos ligados a dinheiro e esse tema mexia com sua tranquilidade, preocupado que era em manter seus pagamentos em dia.

Naquela manhã de segunda-feira, sua primeira tarefa seria consultar o extrato de sua conta-corrente. No entanto, os alunos chegaram mais cedo, ele não teve tempo de ligar para o banco ou checar o extrato por meio do *notebook*.

Assim que os rapazes se foram, Alex entrou no site do seu banco e apressou-se em ver o extrato de sua conta. Ao verificar os números na telinha, soltou um longo suspiro de alívio: ali estava o inacreditável crédito de todo mês, que lhe permitiria pagar sua mensalidade da faculdade e o aluguel daquele quarto — que incluía pensão completa —, ambos vencendo naquela data e ele detestava atrasar as contas. O bom era que, depois de todos os pagamentos feitos, ainda sobraria algum dinheiro para as pequenas despesas do dia a dia.

Alex considerava que tivera muita sorte de encontrar aquela pensão. Sua proprietária, dona Leonor, era uma senhora boníssima e muito alegre. Além disso, a pensão ficava perto de uma estação de metrô, que, por sua vez, o deixava próximo da faculdade. Por outro lado, o dinheiro que trouxera ao chegar a São Paulo seria suficiente para uns três meses de hospedagem e para pagar três mensalidades. Por isso, preocupava-se tanto em acompanhar seu movimento bancário.

Aqueles depósitos mensais faziam parte de uma história incrível na sua vida e ele esperava, um dia, esclarecê-la por completo. O pouco que sabia a respeito era que aquele dinheiro lhe era enviado por uma tia, irmã de sua mãe. O estranho dessa história era que, em toda sua vida, nunca vira essa tia e nem ao menos falara com ela, ainda que por telefone.

Os depósitos na conta surgiram justamente quando Alex decidiu deixar os pais na cidade onde nascera e vir para a capital estudar Direito. Enquanto se preparava para o vestibular, mal conseguia dormir pensando em como faria para pagar as mensalidades, caso fosse aprovado. Mas o otimismo sempre foi uma de suas características. Alex confiava na sorte.

E ela veio na forma daqueles surpreendentes créditos mensais. Na primeira vez que aquele valor apareceu na sua conta, sua reação inicial foi de que se tratava de um engano do banco.

Naquele dia, foi até o estabelecimento bancário informar ao gerente que aquele lançamento fora feito erradamente na sua conta, pois não havia ninguém lhe devendo dinheiro. Assim, só poderia ter sido um engano do banco.

Ele tinha certeza de que seus pais não tinham lhe depositado aquele valor, porque, mesmo que o quisessem ajudar, não teriam condições financeiras para tanto.

Isolda e Teófilo moravam em Sertãozinho, uma grande e próspera cidade do interior paulista, com mais de cento e vinte mil habitantes, distante setecentos quilômetros da capital. Gente simples e interiorana, nunca cogitaram mudar-se para a metrópole. Sentiam-se bem onde estavam, já bem estabelecidos. Sua mãe costurava muito bem e fornecia peças de vestuário para algumas lojas da cidade. Seu pai tinha uma pequena loja de materiais de construção. A renda familiar era suficiente para garantir ao casal uma vida confortável, mas bem modesta.

7

Alex, filho único e com vinte e oito anos de idade, se sentia muito incomodado por não estar numa situação profissional que lhe permitisse enviar algum dinheiro para seus pais —, ainda que, segundo afirmavam, não precisassem dessa ajuda extra. De qualquer modo, esse era um assunto que, de vez em quando, despertava certo sentimento de culpa e o incomodava emocionalmente, mas, sempre otimista, tinha esperança de que, de alguma forma, as coisas iriam se ajeitar e ele poderia retribuir melhor aos pais todo o carinho e educação que haviam lhe dado ao longo dos anos.

Naquele dia do primeiro depósito feito em sua conta-corrente, o gerente fora muito gentil e pediu a um auxiliar que pesquisasse nos arquivos o documento que dera origem ao lançamento.

Algum tempo depois, o funcionário retornou com o resultado da pesquisa. Não havia engano: o destinatário do dinheiro era mesmo Alex, confirmado pelos números de seus documentos.

A questão, então, passou a ser o remetente: tratava-se de uma mulher chamada Isadora, com o seu mesmo sobrenome, Duarte da Costa. Portanto, devia ser uma parenta. Alex ficou surpreso porque, até então não tinha conhecimento de outros familiares vivos, além dos seus pais.

Quando saiu do banco, voltou para a pensão e telefonou para sua mãe.

Depois dos cumprimentos de praxe, Alex foi direto ao assunto:

— Mãe, é verdade que eu tenho uma parenta? Isadora?

Houve um instante de silêncio:

— Ué, por que essa pergunta agora?

— Porque só agora eu soube disso.

Nova pausa:

— Sim, é verdade, você tem sim. Isadora é sua tia. Mas faz muito tempo que não a vejo. Aliás, desde quando éramos pequenas. Na verdade, a gente nunca se deu muito bem, picuinha de crianças. Hoje, nem sei por onde ela anda, nem onde mora.

As respostas de Isolda não satisfaziam sua curiosidade. Queria saber mais:

— E por que a senhora nunca me falou dela?

— Sei lá, filho. Acho apenas que não houve oportunidade. Por que esse interesse súbito por ela?

— Simplesmente porque acabo de descobrir que ela depositou dinheiro em minha conta no banco, o suficiente para pagar a mensalidade da faculdade e da pensão.

Sua mãe pareceu surpresa:

— Como é que é? Você está me dizendo que Isadora lhe mandou dinheiro?

— Isso mesmo.

— E como ela descobriu o banco em que você tem conta e, principalmente, como soube o número da sua conta?

— Ah, mãe, não faço a menor ideia. Inclusive achei que o banco tinha cometido um erro e fui até lá esclarecer o fato com o gerente.

— E aí?

— E aí que não houve erro algum. O depósito era para mim mesmo.

— Curioso isso, não é, filho? E onde ela está morando?

— Também não sei, o banco não informou. Acho que essas transações bancárias só constam o número do CPF do destinatário, mais nada.

— Bom, eu acho isso ótimo, vai lhe ajudar bastante nesse seu começo de vida em São Paulo.

— Vai e muito! É uma pena que eu nem possa agradecê-la. Nem o telefone dela eu tenho.

9

— Eu também não tenho. Quem sabe ela vai se comunicar com você uma hora dessas?

— Eu espero que sim, gostaria muito.

— Se ela falar com você, agradeça-lhe por mim e seu pai.

— Certo, mãe.

— Olhe, não fique muito animado. Certamente será só dessa vez, meu filho. Ela não deve ter tanto dinheiro assim para realizar essa proeza todo mês. Continue lutando para arranjar um bom emprego, porque dinheiro não cai do céu — finalizou.

Mas sua mãe se enganou porquanto o dinheiro continuaria chegando, pontualmente, no final de cada mês, até que Alex concluísse a formatura.

Pois foi assim, graças a uma tia que nem conhecia, que Alex conseguiu pagar a faculdade e também financiar a compra de um carro pequeno e usado, já quitado à época da formatura.

Bem que ele tentou localizar a tia Isadora de várias maneiras, mas não sabia nem por onde começar. De qualquer forma, aquela era uma ajuda muito bem-vinda e, com o tempo, Alex deixou de se preocupar com detalhes sobre a tia desconhecida e decidiu aceitar aquela ajuda, sem dramas de consciência. Por alguma razão, aquela mulher decidira ajudar seu sobrinho e, se dispunha de recursos, que mal havia nisso? Com seu eterno otimismo, achava que mais dia menos dia o destino faria que ele a encontrasse e aí então poderia manifestar todo seu agradecimento.

Alex era paciente e jamais se queixava da vida. Claro, sentia as necessidades naturais de uma pessoa da sua idade, mas, de alguma forma, conseguia driblar as dificuldades e manter, na maior parte do tempo, uma postura e disposição otimista e esperançosa.

Passou a dar aulas a alguns jovens estudantes de Direito que necessitavam de reforço e isso foi uma boa ajuda. Eram dois grupos, que se apresentavam duas vezes por semana. Um desses grupos era formado por três rapazes e o outro por duas moças. Além das aulas, Alex ajudava-os em trabalhos e pesquisas escolares e também os preparava para as provas.

O dinheiro das aulas particulares mais os depósitos da tia rendiam o suficiente para ter uma vida tranquila, confortável, mas sem esbanjar.

Felizmente, dona Leonor, a proprietária da pensão, carinhosamente chamada pelos hóspedes de dona Leo, uma sorridente e rechonchuda viúva, loira, tinha muita simpatia por Alex — achava-o bonito, responsável e educado — e permitia que desse as aulas no seu próprio quarto, desde que ninguém fumasse ali, nem fizesse algazarra.

Depois de formado, ele decidiu que não iria viver dependendo apenas daquela ajuda da tia Isadora. Até porque, a partir de certo mês, as remessas de dinheiro pararam de cair em sua conta. Sem aviso-prévio e sem explicações. Simplesmente os créditos cessaram.

Agora, mais do que nunca, Alex precisava encontrar seus próprios meios de se manter com um mínimo de qualidade de vida. Se não fosse por meio de um bom emprego em um grande escritório de advocacia, encontraria outros meios éticos e legais. Sem falsa modéstia, tinha consciência de que era inteligente e tinha boa cultura geral, além dos conhecimentos específicos de sua formação.

Lembrava-se de que, quando concluíra a faculdade, estava cheio de sonhos e projetos. Imaginava que logo conseguiria um emprego estável, bem remunerado e com oportunidades de crescimento. O emprego até conseguiu, mas durou pouco tempo. Foi quando a crise econômica, no seu auge, atingiu o país e as portas do mercado de trabalho começaram a se fechar. Durante algum tempo, ele teve que se contentar com alguns trabalhos temporários.

Seus poucos amigos, a maioria ex-colegas da faculdade, não entendiam porque, sendo um jovem tão alegre e bem-apessoado, não tinha uma namorada. Ele ouvia pacientemente as piadinhas a respeito, mas não podia revelar-lhes que era por absoluta indisponibilidade financeira. Uma namorada significava jantares, vestir-se melhor, cinema, teatro, shows, passeios de fins de semana, baladas, motéis e, claro, presentes. Logo, sem chance de paixões, pelo menos por enquanto, até conseguir uma boa colocação profissional.

Como já era quase hora do almoço, preferiu não sair para procurar emprego. Na verdade, já estava emocionalmente saturado de entregar tantos currículos e se submeter a tantas entrevistas de seleção. O mercado de trabalho simplesmente estava em absoluto recesso.

Voltou a deitar-se e ficou olhando para o teto, com a cabeça apoiada sobre as mãos entrelaçadas na nuca.

Não podia se queixar daquela pensão, um sobrado antigo, de três andares, mas bem decorado, limpo e silencioso. Dona Leonor era muito seletiva com seus clientes e usava uma espécie de sexto sentido para aceitar ou recusar novos hóspedes e dificilmente falhava nas suas intuições. Isso talvez explicasse a tranquilidade e harmonia no local.

Muitos pensamentos contraditórios passavam por sua mente. Deveria desistir de tudo e voltar para Sertãozinho? Deveria mudar de pensão e ir para uma república de estudantes? Deveria procurar uma namorada para se distrair um pouco?

Emocionalmente exausto, Alex não tardou a pegar no sono.

Acordou com tímidas batidas na sua porta.

— Alex?

Reconheceu a voz da proprietária. Olhou para o despertador sobre o criado-mudo e percebeu que já passara do meio-dia.

— Um instante, dona Leo, já vou descer para o almoço.

— Não se trata disso, garoto. Pode almoçar quando quiser. Contudo, há uma visita para você lá embaixo.

Visita? Só podia ser brincadeira da sempre bem-humorada senhora. Excetuando seus alunos, ninguém mais o procurava ali.

Levantou-se, entreabriu a porta e ficou feliz de ver aquele rosto redondo e rosado, emoldurado por cabelos loiros encaracolados e um largo sorriso. Ela era mesmo uma simpatia.

— A senhora falou em visita?

Ela ficou séria e respondeu baixinho, como se estivesse revelando um segredo:

— Falei. Tem um moço aí fora que quer lhe entregar uma correspondência. Mas disse que teria que ser pessoalmente, em mãos. Se não me engano, acho que ele falou em intimação.

Alex franziu a testa, intrigado. Como advogado, surpreendeu-se:

— Intimação? Estranho, né?

Ela piscou:

— Vai ver que ele veio lhe informar de alguma herança.

Alex teve que rir:

— Mas que herança, dona Leo! Quem iria deixar alguma coisa para mim? Meus pais estão vivos, ora.

13

— Não falo de seus pais. Vai saber. A gente nunca sabe, né? Bom, de qualquer forma, você tem que descer e falar com ele.

— Está bem. Vou me ajeitar um pouco e já desço.

Depois que ouviu os passos dela em direção às escadas, Alex encostou a porta e foi até o banheiro. Lavou o rosto, penteou-se, arrumou a roupa e desceu para o térreo.

Enquanto descia os degraus de madeira, ia pensando no que aquela visita poderia querer consigo, com uma intimação na mão.

Alex jamais poderia imaginar que a rechonchuda Leonor estava absolutamente certa quando falou de herança. Como também não poderia imaginar que há algumas heranças que só trazem dor de cabeça.

O visitante era um sujeito alto, magro, de terno escuro, de calvície avançada e uns óculos de aro fino equilibrando-se na ponta de um proeminente nariz. Segurava um envelope, que devia ser a tal intimação.

Estava sentado na pequena sala de espera e levantou-se ao avistar Alex.

— Senhor Alex Duarte da Costa?

— Sim, eu mesmo.

O homem estendeu-lhe a mão:

— Será que podemos conversar em algum lugar mais reservado? Preciso falar-lhe a sós.

Dona Leonor era uma ótima pessoa, mas tinha um defeito: era bisbilhoteira. Não era por mal, apenas para se manter informada de tudo o que se passava no seu estabelecimento. Dessa forma, ouviu aquele diálogo e fez a oferta:

— Alex, se você quiser, pode usar meu escritório. Lá vocês ficarão mais à vontade e com mais privacidade.

Alex sorriu pela bisbilhotice dela, mas achou muito oportuna a gentileza da mulher:

— Obrigado, dona Leo. Pode nos conduzir até lá?

Ela foi à frente, balançando os largos quadris, passou por estreito corredor e parou numa porta na qual havia uma placa afixada: "Gerência". Abriu-a e deu passagem aos dois homens:

— Pronto, fiquem à vontade. Se precisarem de alguma coisa, é só me chamar. Estarei na recepção.

O visitante agradeceu:

— Muito obrigado, minha senhora. É muita gentileza sua.

Alex deixou que o visitante entrasse primeiro e depois o seguiu.

O escritório era uma pequena sala, com uma grande mesa no centro e um *notebook* sobre ela. Desnecessário dizer que estava abarrotada de papéis e documentos. Dois armários de aço para arquivo descansavam encostados na parede e, a um canto, havia um ventilador de pedestal desligado.

À frente da mesa, havia duas cadeiras que foram ocupadas pelos dois homens. O visitante falou primeiro:

— Eu me chamo Clovis Marcondes, doutor Clovis na prática, e trabalho como assistente no escritório de advocacia do doutor Jarbas Rosenfeld, que o senhor deve conhecer, pelo menos de nome.

Alex sentiu um frio na barriga. Por alguma razão, talvez adquirida na faculdade, associava a palavra advogado a problemas com a Justiça. Por isso, perguntou ansioso:

— Advogado? Estou encrencado?

Clovis sorriu:

— Não, de jeito nenhum. Sei que é isso que as pessoas pensam quando digo que trabalho num escritório de advocacia. Pensam logo em processo, denúncia, queixa, cobrança, coisas assim.

Alex sorriu mais aliviado:

— É verdade. Confesso que pensei nessas coisas. Ainda mais que dona Leonor se referiu a uma intimação.

— Clovis franziu a testa:

— Intimação? Não sei de onde ela tirou isso. Venho lhe trazer uma notificação, o que é bem diferente.

— Ah, bom, pensei que o senhor iria me trazer problemas.

— De jeito nenhum. Pelo contrário, meu jovem, venho lhe trazer notícias muito boas.

— Sério? Agora estou realmente mais aliviado.

— Sim. É importante que o senhor saiba que o doutor Jarbas também atua como testamenteiro.

Alex voltou a sentir um frio na barriga e lembrou da brincadeira de dona Leo sobre heranças:

— Testamenteiro?

— Exatamente. Elabora testamentos quando solicitados e depois os abre e lê para os herdeiros.

— Legal, é uma atividade muito interessante. Mas o que isso tem a ver comigo?

O doutor Clovis pigarreou antes de prosseguir. E não foi nada sutil no que tinha a dizer:

— Bem, não sei se já é do seu conhecimento, mas sua tia Isadora Duarte da Costa faleceu há algumas semanas.

Alex levou um choque com a informação. Embora não a conhecesse, tampouco tivesse quaisquer laços afetivos com ela, Isadora era sua tia, um membro da família e por isso era de se lamentar seu falecimento.

Passado o choque inicial diante de uma notícia tão triste e dita assim, de supetão, uma coisa veio à mente de Alex: pensou que, diante do ocorrido, jamais conheceria pessoalmente sua benfeitora.

Clovis percebeu que o rapaz ficara chocado com a notícia e sentiu-se visivelmente constrangido:

16

— Bem, espero que me desculpe, percebo que o senhor não tinha conhecimento do fato.

Alex estava mesmo sentido:

— É, realmente, eu não sabia do fato. Lamento muito, apesar de não a ter conhecido.

Clovis mostrava-se sinceramente desconcertado:

— Desculpe-me por ter sido tão insensível, dando a notícia assim, sem mais nem menos ou sem nem ao menos, certificar-me se o óbito já era de seu conhecimento. É que, em nossa profissão, estamos habituados a ser objetivos e, às vezes, exageramos e esquecemos o lado sentimental e afetivo da questão.

Alex procurou tranquilizar o homem:

— Não se preocupe com isso, doutor Clovis, já vai passar. Foi apenas a surpresa.

O assistente tentou dar um ar mais simpático à situação:

— Bom, para compensar, vem a boa notícia. Sua tia deixou um testamento declarando o senhor como seu único herdeiro, para quem devem ser entregues todos os seus bens.

Agora não foi um frio na barriga que Alex sentiu, mas uma forte aceleração do coração:

— Desculpe, não entendi — ele entendera, sim, mas queria ouvir novamente para se certificar.

— O senhor herdou todo o patrimônio de sua tia, segundo vontade expressa dela. Não sabemos ainda o montante do que isso significa, pois não temos mais detalhes a respeito. Só vamos saber depois de aberto o testamento.

Alex estava confuso. Ele era o único herdeiro de uma tia que não conhecia? Era muita informação de uma só vez.

— Uma coisa me intriga, doutor Clovis: Mas por que eu? Não entendo muito desse assunto, sou um advogado recém-formado, e nunca pensei em receber uma herança em toda minha vida. Estou em dúvida.

Clovis pareceu sinceramente alegre com a informação:

— Ah, então somos colegas?

— Formalmente, sim, mas ainda tenho muito a aprender. Um dia chegarei a ter sua experiência.

— Isso vem com o tempo, meu jovem. Com o tempo e com muito trabalho. Fico feliz em saber que estou tratando com um colega. Mas, desculpe-me, o senhor estava em dúvida em relação a quê?

— Minha tia Isadora tinha uma irmã viva, que é a minha mãe, Isolda. Não seria ela a herdeira por direito?

— Seu raciocínio está correto. Seria, sim, se sua tia não tivesse feito um testamento particular, estabelecendo o senhor como seu único herdeiro. Neste caso, prevalece legalmente a vontade da falecida, independentemente de outras circunstâncias.

Alex ficou em silêncio, passando a mão sobre o tampo de vidro que cobria a mesa de trabalho de dona Leo.

O doutor Clovis aguardou um tempo e depois prosseguiu:

— Há um detalhe importante que preciso lhe informar, senhor Alex, digo, doutor Alex.

— Por favor, doutor Clovis, pode continuar me chamando de você ou só de Alex. Ainda não me acostumei com o *doutor*, até porque ainda não estou atuando.

— Tudo bem, Alex. O fato é que sua tia redigiu, assinou e registrou o testamento no Cartório de Ofício e Registro Civil e Tabelionato de Notas na cidade de Ribeirão Grande, um pequeno município onde vivia.

Alex ficou surpreso:

— Ribeirão Grande? Minha tia morava lá? Nunca ouvi falar desse lugar, nem sei para que lado fica.

18

Clovis sorriu demonstrando paciência:

— É compreensível. Ribeirão Grande fica no Vale do Alto Paranapanema, na região sudoeste, no interior de São Paulo. Eu também nunca estive lá, mas sei que é um lugar pequeno e modesto.

— E fica longe?

— Bom, depende daquilo que o senhor considera longe. Dista cerca de duzentos e trinta quilômetros daqui da capital.

Alex foi sincero na sua exclamação:

— Caramba! Para mim isso é muito longe!

Clovis sorriu outra vez:

— É, pode ser, mas o senhor há de convir que, quando se trata de receber uma herança, até que é pertinho, concorda?

Alex caiu em si. O homem dissera uma verdade. E se sua tia morasse na Austrália? Sorriu, concordando:

— Bom, isso é verdade. Mas isso quer dizer que eu preciso ir até essa cidade, Ribeirão Grande?

— Certamente. Caberá ao cartório daquele município proceder à abertura e leitura do testamento na sua presença, já que, como disse, sua tia o redigiu, assinou e registrou lá.

— O senhor sabe quando ela fez isso?

— Não tenho certeza dessa informação, mas creio que faz pelo menos uns três anos, talvez quatro. Acredito que, seja pela idade, pelo estado de saúde ou por qualquer outra razão, ela não se sentiu em condições para fazer o testamento aqui na capital.

— Sim, faz sentido. Se ela tinha a idade próxima da minha mãe, estaria com mais de setenta anos quando fez o testamento.

— Acredito que sim.

— Bem, o que está feito, está feito. Mas continuo achando estranho o fato de ela ter deixado tudo para

19

mim e não para a irmã dela, que deve necessitar mais do que eu, um simples sobrinho solteiro.

— Ah, meu amigo, isso só a própria dona Isadora Duarte da Costa poderia esclarecer e agora, desculpe a franqueza, convenhamos que ela não terá mais condições de fazê-lo.

Alex achou que o sujeito quis ser engraçado, mas considerou a observação dele inclinada ao humor negro:

— Eu lhe confesso, doutor, que em outras circunstâncias, eu até riria da sua observação.

Clovis constrangeu-se outra vez:

— Desculpe, jovem, não foi minha intenção ser inconveniente. Apenas achei a observação pertinente.

Alex não deu maior importância ao fato e mudou de assunto:

— Outra coisa, apenas curiosidade minha: o que o doutor Jarbas, que está na capital, tem a ver com esse assunto, que é de outra cidade?

— A rigor, nada. Mas há uma parceria entre os dois cartórios, o daqui e o de lá, bem como com muitos outros de cidades diferentes e distantes da capital. É uma prática de parceria relativamente comum. Evitamos enviar essas e outras comunicações pelos Correios porque, como você sabe, pode haver extravios e isso iria gerar uma grande confusão. Preferimos entregar em mãos e é nesse sentido que fazemos a parceria, um ajudando o outro.

— Claro, entendo. Bem, doutor Clovis. Penso que não tenho opção a não ser ir até Ribeirão Grande.

Definitivamente, Clovis tinha tendência a ser — ou tentar ser — engraçado ou espirituoso:

— A menos que não queira receber a herança.

Alex respondeu no mesmo estilo:

— Não poderia fazer isso, seria uma desconsideração para com minha falecida tia.

20

Desta vez, Clovis riu à vontade:

— Estou plenamente de acordo consigo.

— Mais um detalhe, doutor, tenho prazo para fazer isso?

— Não, mas quanto antes o senhor fizer, melhor. Será rápido, garanto-lhe, já que dona Isadora não tinha outros familiares, além do senhor e da sua mãe, e ela declarou o senhor como seu único herdeiro. Assim, não há riscos de contestação, o que poderia fazer o assunto se arrastar por alguns anos.

— Meus pais precisam ir comigo a Ribeirão Grande?

— Não necessariamente, a menos que o senhor fosse menor de idade, o que, segundo vejo, não é mais o caso — Clovis disfarçou o riso pondo uma das mãos sobre a boca. Realmente, devia se achar muito engraçado. — Mas também nada impede que estejam presentes, podendo até servir como suas testemunhas.

Alex mostrou-se surpreso:

— Precisarei de testemunhas?

— Sim, mas não se preocupe com isso. Devido às circunstâncias do caso, o próprio Cartório local as providenciará.

— Certo. Bom, agradeço sua vinda, doutor Clovis.

— Alex, vim apenas fazer-lhe o comunicado oficial — e lhe estendeu um documento. — Peço-lhe que assine aqui.

Alex leu, assinou e devolveu o documento, dando ciência de que fora devidamente notificado.

Clovis entregou-lhe um cartão de visitas e levantou-se:

— Aqui tem meu endereço e telefone, caso necessite entrar em contato. Peço-lhe que, antes de viajar para Ribeirão Grande, comunique-se com o Cartório de lá, para que seja agendada a audiência com o tabelião. Ele se chama Aderbal, doutor Aderbal.

— Farei isso. Muito obrigado pela sua vinda.

— Com sua licença, preciso ir. — Clovis fez uma reverência respeitosa e saiu.

Capítulo 2

Alex estava pensativo, olhando para o espaço, sem saber o que fazer. Havia uma herança à sua disposição! Isso estava acontecendo mesmo ou era sonho?

Não, não era sonho. Primeiro, porque tinha a cópia da notificação em suas mãos. E, segundo, porque logo em seguida dona Leo entrou e fechou a porta atrás de si, andando na ponta dos pés, com uma inegável expressão de curiosidade no rosto:

— E então, meu garoto? Quais são as boas-novas? Eu não estou aguentando mais de tanta ansiedade. O que era a tal intimação?

— Não havia intimação coisa nenhuma, Leo! Que susto você me deu. O homem veio me trazer uma notificação, o que é muito diferente. É uma simples comunicação.

— Ah, era? — Ela não tinha o menor interesse em saber qual a diferença entre intimação e notificação. Queria saber mesmo sobre a novidade. — E o que dizia essa comunicação?

Alex resolveu estender mais um pouco a curiosidade dela:

— Ah, minha amiga, nem queira saber.

— Diga, Alex! Diga logo, garoto!

Ele fez uma cara triste:

— Minha tia morreu.

— Hã? — A expressão no rosto da mulher transformou-se rapidamente, indo da bisbilhotice para a decepção. Tornou-se mais de frustração do que de comoção. Era inegável que esperava notícias bem mais animadoras.

— Sua tia morreu?

— Sim.

— Puxa vida, meus sentimentos.

— Obrigado. — Alex fez uma pausa proposital para aumentar a ansiedade de sua locatária. Depois, relaxou. — Mas tem um detalhe importante.

— Qual, garoto? Caramba! Fale logo tudo de uma vez!

— É o seguinte: ela... — e pausou de novo.

— Ela...?

— Ela me deixou todos os seus bens.

Nova transformação facial: Dona Leo arregalou os olhos, abriu a boca e cobriu-a com as mãos para sufocar o grito:

— Senhor Alex! O senhor ficou milionário!

Ele sorriu. Muito engraçado, aquela mulher nunca lhe tratara por "senhor" desde que se hospedara ali.

— Que milionário que nada, dona Leo. Antes fosse. Minha tia talvez tenha me deixado uns trocados e, quem sabe, uma casinha caindo aos pedaços...

— Mas o senhor precisa ver isso direitinho. Pode ser que não seja bem assim. Ela devia ter dinheiro guardado, podia ter poupança, investimentos, carro, vai saber.

Alex levantou-se:

— Bom, só vou saber disso quando abrirem o testamento. Agora, preciso agendar uma visita ao advogado testamenteiro para conhecer todos os detalhes. Enquanto isso, minha amiga, peço-lhe para guardar absoluto sigilo dessa história para não atrair invejosos, certo? Posso contar com sua discrição?

Rapidamente, ela cruzou os dedos levou-os à boca e beijou-os:

— Será um segredo só nosso.

— Ótimo. Por enquanto, vou almoçar e me preparar para a chegada das minhas alunas do período da tarde.

— E o senhor acha que vai ter cabeça para isso depois de receber uma notícia dessas? A essa hora, o senhor pode ser um milionário! Já pensou nisso?

— Tenho que manter a cabeça no lugar, dona Leo. Não posso contar com o ovo enquanto ele estiver dentro da galinha, certo? Agora, dê-me licença, tenho um monte de coisas para providenciar e obrigado por ter emprestado o seu escritório — E saiu deixando a dona da pensão de boca aberta e com a imaginação solta.

Em seguida, a primeira coisa que Alex fez quando se viu sozinho no quarto da pensão, foi ligar para sua mãe:

— Oi, filho, que surpresa agradável! Estava agora mesmo preparando o almoço do seu pai.

— Oi, mãe, tudo bem por aí?

— Tudo bem. Vamos levando como Deus provê, filho. O que me conta de novo?

— Mãe, o que a senhora pode me dizer sobre tia Isadora?

Houve um silêncio do outro lado da linha antes de vir a resposta:

— Sobre minha irmã? Quase nada. Aliás, você não deve lembrar-se dela, porque era muito pequeno no tempo em que ela nos visitava. Mas por que está perguntando de novo sobre ela? Há anos você não falava nela e agora parece que anda obcecado.

— É que tenho uma notícia triste sobre ela.

Pelo tom de voz, a reação de Isolda não era de quem ficara chocada ou preocupada:

— O que aconteceu?

— Bem... — Alex hesitou achando que sua mãe iria ficar chocada. — Ela faleceu há algumas semanas.

Fez-se um longo silêncio do outro lado da linha. Alex imaginou que sua mãe estivesse chorando e por isso respeitou esse silêncio. Mas, quando ela falou, não parecia estar comovida ou triste:

— Como você ficou sabendo?

— Bem, esta é a parte estranha da história e é por isso que estou telefonando para a senhora. Acabo de receber a visita de um advogado que veio aqui na pensão me comunicar que tia Isadora fez um testamento particular deixando tudo para mim.

Novo silêncio. Alex estava perplexo, pois continuava com a impressão de que sua mãe não ficara tão chocada com a morte da irmã quanto ele esperava. Assim, como também achava que ela não tinha ficado tão feliz por ele ter recebido uma herança. Mas admitia que pudesse apenas ser imaginação sua, pois, por telefone, não estava vendo a expressão facial dela.

— A senhora ouviu o que eu disse, mãe?

— Ouvi, sim, filho. Estava aqui pensando. Mas acho que ela fez muito bem em tê-lo feito herdeiro dela.

— Não deveria ter deixado a herança para a senhora, que é irmã dela e está viva, graças a Deus?

— Isso é o que a lei diz, mas, pense bem, para que nos serviria essa ou qualquer outra herança, filho? Eu e seu pai já estamos velhos, não precisamos de mais nada. Já temos aqui nossos recursos. Você, sim, é jovem, tem uma longa carreira pela frente, vai saber aproveitar muito bem essa herança. E depois, não se discute a última vontade de um falecido, é para isso que servem os testamentos.

— Eu sei, mãe, mas achei estranho.

— E o que tem nessa herança?

— Ainda não sei, ninguém sabe. Vou ter que ir à cidade onde ela morava, Ribeirão Grande, para presenciar a abertura do testamento. Só então vou ficar sabendo.

— Ribeirão Grande?

— É. Inclusive, nem sei onde fica essa cidade, ainda vou pesquisar. Só sei que é interior de São Paulo.

— Bem, filho, faça o que tem que ser feito. Não crie muitas expectativas. Não quero desanimá-lo, mas creio que Isadora não tinha bens muito valiosos. Enfim, de qualquer forma, como diz o ditado, o que vem de graça, é sempre muito.

— Nem estou preocupado com isso, mãe. Dinheiro não faz minha cabeça. Além disso, ela já fez muito por mim, pagando minha faculdade e minha hospedagem aqui.

— Isso é verdade.

— A senhora sabe se ela estava doente?

— Não faço a menor ideia. Como já lhe disse, não sei quase nada sobre ela. Fazia muitos anos que não tinha notícias. Eu nem sabia onde ela estava morando.

— Eu sei disso, a senhora nunca me falou sobre ela. Só acho esquisito imaginar que eu tinha uma tia e nada sei sobre quem foi, o que fazia, onde morava. Eu lamento porque, no mínimo, poderia ter ido visitá-la e termos criado um vínculo.

— Na verdade, filho, eu e ela não éramos muito próximas. Você sabe como é. Irmãos pequenos costumam brigar e, às vezes, demoram a fazer as pazes. Desde crianças que nossas diferenças eram irreconciliáveis, não havia jeito de nos entendermos.

— Ok, um dia desses, pessoalmente, espero que me fale mais sobre essas diferenças.

— Ora, esqueça isso, não vale mais a pena, já faz muito tempo. E agora, então, que ela morreu...

— Pois, mesmo ela já tendo morrido, confesso que tenho curiosidade em saber mais sobre ela. Sabe muito bem que seria difícil manter a faculdade se não fosse com a ajuda financeira que ela me enviava todo mês.

— Não tiro o valor dessa ajuda dela, mas tenho certeza de que, se não fosse isso, mesmo que ela não mandasse esse dinheiro, você teria dado um jeito e se formado da mesma maneira.

Alex não conseguia entender por que sua mãe insistia em desvalorizar a grande ajuda da irmã dela.

— Sei não, mãe. Bom, a senhora dá a notícia para o pai, certo? Vou desligar porque ainda vou almoçar e tenho alunos à tarde.

— Está bem, filho, fica com Deus.

Depois que desligou, Alex ficou pensativo. Que estranha essa relação de sua mãe com a irmã, era como se não fossem parentes. Talvez, por isso, parecera não ter ficado nem um pouco triste com a notícia do falecimento dela. Depois, como explicar tanto tempo sem se comunicarem? E como duas irmãs ficam tanto tempo afastadas e quase inimigas por briguinhas da infância? Muito estranho mesmo, mas se sua mãe se recusava a falar sobre o assunto, ele jamais poderia compreender essa estranha história.

Enfim, o melhor era esquecer isso, pois não lhe dizia respeito. Precisava agora focar sua atenção na aula para as duas jovens e depois tratar de obter mais detalhes sobre a cidade onde teria que ir. Certamente a internet seria de grande ajuda.

Suas alunas eram pessoas simpáticas e divertidas e por isso as aulas nada tinham de cansativas. As moças eram atentas e absorviam rapidamente os conceitos jurídicos.

Felizmente, nenhuma das duas percebeu o estado de ansiedade que Alex tentava a custo não demonstrar.

Capítulo 3

O esforço foi grande para se concentrar durante a aula. Foi ali que ele descobriu que a palavra herança tem um poder muito forte no imaginário popular e para Alex não era exceção. Felizmente, as duas moças eram descoladas e nada perceberam de errado com a relativa distração do professor.

Quando elas se retiraram, Alex correu para seu *notebook*. Como tinha imaginado, em pouco tempo obteve informações valiosas sobre o destino de sua viagem.

Ficou sabendo que o município de Ribeirão Grande fica a duzentos e trinta quilômetros da capital, cercado por imenso pedaço de Mata Atlântica e formado por montanhas com alto relevo e grandes rios que cortam todo o território. Faz divisa com outras cidades também desconhecidas por Alex: Capão Bonito, Guapiara, Iporanga e Eldorado.

Fundada há pouco mais de vinte e cinco anos, Ribeirão Grande é uma cidade pequena: sua área territorial total é de pouco mais de trezentos quilômetros.

Enquanto fazia a pesquisa, Alex se perguntava a todo instante o que teria levado sua tia a ir morar num lugar distante, simples e pequeno como aquele. Era como se tivesse desejado se afastar do mundo. Mas se era esse o motivo, a questão passava a ser "por quê"?

Qualquer que fosse o dia ou a hora da partida, Alex não se animou a fazer a viagem com seu carro. Não estava habituado a dirigir em estradas e, além disso, provavelmente seu carro usado não aguentaria uma viagem dessa natureza. O melhor seria ir de ônibus ou avião.

Mas ficou decepcionado quando pesquisou e descobriu de que maneira poderia chegar a Ribeirão Grande.

Em primeiro lugar, não havia voos para lá. Em segundo lugar, descobriu também que simplesmente não havia qualquer ônibus que, saindo da capital, fizesse o trajeto direto para aquela cidade! Ou seja, parecia que pouca gente ia para lá, a ponto de não justificar uma linha rodoviária direta.

A única opção também não era nada animadora: na rodoviária teria que pegar um ônibus para uma cidade próxima de Ribeirão Grande chamada Capão Bonito, distante quase trezentos quilômetros da capital, o que significava que o ônibus levaria cerca de quatro horas para chegar lá. Daquela cidade, teria que pegar outro ônibus para Ribeirão Grande e, aí sim, gastaria menos de meia hora para chegar ao seu destino.

Para ele, de espírito urbano e amante de metrópoles, seria uma grande aventura, quase classificada como radical. Teria que sair da sua zona de conforto e aceitar certos desafios e transtornos comuns a uma viagem como aquela. Nada impossível, mas incômoda para um jovem com as características dele.

Mas, afinal, não poderia se queixar: tratava-se de receber uma herança, fosse lá o que fosse que isso representasse em termos de bens. Tinha juízo suficientemente perfeito para concluir que precisava ir. Só precisava tomar algumas providências diante da sua ausência da capital por alguns dias — que ele esperava fossem poucos.

Seus alunos foram compreensivos quando ele lhes comunicou que precisaria viajar e ficaria devendo algumas aulas. Alex chegou a ter a impressão que alguns até ficaram aliviados...

Claro que não revelou o motivo da viagem, mas apenas que se tratava de uma necessária visita a uma tia que se encontrava muito doente, praticamente moribunda. O que, em parte, era verdade, não fosse o detalhe de que ela já havia falecido.

Quando se sentiu preparado para a viagem, telefonou para o cartório de Ribeirão Grande no número indicado na correspondência do doutor Jarbas que lhe fora entregue pelo doutor Clovis e agendou sua audiência para o dia seguinte.

Ao despedir-se de dona Leo, teve de ouvir dezenas de recomendações para que se cuidasse, principalmente contra as "moçoilas". Parecia até que ele ia para uma viagem do outro lado do mundo e ficaria um ano lá. Mas ele foi paciente, porque entendeu que era demonstração de puro carinho e cuidado maternal. Talvez por ser viúva e sem filhos, ela se sentia meio mãezona dos hóspedes mais jovens, até como forma de combater a possível solidão.

Ao abraçá-lo com força, ela aproveitou para brincar, falando baixinho no seu ouvido:

33

— Vê lá se vai ficar rico e me abandonar!

Ele aceitou a brincadeira:

— Impossível. Onde eu encontraria uma pensão igual a essa com uma dona tão simpática como a senhora?

Por incrível que pareça, ela ruborizou.

As únicas vezes que Alex estivera numa rodoviária, fora quando saíra de Sertãozinho e chegara a São Paulo. Aliás, esse foi seu primeiro choque na capital. Ficara assustado e admirado ao mesmo tempo com a quantidade de pessoas que transitavam ali, seja chegando de qualquer parte do Brasil ou saindo para outros lugares. Ficou impressionado com a enorme quantidade de ônibus estacionados nos pontos de embarque. Por conta dessa empolgação, gastou algum tempo visitando as lojas e quiosques e até sentou um pouco para admirar aquela imensidão de gente, malas e bagagens.

Agora, dez anos depois, voltava a uma rodoviária — desta vez menos barulhenta, mais limpa e organizada. Mas continuava a diversidade humana: pessoas de todas as idades, raças, origens transitavam de um lado para o outro, uns apressados e outros, como se estivessem apenas passeando.

Como era uma manhã de um dia útil, a rodoviária estava sem aquele movimento assustador, não tinha a superlotação que se vê nos fins de semana e vésperas de feriados. Alex comprou sem dificuldade sua passagem e acomodou-se no ônibus, que estava com muitos lugares vazios.

O ônibus não era exatamente o que se poderia chamar de confortável, mas também nada que se chamasse de abominável. O veículo demorou para sair, deixando Alex impaciente. E quando finalmente partiu, o fez muito lentamente. Devido ao congestionado trânsito das marginais, levou muito tempo para desvencilhar-se dos demais carros e finalmente chegar à rodovia intermunicipal.

Aquela situação, sentado ao lado da janela do ônibus, vendo passar ruas e campos, o fez lembrar-se de sua infância em Sertãozinho. Lembrava-se vagamente de uma época em que seus pais eram bastante pobres, humildes, e isso fez com que sua infância fosse curtida apenas nas brincadeiras de rua, ao lado dos garotos da sua idade. Não se lembrava de longos passeios, festas, brinquedos. Na verdade, não se lembrava de muita coisa daquela época, apenas de vagos *flashes*.

Tinha consciência de que aquela não era uma situação miserável, mas ele se recordava de conhecer outros meninos que levavam uma vida com muito mais conforto e regalias que a dele.

Foi quando completou quinze anos que começou a pensar em mudar-se para a capital, possivelmente influenciado pelo que via nos programas de televisão. Sabia que tinha de esperar completar a maioridade, os dezoito anos, antes não havia nada a fazer. Esse período de espera foi recheado de sonhos, projetos e expectativas juvenis.

Tão logo obteve dispensa do serviço militar, ele fez as malas e rumou para a cidade grande, com a concordância dos seus pais. Eles não ficaram tristes com sua partida, porque acreditavam que era para seu bem. Certamente sentiriam saudades, mas a esperança no sucesso do filho era mais forte.

Mesmo Sertãozinho sendo uma cidade grande, logicamente não ofereceria as mesmas oportunidades profissionais e de estudos que uma metrópole como São Paulo.

Quando partiu, Alex levava algumas economias que seus pais lhe deram, mas confiava que conseguiria logo um bom emprego e se manteria sozinho, incluindo os estudos. Seu sonho era a faculdade de Direito; queria tornar-se um advogado.

No começo, sentiu-se meio que perdido na capital, mas com o passar do tempo, foi se sentindo mais seguro. Conseguiu alguns estágios em escritórios e depois até uma colocação efetiva, mas nenhum deles era o trabalho que buscava. Queria atuar numa atividade que lhe permitisse crescer e aprender. De qualquer forma, o sonho de um bom emprego acabou algum tempo depois com a chegada da crise econômica.

Com a cara e a coragem, preparou-se sozinho para o vestibular e foi aprovado.

A situação melhorou com a entrada na faculdade, quando começaram a vir os depósitos da tia Isadora e tudo se ajeitou da melhor maneira possível. Até então morava numa república de estudantes, até que uma colega da faculdade, logo no primeiro trimestre, recomendou-lhe a pensão de dona Leonor. Passou no crivo seletivo dela e mudou-se para lá, um ambiente mais tranquilo.

Após cerca de duas horas de viagem, houve uma parada num modesto restaurante de estrada. Alex fez um lanche rápido e voltou para sua poltrona. O lado bom da segunda parte da viagem foi que, sem perceber, pegou no sono e quando acordou, o ônibus já estava estacionando na rodoviária de Capão Bonito.

Não perdeu tempo, tão logo pegou sua mochila, dirigiu-se a um dos guichês e comprou sua passagem para Ribeirão Grande. Por sorte, um dos ônibus que fazia esse percurso, já estava de saída e Alex não precisou esperar muito tempo. Pelos seus cálculos, chegaria ao seu destino por volta do meio-dia.

E de fato, a viagem foi rápida. Em menos de meia hora, Alex saltava na estação de Ribeirão Grande.

Ao saltar do ônibus, olhou em volta e franziu os lábios. Na verdade, ele não tinha razão para se decepcionar, pois já sabia que aquela era uma cidade pequena. Na verdade, bem pequena, onde tudo era simples...

Como a audiência no Cartório ainda seria às catorze horas, decidiu que antes de seguir para lá, aproveitaria o tempo e fez um pequeno *tour* para sentir e conhecer um pouco daquela cidade.

Encaminhou-se para o ponto de táxi e entrou no primeiro da fila — que tinha apenas três veículos.

O taxista era um senhor de idade avançada, chamado Asdrúbal, com setenta e cinco anos, mas que dirigia bem e demonstrava conhecer bastante a cidade — afinal, nascera ali, onde sempre viveu, segundo contou no decorrer do passeio.

— Bem, moço, não espere um passeio muito longo. Não sei se o senhor sabe, mas a nossa cidade é muito pequena.

— Já me disseram, mas não se preocupe com isso. Prefiro até um passeio curto, porque tenho um compromisso às duas da tarde.

— Desculpe minha curiosidade, moço, mas o senhor veio a passeio ou a trabalho?

— Não. Digamos que vim a negócios.

O taxista riu dele mesmo:

— Eu já devia ter adivinhado. Na verdade, minha pergunta foi muito ingênua. Quase ninguém vem aqui a passeio, apesar das muitas coisas bonitas para se ver.

— Verdade? — Alex ficou surpreso com essa informação.

37

Asdrúbal falou com visível orgulho:

— Sim. Há até quem diga que aqui é o paraíso do ecoturismo, mas deve haver um pouco de exagero nisso.

— Que lugares o senhor recomendaria visitar para quem quiser fazer turismo?

— Bom, para quem gosta disso que o povo chama de ecoturismo, aqui tem muitas cachoeiras, cavernas e trilhas com bromélias e orquídeas. Ah, e tem o Parque Estadual Intervales, uma beleza natural, muito procurado pelos visitantes. Na verdade, estamos cercados pela Mata Atlântica, o senhor sabe, né?

— Sei, sim.

Enquanto ouvia a conversa do motorista, Alex ia apreciando a pequena e modesta cidade, seu comércio, as lojinhas do centro. Durante o passeio, passaram por hotéis, restaurantes, agências bancárias, um supermercado, a prefeitura e por uma bela capela.

Finalmente, depois de quase uma hora de passeio, o taxista deixou-o na calçada do cartório, exatamente na hora agendada — mas antes, deu-lhe um cartão de visitas:

— Se precisar de mais algum passeio, é só me chamar pelo celular. Não sei se já lhe disse, mas meu nome é Asdrúbal, por incrível que pareça. Não sei de onde meus pais tiraram isso. Pode ligar que com certeza estarei livre. Não é sempre que aparecem clientes por aqui.

Antes de entrar no cartório, Alex olhou em volta, para fazer um reconhecimento do local. Ali era o centro comercial, ainda que dentro de suas limitações. Poucas e pequenas lojas, uma sorveteria, alguns bares, um restaurante, uma casa lotérica e algumas oficinas para vários tipos de serviço.

O cartório ficava numa grande casa antiga, mas bem conservada. Na parede da entrada, ao lado da porta, uma placa dourada, com letras pretas: "Cartório — Ofício de Registro Civil e Tabelionato de Notas".

38

Três degraus de cimento davam acesso ao seu interior. Uma recepcionista morena muito jovem e simpática o atendeu. Depois de apresentar-se, Alex informou:

— Por intermédio do escritório de advocacia do doutor Jarbas, em São Paulo, recebi uma notificação para comparecer aqui. Acho que é a respeito de um testamento de uma parente minha, recentemente falecida.

E mostrou-lhe o documento que recebera do doutor Clovis, que o visitara na pensão. Ela leu rapidamente:

— Ah, é aqui mesmo. Este assunto é com o doutor Aderbal, nosso tabelião. Queira aguardar um instante que vou avisá-lo de sua chegada — ela entrou por uma larga e escura porta e voltou alguns minutos depois. — Por favor, senhor Alex, queira me acompanhar.

Ele seguiu a moça que gentilmente abriu a porta e segurou-a para Alex passar. Logo estava na sala do tabelião.

O doutor Aderbal parecia uma figura de filme cômico: baixinho, gordo, calvo com apenas alguns tufos de cabelos brancos nas têmporas, óculos de grau com grossas lentes na ponta do nariz grande e avermelhado. Apesar do calor da tarde, ele usava um paletó marrom sobre a camisa branca, com gravata azul com bolinhas amarelas. Saiu de trás da grande mesa, deu a volta e veio cumprimentar Alex, amistosamente:

— Bem-vindo, moço. É um prazer conhecer o sobrinho de dona Isadora, apesar das circunstâncias. Já soube que é nosso colega de profissão, assim devo chamá-lo de doutor.

Alex abanou as mãos recusando a deferência:

— Não, doutor Aderbal, por favor, sou apenas um recém-formado. Doutor é o senhor com essa vasta experiência, que um dia espero possuir. Prefiro que me chame de você ou quando muito de senhor.

39

— Já vi que é uma pessoa modesta e isso é uma admirável qualidade, sobretudo nos dias de hoje em que todo mundo quer aparecer. Mas, com todo respeito, farei a sua vontade. Por favor, senhor Alex, vamos sentar. Fez boa viagem?

— Muito boa. Na verdade, cochilei boa parte do tempo.

— Isso é ótimo, para quem consegue. Assim, a gente não vê o tempo passar e a viagem parece mais curta, não é mesmo?

— Com certeza.

Sentaram-se em torno de uma mesa redonda, a um canto da sala, que ostentava enormes estantes, cheias de grossos e empoeirados livros. Uma imensa e desarrumada pilha de documentos descansava sobre a mesa de trabalho do tabelião.

Depois que se acomodaram em torno da mesinha, Alex quis satisfazer logo sua curiosidade:

— Gostaria de uma informação, doutor Aderbal, o senhor sabe do que morreu minha tia?

O tabelião pigarreou e ajeitou os óculos sobre o nariz:

— Olha, jovem, segundo o médico que fez a autópsia, foi um infarto fulminante. Pelo menos é isso que consta no atestado de óbito.

— Sei. E haveria razões para alguém duvidar desse laudo?

O tabelião balançou a cabeça:

— Boatos correm rápido, ainda mais numa cidade pequena como a nossa, mas não se deve dar crédito a eles, não é mesmo? O que vale é a palavra do médico.

— Sem dúvida, concordo com o senhor, mas, apenas por curiosidade, o que dizem esses boatos?

— A imaginação do povo é fértil, meu jovem. O antigo empresário de dona Isadora, com quem vivia há anos, bebia muito, era alcoólatra, segundo dizem. E talvez por causa disso o casal brigasse muito. Principalmente depois que contrataram uma cuidadora muito bonita. Talvez por causa disso, comentava-se que dona Isadora andava muito deprimida, tempos antes de falecer. Claro, são fuxicos de comadres e conversas de botequins. Por prudência, não se pode levar essas histórias muito a sério.

Alex relaxou um pouco:

— Caramba, isso está começando a ficar parecido com a trama de um filme policial. O marido se apaixona pela cuidadora e, para ficar com ela e com a herança, mata a esposa.

Aderbal sorriu:

— Seria uma trama perfeita, exceto por um detalhe que derruba essa hipótese.

— Qual?

— O marido morreu primeiro, acho que três ou quatro anos antes dela, não tenho certeza. Dizem que, bêbado que nem um gambá, caiu no Rio das Almas certa noite e se afogou. Nunca acharam o corpo dele.

Alex concordou bem-humorado:

— Realmente, esse detalhe muda toda a história. E a tal cuidadora, que fim teve?

— A dona Solange? Ficou com dona Isadora bastante tempo, mesmo depois que o patrão morreu, mas inesperadamente deixou-a cerca de três anos antes de ela ter o infarto.

Alex ficou surpreso:

— Como assim? Não é possível! Essa cuidadora deixou tia Isadora sozinha, viúva e com depressão? Não acredito! Que falta de sensibilidade e de profissionalismo!

— Infelizmente, sou obrigado a concordar com o senhor. O pior é que ela simplesmente sumiu, de um dia para o outro, sem dar notícias nem deixar vestígios. Foi-se de repente, de forma inesperada, ninguém mais a viu, nem sabemos para onde foi.

Alex ficou sinceramente revoltado:

— Que absurdo! E como foi que minha tia sobreviveu sozinha todo esse tempo, sem o marido e a cuidadora?

— Para falar a verdade, sua tia não tinha amizades aqui na cidade. Não se preocupou em fazê-las. Contudo, aqui temos muitas pessoas generosas e foram elas que ajudaram sua tia. Havia o rapaz do supermercado, a moça do banco, o carteiro, um médico que ia vê-la sempre e até alguns policiais, que se preocupavam em saber se estava tudo bem por lá, pois o casarão onde ela morava fica num lugar bem afastado.

— Ainda bem que havia essas almas generosas por aqui, pois não consigo imaginar como ela poderia ter sobrevivido tanto tempo sem esse apoio.

O tabelião deu um profundo suspiro, dando a narrativa por encerrada:

— Bem, como nenhum dos três personagens está aqui para contar a verdadeira história, acho melhor esquecermos tudo isso e focarmos no motivo pelo qual o senhor está aqui, ou seja, receber a herança a que tem direito.

Alex ansioso, pensou: "É chegada a hora da verdade!", mas procurou dar à voz um tom de naturalidade:

— Estou à sua disposição, doutor. Vejamos o que minha tia desconhecida deixou para mim.

— Antes, vamos tomar um cafezinho. O senhor aceita?

— Acho que vem a calhar.

Capítulo 4

Como Alex imaginara, a abertura e a leitura de um testamento eram precedidas por uma série de rituais burocráticos, rigoroso, e quase sempre demorados. Pacientemente, o doutor Aderbal explicou a Alex que o testamento em questão era do tipo chamado particular. Muito solícito, esclareceu a diferença entre os diversos tipos de testamento e que aquele era o mais simples, rápido e objetivo.

A pedido do tabelião, a recepcionista e um rapaz que Alex vira rapidamente na entrada do cartório, serviram de testemunhas para legitimar a abertura e a leitura do documento.

Alex estava refletindo. E pensar que, alguns anos antes, tia Isadora estivera ali, redigira e assinara aquele mesmo documento. Depois que, na época, fora lido em voz alta pelo advogado, o documento fora enviado a um juiz para sua homologação e registro. E agora, tempos depois, ali estava o mesmo papel, pronto para ser aberto e lido. A consciência desse fato impregnava Alex de uma dose de emoção.

Solenemente, Aderbal quebrou o lacre que protegia o testamento e leu-o pausadamente, olhando de vez em quando para Alex, talvez para ver sua reação a cada item.

Em pouco tempo, Alex ficou sabendo que herdara um casarão localizado ali mesmo naquela cidade, um piano de cauda, algumas joias, uma polpuda soma em dinheiro que seria transferida da conta da finada para a sua. Havia também, para surpresa de Alex, uma coleção de discos e vários álbuns de fotografias.

A pedido do tabelião, Alex releu o texto e assinou-o, dando sua concordância e ciência do conteúdo.

Por cortesia, o próprio tabelião encarregou-se de providenciar a transferência da escritura do imóvel para o nome de Alex, o que demoraria dois ou três dias. Isso significava que ele teria que permanecer na cidade por aquele tempo.

Quando as duas testemunhas se retiraram, depois de assinarem a documentação necessária, Aderbal foi pegar um charuto numa caixa sobre sua mesa, perguntando a Alex:

— O senhor fuma? Aceita um charuto?

— Obrigado, doutor, não fumo.

— Faz muito bem, vai viver mais do que eu. Se importa que eu fume na sua presença?

— De maneira nenhuma, fique à vontade.

Aderbal voltou a se sentar à mesa redonda, acendeu o charuto, recostou-se na cadeira e soltou uma longa baforada para cima. Sem olhar para o visitante, perguntou:

— O senhor também toca?

Alex não entendeu a pergunta:

— Desculpe, doutor, não entendi.

— Eu perguntei se o senhor também é pianista.

Alex sorriu:

— Para falar a verdade, só reconheço um piano por causa das teclas. Mas por que a pergunta?

Aderbal não sorriu. Tirou o charuto da boca, aproximou-se mais de Alex, olhou-o por cima dos óculos e perguntou pausadamente:

— Diga-me uma coisa: o senhor é mesmo sobrinho da famosa pianista Isadora Belintani?

Alex só não sorriu em respeito ao tabelião:

— Famosa pianista? Minha tia Isadora? Belintani? Do que o senhor está falando?

Aderbal apagou o charuto no cinzeiro, voltou a recostar-se na poltrona, colocou as mãos com as palmas para baixo sobre a mesa e perguntou olhando o jovem bem nos olhos:

— Meu jovem advogado recém-formado, o que exatamente o senhor sabe sobre sua tia Isadora?

Alex não via razão para mentir, nem disfarçar, por isso falou exatamente a verdade:

— Para ser sincero, nada. Nunca a vi e nunca falei com ela. Só tomei conhecimento de sua existência alguns anos atrás por conta de depósitos que fazia em minha conta e agora por causa da herança. Minha mãe, irmã dela, nunca me falou nada a respeito. Parece que as duas não se entendiam desde crianças.

— Não se entendiam? Então deve ser por isso que Isadora deixou tudo para o senhor, mesmo sem se conhecerem e se falarem.

— Não posso afirmar, mas é possível.

Aderbal levantou-se, deu uma volta pela sala em silêncio e se sentou na poltrona por trás da sua imensa

45

e desarrumada mesa de trabalho. Começou a falar com voz lenta e rouca:

— Preste atenção, meu jovem: Isadora Belintani foi uma das maiores pianistas do Brasil, de fama internacional.

Surpreso, Alex deixou a mesinha redonda e se sentou na cadeira defronte à mesa do tabelião.

— Todo mundo sabe quem foi Isadora Belintani. Mas minha tia se chamava Isadora Duarte da Costa! — exclamou estupefato. — O que uma coisa tem a ver com a outra?

— Tudo!

— Não estou entendendo — disse Alex, confuso.

— Isadora Duarte da Costa e Isadora Belintani são a mesma pessoa — tornou Aderbal.

— Mas como...

Aderbal o cortou com amabilidade na voz e explicou:

— Reza a lenda que, ao desejar ingressar na carreira artística, sua tia foi impedida pelo pai. Decidida a seguir adiante, brigou com a família, saiu de casa e mudou o nome. Foi então que nasceu Isadora Belintani.

Alex estava tomado de surpresa. Não sabia o que dizer. Aderbal prosseguiu:

— A famosa Isadora apareceu para o mundo da música clássica nos anos 1970, ainda adolescente. Brilhou como ninguém até a metade da década seguinte. Todo o Brasil disputava ingressos para ver e ouvir Isadora Belintani. Eu sei disso porque naquela época eu vivia entre São Paulo e Rio de Janeiro. Sua tia fez inúmeras apresentações em quase todos os palcos famosos do Brasil e demais países da América Latina. Exibia-se na televisão, em teatros e até em praças públicas. Depois, começou uma carreira internacional: foi reverenciada pela Europa como poucas artistas o conseguiram Itália,

França, Portugal e até os Estados Unidos tiveram o privilégio de assistir aos seus concertos. Seu piano parecia mágico. Sempre fazendo sucesso e ganhando rios de dinheiro. Gravou muitos sucessos. Acho que a coleção de discos a que o testamento se refere deve tratar disso. As fotos também devem ser daquela época.

Alex estava eufórico com aquelas informações. Nunca imaginara isso, nem de longe:

— Quem diria! Eu sou sobrinho da famosa Isadora Belintani!

— Pois é.

— Mais do que nunca fiquei interessado nessa história. É tão surpreendente para o senhor quanto é para mim que eu, sobrinho direto, desconheça o fato de ter uma tia tão ilustre na família.

— Também concordo. Tem certeza, mesmo, de que seus pais jamais fizeram comentários sobre ela?

— Nunca. Jamais passaria pela minha cabeça imaginar ter algum vínculo com a famosa pianista.

— Interessante — Aderbal coçou o queixo, pensativo.

Alex queria saber mais. Estava ansioso:

— E depois dos anos 1980, o que aconteceu com ela?

— Um mistério, meu jovem, um imenso e incompreensível mistério. Ela sumiu dos holofotes de repente, sem mais explicações. A última vez que o Brasil viu e ouviu Isadora Belintani foi em algum momento entre os anos 1984 e 1985.

Alex estava inconformado:

— As coisas não acontecem assim, de uma hora para outra. Deve ter havido uma causa. O que aconteceu com ela? Por que parou de se apresentar, se estava fazendo tanto sucesso?

— Isso ninguém sabe. Só sabemos que ela sumiu e passou a viver reclusa. Não aparecia mais em público, não dava mais entrevistas, não se deixava fotografar, não atendia telefones nem respondia a cartas e, depois, a e-mails. Por alguma razão, abandonou os palcos e o piano. A imprensa bem que tentou, à época, descobrir de todas as formas o real motivo do sumiço de Isadora.

— Ninguém conseguiu descobrir o motivo de ela desistir da carreira e sumir do mapa?

— Ninguém. Nem naquela época, nem hoje. Ninguém sabe por que ela veio se refugiar aqui, nesta pequena cidade. Mesmo os moradores daqui não sabem quem era a senhora distinta que morava sozinha no casarão. Excetuando as poucas pessoas que iam lá, e que eram de sua inteira confiança, — e acho até que ela lhes dava algum dinheiro para garantir o segredo —, ninguém conseguia vê-la, até porque ela nunca circulava pela cidade. Ocasionalmente, quando precisava ou queria comprar algo, pedia a Jefferson, companheiro dela, ou para Solange, que lhe prestava serviço como cuidadora. Mas isso era muito raro.

Alex estava revoltado e confuso:

— Não é possível. Alguma coisa deve ter acontecido com ela para sumir desse jeito. Alguém deve saber dos detalhes dessa história.

Aderbal mantinha a calma:

— Se alguém sabe, me apresente. Eu sinceramente não conheço.

Alex permaneceu pensativo alguns segundos:

— Se ela abandonou a arte, passou a viver de quê? De que forma se mantinha e às outras pessoas que moravam com ela? Como fazia para manter o casarão?

— Ora, meu jovem, durante os anos que se apresentou, Isadora ganhou muito dinheiro, muito mesmo.

O certo é que ficou milionária. Deve ter feito muitas aplicações e investimentos. Era uma artista muito valorizada pelo público e pela crítica especializada.

— Não é só a questão do dinheiro. E a arte? Os fãs, os admiradores? Ninguém sai do palco enquanto está sendo aplaudido. Pelo que me disse, ela estava no auge do sucesso.

— E estava mesmo.

Alex balançou a cabeça para os lados:

— Definitivamente, não entendo.

— Nem eu, meu caro. Mas até hoje não temos explicações.

— E a polícia não fez nada? Afinal foi uma artista famosa que desapareceu. O fato devia ter chamado a atenção.

— Meu jovem, esse não era assunto para a polícia. Até onde se sabe, Isadora não foi sequestrada, nem impedida de se apresentar. O que aconteceu foi uma decisão pessoal. Ela fez até uma declaração pública nos jornais e revistas.

— E então?

— E então, nada. Como já lhe disse, ela não deu explicações. Apenas declarou que, por decisão pessoal, se retirava da vida pública e artística e pedia que entendessem e respeitassem essa decisão. Ninguém entendeu, mas todos respeitaram, mesmo a contragosto. No entanto...

— O que é?

— Pode perguntar sobre o passado de sua tia à sua mãe.

— Duvido. Minha mãe nunca me contou nada. Se contou, não me lembro.

Alex mergulhou em profundo silêncio. Aquilo tudo era muito estranho. Só deixou seus pensamentos quando foi interrompido pela voz de Aderbal:

49

— Bom, o senhor terá de permanecer na cidade até a escritura ficar pronta, mas farei o possível para agilizar o processo. Se o senhor quiser, posso levá-lo a um dos nossos hotéis, o melhor da cidade. A menos que o senhor prefira retornar a São Paulo e voltar depois.

— Não, prefiro ficar. A viagem é muito cansativa. Além do mais, já que o imóvel fica aqui mesmo, aproveitarei para conhecê-lo.

O tabelião falou sem olhar para Alex:

— Talvez com sorte o senhor consiga.

Alex não se sentiu confortável com essa observação:

— Com sorte? O que o senhor quer dizer com isso?

— Meu caro, as cidades pequenas como a nossa criam lendas facilmente, talvez por hábito ou até por falta de assunto. Não quero preocupá-lo, mas circulam algumas histórias, digamos fantásticas, em torno de Isadora e seu casarão.

Alex, que já se preparara para sair, voltou a sentar-se:

— Doutor, não quero mais tomar seu tempo, mas espero que me conte algo a respeito dessas histórias. Afinal, trata-se da minha tia e agora do meu casarão.

Aderbal procurou desconversar:

— Não leve tão a sério o que lhe disse, amigo. Prefiro acreditar que essas crendices tiveram origem há muitos anos, quando, durante a Revolução Constitucionalista de 1932, o Rio das Almas, em cuja margem fica o casarão, foi palco de violentos combates. Muitos combatentes se escondiam no casarão, que na época estava abandonado, e muitos morreram ali. Dizem que suas almas aparecem nas noites escuras, ora veja só.

Alex sentiu-se um pouco irritado com tais crendices:

— O senhor está falando de fantasmas?

— Exatamente.

— E há quem acredite nisso, doutor? Por acaso, alguém já viu uma alma dessas?

Aderbal levantou-se e falou enquanto caminhava para a porta. Era visível que queria dar o assunto por encerrado. Ou talvez estivesse atrasado para seu almoço:

— Você não vai querer saber, acredite em mim. Vamos, vou deixá-lo num hotel.

Alex despediu-se com educação, mas não escondia sua irritação por não ter obtido resposta à sua pergunta.

O hotel era bem agradável, limpo, com instalações funcionais e bem localizado, afastado do centro e num local mais aprazível e tranquilo, bastante arborizado.

Rapidamente, Alex preencheu os registros de praxe na recepção e subiu para seu quarto.

Sentou-se na cama e ficou refletindo sobre o que tinha acontecido até então. Era muito surreal tudo aquilo. Como e por que sua mãe não lhe contara que a irmã dela tinha sido uma famosa pianista, de fama internacional? E por que não comentara nada sobre seu misterioso desaparecimento? Não era possível acreditar que as desavenças entre as irmãs, quando crianças, tivessem sido tão graves que provocassem uma sequela dessa natureza, uma quase inimizade.

Alex também não se conformava com o fato do doutor Aderbal não lhe ter contado as histórias que, segundo ele, rondavam a vida e a mansão de tia Isadora. Que raio de histórias seriam essas? E por que seria tão difícil assim ir até o imóvel herdado?

Pensou em ligar para sua mãe, mas desistiu. Estava mental e emocionalmente cansado. Tomaria um bom banho, talvez desse mais uma volta pela cidade e depois trataria de jantar e dormir.

E já que deveria se demorar mais alguns dias na cidade, na manhã seguinte, trataria de comprar algumas

51

peças de roupa, escova e pasta de dente, sabonete, desodorante. Não gostava de fazer esse tipo de compras, por isso essa atividade extra o deixou um pouco chateado.

Mas o banho deixou-o mais animado: "Vamos lá, meu caro, encare tudo isso como uma aventura", pensou. "Afinal, há uma herança à sua espera."

Desceu para o restaurante do hotel, mas estava sem apetite para almoçar, talvez devido à ansiedade, talvez devido à agitação do dia. Preferiu retornar ao quarto, desfazer a mochila, cochilar um pouco e aguardar a hora do jantar.

O cochilo durante a tarde foi benéfico, pois Alex acordou sentindo-se bem melhor. Trocou de roupa e desceu.

O restaurante do hotel estava praticamente vazio. Além dele, apenas dois casais estavam ali. Comeu rapidamente e saiu para dar um giro pelas proximidades.

A tarde já estava encerrando seu expediente. As ruas mereciam iluminação maior, mas, segundo ele se informara na recepção do hotel, o lugar era seguro e não havia perigo algum em passear pelas ruas da cidade, mesmo àquela hora, quando já havia começado a escurecer.

A maioria dos estabelecimentos já havia fechado, exceto sorveterias, lanchonetes e barzinhos. Achou um deles bem simpático, com algumas mesinhas na calçada e Alex resolveu tomar uma cerveja. O calor do dia ainda não se fora, tornando a noite bem quente e, pior, sem nenhuma brisa para suavizar. Uma cerveja geladinha cairia bem.

Como havia poucos clientes, o garçom o atendeu rápido e simpaticamente.

O líquido gelado desceu gostosamente pela garganta de Alex, o que o fez repetir a dose. Pensando em tudo o que ouvira naquele dia, principalmente do tabelião Aderbal, sentia-se confuso e sem saber ao certo o que fazer ou por onde começar para esclarecer esse emaranhado de fatos estranhos envolvendo a figura de sua tia Isadora e do próprio casarão que herdara.

— O moço me oferece um gole?

Tão absorto estava em seus pensamentos que Alex se assustou com a chegada de um velho, magro, pálido, barba por fazer, dentes manchados de nicotina, usando um surrado terno escuro. Nem parecia deste mundo. Ele repetiu a pergunta:

— O moço me oferece um gole?

Alex não ficou exatamente confortável com a chegada do estranho, mas era um velho e não deveria oferecer perigo. Talvez apenas quisesse companhia. E, na verdade, ele também queria.

— Claro, sente-se, por favor. É muito chato beber sozinho.

Alex pediu mais um copo e uma garrafa ao moço do bar e serviu o recém-chegado que fechou os olhos ao saborear a cerveja. Depois de limpar os lábios com a manga do paletó, comentou melancolicamente olhando para o copo, pensativo:

— Eu sei bem como é isso, moço. Já bebi sozinho muitas vezes. Minha mulher não suportava bebida alcoólica. Aliás, não suportava nenhuma delas, nem vinho, nem champanhe, nenhuma.

Alex sorriu:

— E continua assim até hoje?

Ele fez uma pequena pausa, olhou para o chão e respondeu sem olhar para Alex:

— Já há alguns anos ela não está entre nós.

53

Alex ficou constrangido:

— Desculpe, amigo, fui indelicado.

— Não, de jeito nenhum. O senhor não poderia saber. E depois já faz muito tempo.

— Faz tempo que o senhor mora aqui?

— Uma pá de tempo. O bastante para ter medo deste lugar.

Alex riu:

— Ué, medo? Por que medo?

Em vez de responder, o velho fez outra pergunta:

— Quanto tempo o moço vai ficar aqui?

Alex deu de ombros:

— Não sei ainda. Talvez mais um ou dois dias. Até resolver um negócio pendente.

O velho fez nova pausa e desta vez olhou firme para o rapaz:

— O senhor se refere à herança?

Ao ouvir essa pergunta, Alex interrompeu o movimento de levar o copo aos lábios:

— Como o senhor sabe desse assunto? Pensei que fosse sigiloso. Alguém do cartório lhe contou?

O homem balançou a cabeça:

— Quanto a mim, fique tranquilo. Já não ofereço perigo para ninguém. E não conheço ninguém do cartório, moço. E as pessoas que conheci já morreram todas.

Capítulo 5

Alex não gostou da resposta do velho, achou-a muito evasiva, e retrucou um pouco irritado:

— Se todas elas já morreram não poderiam mesmo ter lhe contado nada.

Desta vez o sujeito respondeu olhando Alex de frente:

— Quem sabe, moço? Às vezes, elas contam, mesmo que o senhor não saiba disso. Ninguém sabe de tudo e, aliás, nem deveria saber. Mesmo o senhor, que a gente vê que é um rapaz estudado, não devia procurar saber de certas coisas, só aquelas que estudou. É melhor deixar quietos alguns assuntos, deixar no passado.

"Mas que velho estranho! ", pensou Alex, que não entendeu bem o que ele quis dizer, por isso insistiu:

— Desculpe, fiquei curioso: de que tipo de coisa o senhor acha que eu não deveria procurar saber?

— Das coisas que o senhor veio procurar aqui. Na verdade, o senhor não veio procurar nada, mas, se procurar, vai achar. E não deveria, porque pode não gostar do que encontrar.

Alex coçou a cabeça:

— Não estou muito certo se estou entendendo o que o senhor quer dizer. Por acaso está se referindo a assuntos relacionados à pianista Isadora Belintani?

Alex percebeu que o velho tremeu como se tivesse sentido um súbito frio. Ele apertou o paletó surrado contra o peito e disse numa voz que demonstrava medo:

— Está ficando tarde e esta cidade me mete medo. Acho que vou embora — e fez menção de se levantar.

Alex segurou a mão dele, impedindo-o de sair da mesa:

— Um momento, amigo. Por favor, me responda, o senhor conheceu dona Isadora?

Ele tinha medo no olhar:

— Conheci mais do que devia. Foi uma mulher muito bonita, muito famosa e muito talentosa. Isso é tudo o que posso lhe dizer.

— Mais uma perguntinha: por que ela parou de se apresentar quando estava no auge do sucesso?

O velho levantou-se e se aproximou bastante de Alex, a ponto de ele sentir seu hálito quente no rosto:

— Se eu fosse o senhor, ia embora amanhã mesmo e deixava para lá essa história de herança. Afinal, o senhor não vai receber nada de muito valor, só coisas velhas, testemunhas de fatos desagradáveis e tristes. E que utilidade elas teriam para o senhor? Nenhuma.

O tom de voz de Alex era desafiador:

— Como é que o senhor sabe disso?

O velho respondeu antes de se afastar:

— Como lhe disse, sei de mais coisas do que devia e gostaria. Mas agora não posso fazer mais nada. Apenas peço que não se esqueça do meu conselho.

— Uma última pergunta: como o senhor se chama?

O homem já havia se afastado lentamente alguns passos. Parou, voltou-se e disse:

— Desculpe, preciso ir ao banheiro. Na minha idade, estas coisas não podem esperar — E caminhou devagar em direção ao interior do bar, buscando o banheiro.

Alex estava mais do que intrigado com aquele sujeito estranho e aquela conversa mais torta ainda. Certamente alguém do cartório deve ter contado para ele a história da herança. Estava claro que o velho conhecera sua tia. Mas do que ele sentia medo? Por quê? De quem?

Quando ele voltasse, iria pressioná-lo mais, para que contasse o que sabia.

Todavia, o velho estava demorando mais do que seria normal para quem fosse usar um banheiro. Alex fez sinal para o garçom, que se aproximou solícito:

— Outra cerveja, amigo?

— Por enquanto, não. Mas estou preocupado com o senhor que estava bebendo aqui comigo e precisou ir ao banheiro. Como ele já é de idade avançada e está demorando muito, fico com receio de que ele possa estar passando mal. Você não quer dar uma espiada no banheiro e ver se está tudo em ordem?

O rapaz não se mexeu um milímetro. Ficou olhando Alex por algum tempo antes de perguntar:

— Desculpe pela minha pergunta, mas tinha mais alguém além do senhor aqui nesta mesa?

Alex olhou para os lados, sorriu e respondeu, com calma:

57

— Sim, claro, havia um senhor de idade, vestindo um paletó escuro, sentado aqui.

O rapaz sorriu:

— Vestindo um paletó escuro, neste calor?

Alex não gostou da ironia:

— Ora, amigo, problema dele. Cada um veste o que quer.

— Tudo bem, desculpe minha observação, foi inconveniente. Mas, repito, ele estava aqui, sentado nesta mesa, bebendo com o senhor?

Alex falou sério desta vez:

— O que está acontecendo, amigo? Você não está me entendendo ou acha que estou brincando?

O rapaz mudou de tom, ficando mais humilde:

— Não se aborreça, moço, por favor. Sei que o cliente sempre tem razão, é que realmente não vi mesmo ninguém sentado aqui com o senhor, juro. Talvez eu tenha me distraído e não tenha visto seu amigo.

Alex agora estava nervoso:

— Como não viu? Até lhe pedi outro copo e outra cerveja. Não era para mim, era para ele.

— Desculpe, pensei que era para o seu "santo".

Alex quase gritou, de tão surpreso:

— Para o meu santo?

— Não me leve a mal, senhor, é que muitos clientes que estão sozinhos costumam pedir outro copo e servem uma dose para o "santo" deles. Acho que é uma superstição, e sempre obedeço.

Alex tentava se controlar:

— Amigo, não sou supersticioso e nem pedi dose para santo algum, foi para o senhor que estava sentado aqui na minha mesa, conversando e bebendo comigo.

O rapaz não sabia mais como se desculpar:

— Sinto muito, de verdade, mas não posso dizer ao senhor que vi uma coisa que não vi.

Diante do nervosismo do garçom, Alex começou a considerar a possibilidade de ele estar falando a verdade. Talvez estivesse distraído servindo outros clientes e realmente não tivesse visto o velho na sua mesa. Quando falou, já foi mais calmo:

— Ok, então você não viu nada mesmo?

O rapaz olhou para os lados, coçou a cabeça e falou com medo, quase gaguejando:

— Bem, não quero ser indelicado. Vi, sim. Vi o senhor falando sozinho e gesticulando, como se estivesse conversando com alguém. Vi apenas isso.

Chocado, Alex quase gritou de novo:

— Eu? Falando sozinho?

O moço tentou apaziguar e acalmar o cliente:

— Não se preocupe, isso é comum por aqui. Muita gente fala sozinho, conversa consigo mesmo.

Essa observação só fez Alex ficar mais irritado do que já estava:

— Cara, eu não falo sozinho! Não sou doido!

Alex levantou-se irritado e entrou no barzinho, na direção do banheiro, que ficava nos fundos. Alguns clientes nas mesas internas o olharam com indiferença, mesmo quando ele perguntou em voz alta:

— Que brincadeira é essa?

Na porta do banheiro havia uma placa, escrita à mão: Vaso entupido. Não use este banheiro.

— O senhor está bem, moço? Posso ajudar em alguma coisa? Quer um pouco de água?

Alex voltou-se irritado para o garçom que o seguira. Olhou para os clientes a fim de ver se o velho estava ali. Era um salão pequeno e havia poucos clientes. Não, o velho não estava ali.

Alex voltou à rua e procurou em todas as direções. Nem sinal do sujeito. O atendente acompanhava tudo, calado, apenas olhando os movimentos do jovem.

Alex aproximou-se dele:

— Escuta aqui, moço. Eu não estou louco. O velho estava sentado aqui comigo e até bebeu um copo cheio.

— Qual? Este? — O moço apontou o outro copo sobre a mesa, ao lado daquele usado por Alex. O copo continuava cheio de cerveja até a borda. — Se havia alguém com o senhor, parece que ele não bebeu nada. O copo continua cheio e a garrafa também — agora, já havia uma ponta de ironia na voz e na expressão do garçom.

Alex não tirava os olhos da segunda garrafa e do copo cheio. Ele tinha certeza de que vira o velho beber tudo e deixar o copo vazio. Como podia ser? Estaria delirando, vendo coisas?

O moço falou com cautela:

— Não me leve a mal, o senhor não prefere voltar para o hotel e descansar um pouco? O cansaço, às vezes, faz a gente ver coisas estranhas e pensa que são verdadeiras.

Alex não lhe deu atenção:

— Quanto lhe devo? Cobre daqui.

Recebeu o troco e voltou apressado e confuso para o hotel. Precisava relaxar urgentemente.

Naquela noite, Alex teve um sono muito agitado.

Acordou várias vezes durante a madrugada, sempre com uma sensação desagradável de estar sendo observado. Não lhe saía da cabeça o que lhe dissera o tabelião sobre coisas que eram preferíveis ele não saber. Bem como o conselho do velho que sentara à sua mesa no barzinho, para que fosse embora dali o quanto antes.

Caramba! Viera receber uma herança, geralmente motivo de satisfação, e, no entanto, estava rodeado de preocupações. Não via a hora de voltar para a capital, para a segurança do seu quarto de pensão, rever seus alunos e o largo e franco sorriso de dona Leo.

Passou uma das piores noites de que se lembrava em sua vida.

Na manhã seguinte, após fazer o desjejum, procurou o cartão de visitas do taxista que o conduzira na véspera e chamou-o ao hotel.

— Bom dia, Asdrúbal!

— Bom dia, senhor Alex. O senhor passou bem a noite?

— Otimamente — mentiu de propósito. Não queria relembrar os detalhes da véspera.

O táxi chegou logo, era uma das vantagens de uma cidade pequena e com pouco trânsito. Alex entrou no carro e se sentou no banco traseiro. No mesmo instante, o veículo pôs-se em movimento.

— Para onde vamos hoje, doutor?

Alex procurou no bolso e olhou o papel onde tinha escrito o endereço do casarão da tia Isadora:

— Por favor, vamos ao casarão onde morou dona Isadora Belintani, a pianista.

Para surpresa de Alex, Asdrúbal diminuiu subitamente a marcha do carro e o encostou no meio-fio. Apoiando o braço direito sobre o assento, voltou-se para falar com o rapaz:

— Se entendi bem, o senhor quer que eu o leve até o casarão onde dona Isadora morou?

— Isso. Foi o que eu disse.

O taxista coçou a cabeça:

— O senhor tem mesmo certeza de que deseja ir lá?

Naquela manhã, talvez devido à péssima noite de sono, Alex não estava de muito bom humor. Perguntou com alguma rispidez:

— Algum problema, amigo? Falei alguma coisa estranha?

O motorista estava um tanto hesitante:

— Não, doutor. É que as pessoas daqui não gostam de ir lá.

Alex riu apenas para conter sua irritação:

— Por que, posso saber?

— Bem, dizem que veem coisas. É o que dizem.

— Asdrúbal, conte a história completa, por favor. Que coisas essas pessoas dizem que veem lá?

— Olhe aqui, o senhor sabe como é essa gente, não é?

Alex não lhe deu atenção:

— Estou esperando, Asdrúbal. Que coisas?

O taxista parecia meio envergonhado de falar:

— O senhor pode até rir de mim, mas elas dizem que veem fantasmas, almas penadas, coisas assim.

Alex não riu. Pelo contrário, ficou ainda mais irritado:

— Fantasmas? Almas penadas? O senhor só pode estar brincando comigo. Isso não pode ser sério.

Ele defendeu-se:

— Eu não tenho nada com isso, doutor. Eu mesmo nunca vi nada disso por lá, mas é o que dizem.

— Então o senhor quer que eu acredite que, por causa dessas crendices, o senhor tem medo de ir lá?

— Não exatamente medo, apenas evito.

Alex olhou para os lados pelas janelas do veículo:

— Bom, Asdrúbal, não quero forçá-lo a ir. Se não se importa, pegarei outro táxi.

— Não adianta, doutor. Todos eles dirão a mesma coisa. E alguns até pedirão para o senhor sair do carro.

Alex estava indignado:

— Incrível! Eu simplesmente não acredito que isso esteja acontecendo em pleno século 21. Então, de que forma mágica vou poder conhecer a casa onde morou minha tia?

O taxista pensou um pouco:

— Bem, a gente pode dar um jeito.

— Que jeito, Asdrúbal?

— Poderei levar o senhor até uma parte do caminho, deixando o senhor bem perto do rio. E depois irei buscá-lo de volta.

— Bom, menos mal. Pelo menos já ajuda.

— Só tem um problema no qual não posso ajudar o senhor.

Alex estava ficando impaciente:

— O que é desta vez, Asdrúbal?

— Não vou poder atravessá-lo para o outro lado do rio.

Desta vez, foi Alex que se chocou, fazendo várias perguntas ao mesmo tempo, tal era sua surpresa:

— O que? Atravessar? Como assim? Que história é essa, Asdrúbal? Que rio é esse?

Asdrúbal, que havia retomado sua posição ao volante, tornou a virar-se para trás:

— Ué, o senhor ainda não sabe que o casarão fica do outro lado do Rio das Almas?

— Rio das Almas? — Alex riu de nervosismo. — Isso está ficando cada vez melhor! Mais essa agora! Quer dizer que o casarão fica na outra margem desse rio?

— Sim, senhor. Achei que o senhor já sabia disso.

Alex teve que se acalmar, pois entendera que o taxista não tinha culpa de nada:

— Não sabia disso, Asdrúbal, ninguém me contou — Alex não esperava por essa surpresa. Herdara um casarão que ficava do outro lado de um rio! E chamado Rio das Almas! Estava começando a pensar se valeria a pena ir até lá. — E como faço para atravessar o rio?

— Bem, sempre tem pescadores espalhados pelas margens. Alguns fazem a travessia e o senhor pode conversar com eles. Acho difícil que queiram atravessá-lo, mas não custa tentar.

— A questão é a seguinte, Asdrúbal: alguém tem que me levar lá. Eu não sei nadar. De que jeito vou chegar ao casarão? Vou ter que alugar e trazer um helicóptero de São Paulo?

O motorista demorou a responder:

— Posso lhe fazer uma pergunta, doutor?

— Claro, Asdrúbal, e não precisa me chamar de doutor. Pergunte o que quiser.

— Não me leve a mal, mas por que é que o senhor faz tanta questão de ir a esse casarão?

— Bom, por duas boas razões: primeiro, porque foi nele que minha falecida tia Isadora morou durante muitos anos. E segundo, porque agora ele é meu, ganhei de herança.

Asdrúbal tornou a virar-se, agora surpreso:

— O que foi que o senhor disse?

— Minha tia me deixou esse casarão de herança.

O taxista perguntou assustado:

— E o senhor vai morar nele?

— Não, Asdrúbal. Meu lugar é na capital. Contudo, preciso conhecer o casarão, até para saber quanto vale se eu quiser vendê-lo.

Asdrúbal pareceu aliviado:

— É, o senhor está certo, muito certo. O melhor negócio é vendê-lo e o quanto antes.

O taxista não falou mais nada, apenas pôs o carro em movimento. Percorreram várias ruas por cerca de quinze minutos, depois entraram numa trilha de terra, com muitos arbustos e árvores de ambos os lados.

Alex quebrou o silêncio:

— Rio das Almas. Por que o rio tem esse nome, Asdrúbal?

— Sinceramente, não sei, doutor. Mas é um nome esquisito, não acha? Pode ser porque o pessoal diz que vê almas penadas vagando pelas margens, perto do casarão. Isso é assustador, não acha?

— Eu diria que é assustador, para quem é supersticioso. Mas, quanto ao rio, você sabe se ele é muito extenso?

— Sei que tem quase noventa quilômetros de comprimento.

— É bem comprido mesmo. E ele começa onde?

— A nascente dele fica na Estação Ecológica Xitué, próxima ao Parque Estadual Intervales, aqui em Ribeirão, atuando como divisa com Capão Bonito.

— Caramba, amigo, você sabe das coisas mesmo!

— É tudo que sei dele. E sabe por quê? Porque o pessoal do turismo nos ensina a dizer isso aos visitantes.

— Parabéns, aprendeu direitinho.

Asdrúbal sorriu orgulhoso.

Capítulo 6

Depois de algum tempo avançando pela trilha, o taxista parou o carro numa clareira deserta. Na certa, aquele ponto definia o limite até onde deveriam prosseguir viagem. Asdrúbal estava muito pálido e visivelmente nervoso.

— Pronto, doutor. Só posso vir até aqui. O resto do caminho o senhor faz a pé.

— É muito longe a margem desse rio onde vou encontrar os pescadores?

— Não muito. O senhor vai andar mais ou menos uns quinze minutos até chegar lá.

— E não tem perigo?

— Bom, eu não vou dizer que tem ou que não tem. Só digo que eu não faria esse percurso sozinho.

Alex riu com ironia:

— Muito animadora sua resposta.

— Sinto muito, eu não vou mentir para o senhor.

— Faz muito bem, eu prefiro que seja assim.

— E daqui a quanto tempo o senhor quer que eu venha lhe buscar aqui neste mesmo lugar?

— Não sei ainda, Asdrúbal. Depende do que eu conseguir. Mas eu lhe chamo pelo celular.

— Combinado. Boa sorte — quando já ia se afastando, parou o carro, pôs a cabeça fora da janela e chamou: — Doutor, o senhor tem religião? — Alex deu de ombros. — Bom, é melhor ter. Talvez precise chamar seus protetores — e seguiu viagem.

Alex não se preocupou com esse aviso. Apenas concluiu que o povo dali parecia ser muito supersticioso e dado a levar a sério crendices e misticismos religiosos. Foi em frente.

A caminhada pela trilha que conduzia à margem não era nada fácil, principalmente para quem estava acostumado com o asfalto da capital. Tortuosa, chão irregular com muitos trechos cobertos por matagal, bastantes pedregulhos e, de cada lado do caminho, arbustos e árvores das mais variadas espécies em grande quantidade.

De um ponto mais elevado da trilha, pode apreciar o Rio das Almas em grande parte de sua extensão.

O rio era realmente grandioso. Olhando-o, podia-se presumir sua enormidade — quase noventa quilômetros —, compatível com a larga distância que separa suas margens.

Como Asdrúbal dissera, após caminhar quinze minutos, Alex chegou à margem e encontrou vários pescadores, a maioria deles próxima a uma tosca barraca que servia bebidas e petiscos. Devia ser onde o pessoal se reunia para contar os famosos causos de pescadores e tomar um trago.

Alex aproximou-se e conferiu a margem. Não havia nenhum barco à vista, indicando que aquele pessoal pescava à margem, talvez com anzol. Nesse caso, como Alex faria a travessia?

Diante de sua aproximação, os pescadores olharam-no com curiosidade, possivelmente atraídos pela maneira diferente do estranho se vestir, de forma bem mais sofisticada que eles, gente simples.

À sombra de uma árvore frondosa, Alex parou um pouco para observar o local.

Em poucos minutos, surgiu um pescador num bote. Esperou que ele encostasse à margem e aproximou-se:

— Bom dia, amigo, fez uma boa pesca?

— Nem tanto, companheiro. Os peixes hoje estão muito arredios. O senhor também veio pescar? Se veio, vai sujar sua roupa.

Alex sorriu:

— Não, não vim pescar. Aliás, nem sei pescar, nunca fiz isso em minha vida. Na verdade, estou procurando um barco que me dê carona para atravessar o rio. Preciso ir para a outra margem. O senhor conhece alguém que faça esse serviço?

O barqueiro lançou um olhar para a outra margem e voltou a encarar Alex:

— Até onde o senhor quer ir?

— Até o casarão onde morava dona Isadora, a pianista.

O homem parou subitamente de arrumar sua rede de pesca e fitou Alex, sério:

— Olhe, moço, ir até lá remando não é tarefa fácil, porque é contra a correnteza. E, além disso, é um pouquinho longe daqui. Acho melhor o senhor esperar pelo Malaquias que tem um barco a motor. Para ele fica muito mais fácil e penso que ele aceitará o serviço.

— Boa dica, amigo. E onde posso encontrar o Malaquias?

O homem olhou para o rio:

— Ele já deve estar chegando. A gente costuma se encontrar aqui a essa hora para almoçar ali no boteco — disse, enquanto saltava da embarcação.

— E só ele tem barco a motor por aqui?

— Não, alguns outros colegas também têm. No entanto, posso garantir que nenhum dos outros vai dar a carona que o senhor quer. Se alguém for, será o Malaquias, pode acreditar.

Alex aproximou-se do homem:

— Acho que eu não me expliquei direito quando falei em carona. O serviço é pago, não é de graça.

— Claro que não, mas não se trata de dinheiro, moço. Eles simplesmente não vão até lá.

— Ué, por que motivo?

O barqueiro respondeu, enquanto retirava do barco, com cuidado, sua rede de pescar:

— Cada um tem seus motivos, né, moço? A verdade é que ninguém gosta de chegar perto daquela casa.

— Mas não posso saber o por quê?

Pela hesitação do pescador, Alex percebeu que não teria resposta. Ele coçava a cabeça pensando no que responder, mas o homem foi salvo pelo gongo:

— Olha, lá vem o barco do Malaquias. Acho melhor o senhor conversar com ele. — E se afastou carregando nos ombros sua rede.

Alex esperou o barco ancorar e quando percebeu que o motor foi desligado, aproximou-se:

— Malaquias?

O barqueiro usava chapéu de palha, talvez por causa do sol, e levantou o rosto:

— Eu mesmo.

— Eu me chamo Alex e estava à sua espera.

O homem olhou para ele com mais curiosidade:

— Pois não, senhor Alex, a gente se conhece?

Alex sorriu:

— Ainda não — e estendeu a mão. — Agora, sim.

O homem também exibiu um sorriso tímido:

— Posso ajudar o senhor?

Alex foi direto ao ponto. Estava impaciente com tantas invencionices daquela gente:

— Me disseram que o senhor é o único daqui que pode me atravessar para a outra margem do rio e me levar até a casa onde morou dona Isadora, a pianista.

Malaquias respondeu sem nem mesmo olhar para o interlocutor:

— Quem disse isso mentiu para o senhor.

Alex aproximou-se mais do homem:

— Malaquias, eu preciso ir àquela casa. É muito importante para mim. Você pode cobrar o quanto quiser, não me importo.

Malaquias olhou admirado para o rapaz:

— A questão não é o dinheiro, moço.

Alex pensou irritado: "Lá vem outra vez aquela história de assombração!", mas perguntou com calma:

— O que é então, Malaquias?

Desta vez, o pescador parou o que estava fazendo e olhou Alex fixamente:

— Olhe, posso levar o senhor até perto, até um lugar que dá para ver a casa. Mais nada.

— E como é que eu faço para chegar até ela?

— Bom, se depois de ver a casa o senhor ainda quiser ir até ela, eu lhe deixo na margem de lá, a certa distância da casa. É o máximo que posso fazer. O resto do caminho o senhor faz andando, por sua conta e risco.

Alex olhou para ambos os lados enquanto pensava e no final concordou:

— Já que eu não tenho outra opção, está bem, por enquanto. Quanto o senhor vai me cobrar pelo serviço?

Depois de combinarem o preço da travessia, Alex entrou no bote e se acomodou no fundo, da melhor maneira que pode. Estava tenso, já que era a primeira vez que entrava em um barco. Talvez por isso sentia-se um tanto inseguro, até porque não sabia nadar e a embarcação balançava ao sabor das águas.

Malaquias percebeu aquela insegurança:

— O senhor prefere vestir um colete salva-vidas?

Essa gentileza aumentou a tensão de Alex:

— Acha necessário?

— Para uma viagem curta desta, acho que não. É que algumas pessoas se sentem mais seguras com ele.

Mais uma mentirinha:

— Pode deixar, estou bem assim.

O barqueiro deu de ombros e concentrou-se na direção. O percurso foi feito em silêncio, que era quebrado apenas pelo ronco do motor e o som da água se chocando contra a frente da embarcação. Para um jovem da cidade, habituado a andar de carro sobre a segurança de um asfalto, aquela situação não era nada confortável. A forte sensação de perigo era palpável.

Depois de algum tempo avançando pelo rio, sem prévio aviso, Malaquias desligou o motor. Alex se assustou:

— Por que paramos?

Como resposta, o barqueiro limitou-se a indicar um ponto, à frente deles, ainda distante, na margem oposta.

— Ali está o que o senhor procura.

Alex olhou na direção indicada, apurou a vista e então, pela primeira vez, viu o casarão que herdara de sua tia.

A imponência do casarão dava-lhe status para ser chamado de mansão.

De onde Alex podia ver, eram dois altos e amplos andares cercados por densa vegetação e árvores. Estava

72

protegido por um alto muro marrom que, mesmo à distância, percebia-se necessitar de limpeza e reparos, em função de estragos causados pela ação do tempo e das chuvas. Aliás, visto assim de longe, todo o local mostrava abandono e carecia de urgente limpeza e reforma.

Talvez por se tratar de uma construção antiga e isolada, no meio de uma floresta e à margem de um caudaloso rio, tinha mesmo uma aparência assustadora. Não era por acaso que os moradores da região evitavam chegar perto: o casarão assemelhava-se àquelas mansões assombradas dos antigos filmes de terror, que eram os lugares preferidos por vampiros, fantasmas e almas do outro mundo.

A bem da verdade, o próprio Alex não se sentia confortável diante daquela visão. E, no entanto, aquele casarão agora lhe pertencia e ele precisava conhecê-lo.

Teve dúvidas se queria realmente saltar na outra margem e caminhar sozinho até lá. Do barco, fez mentalmente o percurso. Concluiu que não deveria fazê-lo agora, pelo menos. Precisava pensar melhor a respeito e planejar direitinho sua visita. Talvez fosse recomendável vir acompanhado.

O barqueiro aguardava pacientemente sua decisão, mantendo-se todo o tempo de costas para o casarão, contemplando as ondulantes, porém calmas águas do rio, que faziam o barco balançar suavemente.

— E então, moço?

A pergunta interrompeu os pensamentos de Alex:

— Pensando melhor, Malaquias, deixarei para ir até lá em outra ocasião. Hoje, não é um bom dia para isso.

Alex teve a impressão de que o barqueiro suspirara aliviado:

— Vê-se que o moço tem juízo. Podemos voltar?

— Sim, podemos. Mas virei amanhã novamente. Se o senhor puder, me espere amanhã, no mesmo lugar,

73

perto do boteco, nesta mesma hora. Talvez eu venha acompanhado.

— Acho uma boa ideia.

— Verei se encontro alguém que queira me acompanhar. Podemos ir, então, Malaquias.

— O senhor é quem manda — O barqueiro voltou a ligar o motor e deu a volta. Agora, parecia definitivamente aliviado.

De certo modo, Alex também se sentia mais leve enquanto fazia o percurso de volta pela trilha para se encontrar com Asdrúbal, o taxista, a quem já chamara pelo celular.

Se, de um lado, estava aliviado por ter se livrado da tensão do rio, por outro lado, incomodava-o aquele silêncio e a falta de companhia.

Talvez por isso ocorreu-lhe um pensamento pessimista: se lhe acontecesse um acidente ali, uma queda, por exemplo, e ele quebrasse uma perna, não haveria quem lhe socorresse por um bom tempo. Esse pensamento só fez aumentar seu desconforto.

Além de deserta, a trilha era íngreme e irregular. Durante a noite, deveria ser impossível caminhar por ali.

No lugar combinado para o encontro, e muito mais impulsionado pela ansiedade do que pela pressa, voltou a ligar para o taxista que felizmente já estava a caminho e chegou em poucos minutos. Tão logo parou o veículo, Asdrúbal perguntou:

— E então, doutor, conheceu o casarão?

Alex entrou rapidamente no carro. Por alguma razão, tinha urgência em se afastar dali:

— Que nada, rapaz, ainda não foi desta vez. Só olhei por fora e mesmo assim de longe. Como o senhor disse, ninguém quis me levar até lá. Só o Malaquias.

Manobrando para fazer o retorno, Asdrúbal comentou:

— Eu avisei o senhor. O pessoal daqui tem muito respeito por aquele lugar. E eu não tiro a razão deles. Tem certas coisas na vida que é melhor a gente respeitar, não é mesmo?

— Eu até concordo, mas não vejo qual o problema de alguém me levar até o casarão.

— Até podemos não saber qual, mas motivo há de ter, não é mesmo? Motivo há de ter.

Alex ficou um pouco em silêncio e depois disparou:

— Mas eu sou teimoso, Asdrúbal. Voltarei amanhã e se for preciso vou a pé. Já estou decidido a conhecer o casarão.

O taxista apenas olhou para ele pelo espelho retrovisor e abanou a cabeça de um lado para o outro. Mas pensou: "Bom, não foi por falta de aviso."

Capítulo 7

De volta ao hotel, Alex almoçou e foi para seu quarto. Não se sentia com disposição de sair e fazer as compras de que precisava, até porque não pretendia ficar mais tempo naquela cidade. Nada contra o lugar, mas o assunto e os acontecimentos em torno de sua herança o deixavam incomodado. Por isso, dizia para si mesmo que, quanto antes retornasse a São Paulo, melhor.

Deitou-se um pouco e ficou refletindo, olhando para o teto, com as mãos entrelaçadas atrás da nuca.

De um lado, estava feliz com o dinheiro que receberia de herança. Era uma quantia generosa e, se bem aplicada, lhe permitiria ajeitar muito bem sua vida de solteiro. O valor era suficiente para comprar um pequeno apartamento e um carro novo. O restante aplicaria para fazer dos rendimentos um salário, enquanto não conseguisse um bom emprego. Claro, também ajudaria seus pais no que precisassem.

Não sabia ainda o que fazer com as joias, nem ao menos sabia quanto valiam. Teria que consultar um especialista para solicitar uma avaliação. Já tomara uma decisão: por uma questão sentimental, achou que não seria correto vendê-las. Talvez sua mãe fizesse melhor uso delas. Ou talvez pudesse guardá-las para serem usadas no futuro por sua esposa, quando e se se casasse.

Quanto aos discos e fotos, ah, essas coisas despertaram sua curiosidade para saber mais sobre sua tia e suas atividades. Queria conhecer seu rosto por meio das fotos, queria ouvir suas gravações. Tudo isso só iria acontecer depois que os trâmites burocráticos fossem concluídos, inclusive após ter a escritura do imóvel transferida para seu nome.

Torcia para que o doutor Aderbal, por meio dos contatos que garantia ter, conseguisse mesmo agilizar essa burocracia para que pudesse retornar a São Paulo e tocar sua nova vida.

Por fim, pensou melhor, venceu a preguiça e decidiu sair. Ainda que lhe faltasse disposição, precisava comprar algumas coisas para sua permanência ali por mais um ou dois dias.

Não perdeu muito tempo nessa tarefa. Era muito prático: entrava numa loja já sabendo o que queria. Não era de ficar escolhendo muito, nem de pechinchar. Então, escolhia, pagava e saía.

Depois das compras, voltou ao simpático barzinho onde o estranho velho se sentara à sua mesa na noite anterior. Precisava revê-lo e fazer-lhe algumas perguntas. Ele dera a impressão de saber muito mais coisas do que falara. Torceu para que a sorte o ajudasse e fizesse o velho aparecer outra vez.

Pediu duas garrafas de cerveja, dois copos e ficou bebericando devagar. O garçom olhou-o com desconfiança, diante do pedido de duas garrafas e dois copos, mas nada questionou. Ou iria se repetir a esquisitice da noite anterior ou vai ver o forasteiro estava esperando companhia, pensou.

Alex pedira duas cervejas e dois copos para que funcionassem como isca. Se desse certo, o velho entenderia aquilo como um convite e viria. E ele não estava errado. Justamente, por isso, não se surpreendeu quando ouviu a voz rouca já conhecida:

— Vejo que apesar das minhas recomendações, o senhor resolveu ficar mais alguns dias na cidade.

O velho estava de pé ao seu lado, com as mãos dentro dos bolsos do mesmo paletó escuro surrado:

— Eu já o esperava. Pode sentar.

Enquanto sentava, o velho insistia no alerta:

— Não se pode negar que o senhor é corajoso.

— Eu diria que sou apenas curioso. Há algumas pequenas coisas que gostaria de esclarecer antes de retornar a São Paulo. Por que o senhor fugiu ontem? Não tínhamos acabado ainda nossa conversa.

— O senhor estava fazendo muitas perguntas inconvenientes e eu preferi sumir.

— Isso não foi justo. Eu tenho o direito de saber as respostas das perguntas que faço. São todas sobre minha tia.

O homem encheu o copo com a cerveja e bebeu-a de um só gole. Antes de falar, limpou a boca com a manga do paletó:

— Eu, se fosse o senhor, deixava quieto. Há coisas que se forem muito mexidas podem feder.

— Ora, amigo, mau cheiro incomoda, mas não mata ninguém. Não tenho medo de mexer nas coisas.

— O senhor é quem sabe — encheu o copo outra vez e voltou a esvaziá-lo sofregamente. — Mas afinal de contas, o que é mesmo que o senhor tanto quer saber?

— Coisas simples. Por exemplo, do que foi mesmo que dona Isadora morreu?

O homem abanou o ar com a mão:

— Ora, isso todo mundo já sabe. O médico disse que foi infarto fulminante e para mim isso basta.

— Certo, concordo. E quanto ao antigo empresário, aquele que vivia com ela? O senhor o conheceu?

Ao ouvir a pergunta, o velho pareceu estremecer e mostrar algum medo:

— Não, nunca soube quem ele era.

Pelo nervosismo demonstrado, Alex teve a certeza de que ele mentia. Decidiu insistir:

— O senhor não sabe nem ao menos que fim ele teve?

O velho serviu-se de mais cerveja e, novamente, bebeu quase tudo de um gole só e disparou:

— Olha, moço, o que eu sei dele é que era um bom sujeito. Contudo, passou a beber muito depois que veio morar no casarão. Acho que, como homem de cidade grande, ele não aguentou a reclusão que era viver com Isadora, naquele casarão, sem vizinhos, sem amigos nem parentes. A solidão pode matar, o senhor sabia disso?

— Não no meu caso. Não tenho medo de solidão. Há anos moro sozinho em São Paulo.

— Mas se lá o senhor quiser ver outra pessoa viva, basta abrir a porta ou a janela, não é mesmo?

— Isso é verdade. O que não falta lá é gente.

— Pois naquele casarão a pessoa convivia com o silêncio durante o dia, e com a escuridão e os sons da mata durante a noite. Essa situação, durante muito tempo, é de enlouquecer qualquer ser humano.

80

— Vejo que o senhor é muito bem informado. Que mais sabe sobre o ex-empresário de Isadora?

— Só sei lhe dizer que, depois que veio para cá, ele andava sempre bêbado, dentro daquela prisão voluntária.

— Até essa parte eu entendi. Desculpe insistir, como foi que ele morreu?

O homem olhou Alex fixamente. Depois se serviu de mais um copo, desta vez usando a garrafa de Alex, pois a sua já estava vazia:

— Preste atenção porque não vou repetir nada. Não gosto de falar sobre isso — fez uma pausa para mais um gole. — Uma noite, cerca de três anos antes do falecimento de Isadora, ele foi ao rio para pescar, seu único passatempo. Devia estar muito embriagado, como sempre, e deve ter caído no rio e morrido afogado.

— O senhor acredita nessa história?

— Bom, que ele morreu, não há dúvidas, apesar de nunca terem achado o corpo dele. Agora, quanto à sua pergunta, só existem duas hipóteses. Ou ele caiu, como eu disse...

— Ou...?

— Ou foi empurrado para dentro do rio.

Desta vez, foi Alex quem tomou um gole da cerveja:

— Ora, mas quem faria isso? Devido à idade, dona Isadora não devia ter condições de andar à noite pela margem do rio e muito menos ter força para empurrar um homem para dentro d'água.

O velho recusou enfaticamente essa possibilidade:

— Não, ela, não. Ela não faria isso com ele. Ela o amava.

— Mas havia mais alguém lá?

Ele ficou um instante em silêncio, depois balançou a cabeça, afirmativamente, em silêncio. Depois disse:

81

— A cuidadora. Havia uma cuidadora, a Solange. Ela foi contratada depois que o companheiro de Isadora começou a beber. Foi preciso contratar uma cuidadora, pois o sujeito não dava mais conta de assumir algumas responsabilidades por causa da bebida.

Alex perguntou lenta e cautelosamente:

— Em sua opinião, essa cuidadora poderia ter empurrado o sujeito, o companheiro de Isadora?

— Quem pode saber do que uma mulher é capaz de fazer para atingir seus objetivos?

— E ela teria motivos?

— Meu caro, quando uma mulher não tem motivos para fazer o que quer, ela os arranja facilmente.

Alex olhou para as poucas pessoas que passavam na rua, naquele momento. Estava refletindo sobre as coisas que ouvira:

— A polícia não desconfiou do desaparecimento dele? Nem que a cuidadora pudesse ter algo a ver com isso?

— Ora, meu amigo, quem iria se preocupar com o que poderia ter acontecido a um sujeito imprestável que só andava bêbado e que não era capaz de tomar conta nem da própria mulher? Ninguém, nem mesmo a polícia. E para piorar o quadro, a cuidadora era linda, tinha carinha de boneca. Um sorriso dela desfazia logo todas as suspeitas.

Alex sentiu que essa observação poderia ter mais algum significado. Por isso, insistiu:

— O senhor a achava bonita?

— Era linda, tinha a carinha de anjo. Loira, de olhos azuis. Não sei como aquela moça, bonita e inteligente daquele jeito, aceitou vir se enterrar num lugar como o casarão.

— É estranho mesmo. Devia ter algum motivo.

— Dizem que era fugitiva da polícia de São Paulo. Se isso era verdade, ela achou um ótimo esconderijo no casarão.

Para Alex, alguma pista estava querendo aparecer:

— Parece que o senhor a conheceu bem.

— Sim, eu a conheci muito bem. Muito bem mesmo. Ela era muito linda, o senhor precisava tê-la visto.

Alex debruçou-se sobre a mesa e aproximou-se do velho:

— Agora me deixe fazer-lhe uma última pergunta: como é que o senhor sabe tanto sobre a vida de dona Isadora, do companheiro dela e até da cuidadora?

O velho pareceu não ter ouvido a pergunta:

— O senhor precisa ver a beleza dela. Ah, já sei como fazer. Espere-me aqui um pouco. Vou buscar uma foto dela. — E o velho levantou-se, apertando o paletó surrado contra o corpo e sumiu na esquina.

Alex deveria ter desconfiado: claro que o velho não voltou.

Como pudera ser tão ingênuo assim? E pior: esquecera novamente de perguntar o nome dele e onde poderia encontrá-lo, se precisasse de mais alguma informação.

Quando o garçom veio cobrar a conta, Alex aproveitou para perguntar, com certa ironia:

— E agora, vai me dizer novamente que não viu o velho sentado aqui comigo na minha mesa, bebendo minha cerveja?

O moço olhou para ele, com expressão séria:

— Desculpe, não quero lhe faltar com o respeito, mas não sei por que o senhor insiste nessa conversa. Só pode ser alguma brincadeira que não conheço.

— Você não acredita em mim mesmo, não é?

— Como é que o senhor quer que eu acredite nessa história se nem ao menos o senhor se dá ao trabalho de esvaziar o copo desse seu amigo invisível. A menos que queira desperdiçar a cerveja.

Para espanto de Alex, o outro copo estava cheio, nem chegara a ser tocado, enquanto a segunda garrafa estava cheia até o tampo! Também não fora usada! Havia alguma coisa errada ali. Com o lugar ou com ele mesmo.

Preferiu não questionar mais o garçom, pois já não sabia mais quem estava com a razão.

Pagou a conta e foi embora dali, mais uma vez irritado.

Para compensar sua chateação com aqueles episódios estranhos e inexplicáveis ocorridos no barzinho, quando retornou ao hotel, teve uma boa notícia. O tabelião havia telefonado deixando-lhe um recado para entrar em contato.

Alex subiu rapidamente para o quarto e de lá ligou para o cartório. Logo reconheceu a voz de Aderbal:

— Boa tarde, doutor Aderbal, é o Alex. Acabo de receber seu recado.

Pela voz, o tabelião parecia muito contente:

— Olá, meu caro! Tenho ótimas notícias. Sua escritura já está prontinha, em seu nome. O senhor agora é o legítimo proprietário de um belo casarão. Pode passar aqui, pegar a via original juntamente com as chaves e tomar posse do imóvel.

Alex suspirou aliviado. A trabalheira estava chegando ao fim. Logo, logo já poderia voltar para sua tranquila pensão:

— Que ótimo, doutor, fico muito contente. E agradeço-lhe muito o seu empenho em agilizar o processo.

— Temos que agradecer aos nossos amigos. Como lhe disse, a cidade aqui é na verdade uma comunidade muito unida e disposta a ajudar uns aos outros.

— Pois, por favor, não se esqueça de agradecer a eles por mim, quando tiver oportunidade.

— Farei isso, pode ficar tranquilo.

De posse das chaves, Alex poderia ir buscar os álbuns de fotos e os discos que estavam no casarão, bem como as joias. A importância em dinheiro seria transferida para sua conta-corrente nos próximos dias. E o assunto estaria encerrado.

De resto, precisava apenas tentar localizar Solange, a cuidadora de Isadora. Se ele realmente queria conhecer toda a história da sua tia, era preciso pesquisar e localizar as pessoas que viveram com ela.

À noite, voltou a ter um sono perturbado por pesadelos e períodos de insônia. Usando de sua lógica, concluiu que devia ser por causa da ansiedade de resolver logo aquele assunto, que, afinal, estava prestes a ser encerrado.

Pelo menos era o que Alex pensava. Mal acabou o desjejum, saiu em disparada para o cartório.

A recepcionista recebeu-o com o mesmo largo e bonito sorriso da vez anterior:

— Bom dia, senhor Alex. O doutor Aderbal já está à sua espera. Pode entrar — ela abriu a porta e afastou-se para ele passar.

Aderbal levantou-se, abriu os braços e veio recebê-lo à porta, sorridente:

— Bom dia, jovem herdeiro — Aderbal parecia continuar com o bom humor percebido no telefonema.

— Parabéns para o senhor pela sua agilidade em resolver a burocracia. Sei que essas coisas costumam ser demoradas.

Ele pegou Alex delicadamente pelo braço e conduziu-o à cadeira defronte sua mesa de trabalho:

85

— Essa é uma das vantagens de se morar em uma cidade pequena. Como já lhe disse e não me canso de repetir, aqui todo mundo se conhece e não se recusa a prestar favores aos amigos.

— Isso é muito bom. Na capital é bem mais difícil.

— Sei como é. Lá a competição é muito grande — o doutor Aderbal passou-lhe um envelope. — Eis aqui as chaves do imóvel — em seguida, deu-lhe um envelope maior. — E aqui está o original da escritura, bem como o comprovante bancário da transferência do dinheiro de sua tia para a sua conta bancária. As joias, as fotos e os discos o senhor poderá pegá-los quando for visitar o casarão. E desta maneira, finalmente fica tudo resolvido.

— Ótimo. Pretendo fazer isso o quanto antes.

Aderbal voltou a sentar-se à sua mesa de trabalho:

— Há mais um detalhe: nessa primeira vez em que o senhor for visitar o casarão, um oficial do cartório lhe fará companhia. E para quê? Para atuar como testemunha de que tudo está no devido lugar e em perfeitas condições. Isso é de praxe, espero que não se importe.

— De jeito nenhum. De minha parte está tudo bem.

— Ótimo! Então ficarei apenas aguardando o senhor me informar quando fará a visita para que possa designar um acompanhante. Espero que faça bom uso de tudo isso.

— Farei, doutor, pode ter certeza.

O tabelião levantou-se para melhor mostrar a documentação:

— Queira assinar aqui confirmando que recebeu tudo o que descrevi.

Alex sentiu-se feliz em saber que inspirava credibilidade:

— Agradeço-lhe muito pela confiança.

86

Aderbal voltou a sentar-se:

— Já sabe o que fará com o casarão?

Alex continuava sentado à sua frente:

— Ainda não pensei nisso. Primeiro, preciso conhecê-lo por dentro, ver em que estado está e decidir as reformas e consertos de que precisará. Depois, pedirei a um especialista que faça uma avaliação do valor imobiliário dele.

— Muito bem pensado. O senhor é um rapaz inteligente.

— Bom, agora que já tenho as chaves, verei se finalmente conhecerei o casarão.

O tabelião acendeu o charuto:

— Só lhe peço que tome muito cuidado.

O rapaz sorriu curioso:

— Qual o perigo?

O homem soltou uma baforada para o alto:

— Bem, aquela região é muito deserta e de difícil acesso. Já está sabendo que o casarão fica do outro lado do Rio das Almas, não é?

— Sim, já me informaram. Mas fique tranquilo, saberei me cuidar, pode estar certo.

— Quando o senhor pretende ir ao casarão?

— Preciso ser ágil para voltar logo a São Paulo. Por isso, pretendo ir agora mesmo.

O tabelião ficou surpreso, tirando o charuto da boca:

— Agora mesmo? Ah, então me deixe chamar o oficial do cartório para acompanhá-lo. Espere um instante — pelo interfone, pediu à secretária. — Joice, minha querida, peça para o Cordeiro vir à minha sala — fez uma pausa. — Não veio trabalhar hoje? E tem algum outro aí? Quem, a Bruna? Hummm ... — Aderbal pareceu pensar um pouco. — Está bem, peça a ela para entrar.

87

E ela entrou.

Alex teve uma agradável surpresa e disfarçou um sorriso de satisfação. Bruna era uma jovem muito bonita, alta, morena clara, de olhos bem azuis e cabelos negros cortados bem curtos. Vestia camisa e calça jeans, que lhe acentuavam o ar jovial e o corpo proporcionalmente bem distribuído. Tinha a mesma idade de Alex.

Ela perguntou com uma voz macia e clara:

— Com licença, doutor, o senhor me chamou?

— Chamei, Bruna, sente-se um pouco — e voltando-se para Alex, apresentou-a. — Esta é Bruna, uma de nossas melhores oficiais. É de ouvir bastante e falar pouco, como convém a um oficial. Se estiver disponível, ela o acompanhará nesta primeira visita à casa.

Alex estendeu-lhe a mão, encantado. Precisava tomar cuidado para não deixar transparecer que se sentira atraído de imediato pela jovem. O tabelião poderia não aprovar isso:

— Olá, Bruna, muito prazer. Espero não lhe dar muito trabalho.

Ela sorriu e conquistou Alex de vez. Seus lábios carnudos abriram-se num sorriso que revelava dentes alvos e perfeitos.

— O prazer é meu, senhor Alex.

Aderbal explicou:

— O nosso amigo Alex é de São Paulo e, dentre outros bens, herdou um casarão aqui na cidade, deixado por uma tia recém-falecida.

— Meus sentimentos, senhor Alex.

— Tudo bem, Bruna. Eu nem conhecia essa tia.

Aderbal interrompeu aquele diálogo que prometia ir longe:

— O problema é o seguinte, Bruna: agora Alex precisa conhecer o casarão. Precisa ir até lá.

— Entendi. E onde é o casarão?

O tabelião soltou outra baforada para cima e fez a pergunta sem olhar para a jovem:

— Você já deve ter ouvido falar na dona Isadora, não?

— A pianista? Sim, claro — dirigiu-se a Alex. — O senhor herdou a casa dela, aquela mansão?

Alex balançou a cabeça, divertido com a expressão de surpresa que a oficial mostrou:

— Essa mesma.

Aderbal tentou se justificar:

— Bruna, sei que o percurso até lá não é muito fácil. Por isso, procurei pelo Cordeiro, mas parece que ele não veio trabalhar hoje.

— É, ele está com um probleminha de saúde, nada grave, apenas um resfriado forte. Mas não se preocupe, doutor, eu irei. Sei onde é o casarão, inclusive já estive lá, tempos atrás. E só para lembrar: hoje em dia as mulheres fazem praticamente todos os trabalhos que antes eram exclusividade masculina.

Aderbal sorriu:

— Entendi o recado. Sendo assim, você aceita a tarefa?

— Claro!

Aderbal tranquilizou-se:

— Ah, que bom.

Alex quis prolongar o diálogo com a moça:

— E pelo que me disseram, parece que teremos que atravessar para a outra margem do Rio das Almas, não é verdade? Como poderemos fazer isso?

— Sempre tem barqueiros por perto das margens. Eles costumam ficar ali pescando e, quando necessário, fazem travessias.

O jovem brincou um pouco:

— Espero que os barcos sejam bastante seguros, porque confesso que não sei nadar.

Bruna voltou a mostrar aquele sorriso lindo:

— Ah, não se preocupe, eu nado muito bem. Estando comigo o senhor não correrá perigo de se afogar.

Se Aderbal tinha boa percepção, já devia ter notado o clima de simpatia mútua que se instalara entre os dois jovens. Talvez, por isso, tratou de encerrar a reunião, levantando-se:

— Bom, espero que vocês se deem bem para tornar essa árdua missão em algo mais fácil.

Alex quis ser gentil:

— Desde que a oficial Bruna observe uma condição.

Ela se mostrou surpresa:

— Qual condição?

— Que pare de me chamar de "senhor". Afinal, acho que devemos ter a mesma idade.

Outro belo sorriso foi exibido para deslumbramento do rapaz:

— Eu não o chamarei de senhor e o senhor não me chamará de oficial, combinado?

Deram-se as mãos:

— Acordo fechado.

90

Capítulo 8

Já na rua, Bruna perguntou-lhe:

— Quer que eu providencie um táxi?

Alex mostrou-lhe o cartão de visitas de Asdrúbal:

— Não precisa, já fiz algumas amizades.

Chamou Asdrúbal pelo celular e em poucos minutos ele estacionava ao lado dos dois. Gentilmente, Alex abriu a porta para Bruna.

— Alex, se você não se importar, prefiro ir no banco da frente, porque já conheço o caminho e posso ir orientando o motorista.

Ele brincou:

— Perfeito. Irei curtindo minha solidão no banco traseiro.

Ela aceitou a brincadeira e respondeu com um daqueles sorrisos.

Alex aproveitou o percurso para tirar algumas dúvidas:

— Bruna, como foi mesmo que descobriram que dona Isadora havia morrido, uma vez que ela morava só?

Ela apoiou um braço no encosto do assento e voltou-se para responder, focando nele aqueles incríveis olhos azuis:

— Segundo consta, foi o carteiro quem a encontrou. Ele foi levar uma correspondência que chegara via Sedex e precisava que ela assinasse o recibo. Tocou a campainha várias vezes e como ninguém atendeu, ele, sabendo que a senhora morava sozinha, ficou com receio de que alguma coisa tivesse acontecido com ela, até porque a porta estava aberta. Então ele entrou e descobriu o corpo. Na mesma hora ele ligou para a polícia.

— Outra coisa: além dele, mais alguém frequentava a casa?

— Que eu saiba, além do carteiro, o rapaz do supermercado, que semanalmente lhe levava mantimentos, um policial que fazia a segurança do local, um jardineiro que ia quinzenalmente e o médico dela, que a visitava uma vez por mês, além de uma moça que trabalha no banco. Ah, havia também o padeiro, que ia dia sim, dia não. Que eu saiba, essas eram as pessoas que tinham acesso à casa.

Depois de processar mentalmente essas informações, Alex voltou a fazer mais perguntas:

— Por acaso, você sabe que fim tiveram o ex-companheiro dela e Solange, a cuidadora?

— Bom, eu não confirmo nada, mas dizem que ele caiu no rio, bêbado, quando pescava à noite. Como o corpo dele nunca foi encontrado, não foi possível atestar a veracidade da causa da morte.

— E quanto a cuidadora?

— Ela simplesmente sumiu, desapareceu. Diziam que era fugitiva da polícia de São Paulo e que viera para cá para se esconder. Isso é o que contam. Mas, depois de algum tempo prestando serviços a dona Isadora, ela sumiu, de repente, alguns anos depois da morte do patrão. Dizem que ela teria ido para uma cidade do interior do Rio de Janeiro, onde teria amigos. Ninguém sabe. O fato é que ela se foi de repente, sem se despedir de ninguém.

O resto do percurso foi feito em silêncio, durante o qual Alex foi admirando o delicado pescoço de Bruna à sua frente, desnudo pelo corte curto dos cabelos negros.

Até que o carro parou e Asdrúbal falou com firmeza:

— Pronto, aqui é meu ponto-limite. — O taxista voltou-se para Alex. — O senhor quer que espere vocês?

— Não precisa, Asdrúbal. Quando voltarmos, lhe chamarei pelo celular e nos encontraremos aqui neste mesmo lugar.

— Está bem. Mas tenha cuidado.

Alex percebeu o alerta:

— Engraçado, é a segunda vez que me dizem isso.

Bruna alimentou a tensão:

— Não há de ser por acaso, não é, Asdrúbal?

Alex riu ao pensar em fazer uma piada: "Até tu, Bruna?", mas preferiu ficar calado.

Caminharam lado a lado, inicialmente sem fazer comentários. O terreno da trilha era absolutamente irregular, o que exigia que andassem com atenção e cuidado.

Depois de algum tempo, Alex puxou assunto:

— Não lhe assusta andar sozinha por estes lugares?

— Eu nunca estou sozinha, meu caro.

— Não estou me referindo a este tipo de companhia que ninguém vê e não vai lhe defender de um assalto, por exemplo.

93

— Quem disse que não?

Alex falou em tom de quem está ralhando:

— Bruna, aprendi que devo trabalhar com evidências, coisas concretas.

— E quem disse a você... ai! — Bruna desequilibrou-se com um pedregulho, torceu o pé e quase caiu se Alex não a tivesse segurado.

Ele riu e brincou com ela:

— Viu? Cadê sua proteção?

— Sem essa! Eu estou acompanhada por você e nem assim deixei de tropeçar, como se eu estivesse sozinha.

— Eu estou brincando com você. Deixe-me ver seu pé — ele agachou-se para examinar melhor. Sentiu um enorme calor interior quando tocou na pele macia do pé de Bruna. Enquanto ele examinava, ela se apoiava com uma das mãos no ombro dele. — Está tudo bem, não aconteceu nada com seu pé, mas vê se toma mais cuidado.

Ela riu divertida:

— Ah, só faltava essa, levar bronca no meio de uma trilha deserta! Pois vou torcer para você também tropeçar.

— Desista, minha cara, mau-olhado não pega em mim.

E foi assim, rindo, que se aproximaram da margem do Rio das Almas, onde Malaquias já os esperava.

Já fazia algum tempo que Malaquias estava à espera de Alex. Chegou a pensar mesmo que ele tivesse desistido, no entanto, nesse caso, teria telefonado para que ele não ficasse esperando.

Não lhe agradava muito a ideia de se aproximar do casarão. Havia muitas histórias estranhas a respeito dele. Pessoalmente, Malaquias nunca vira nada, mas preferia não arriscar. Colegas seus juravam já ter visto fantasmas rondando o local.

Suspirou de alívio quando viu o casal chegar.

Alex apresentou-lhe a acompanhante e ambos se acomodaram no barco, que balançou sob o peso deles. Alex se desequilibrou e se apoiou em Bruna, que sorriu.

Ele brincou:

— Ei, seu mau-olhado tem efeito retardado, é?

— Já percebeu que sou vingativa, não é?

Ele falou sério:

— Desculpe, Bruna. Se não me seguro em você, eu cairia na água.

— Não se preocupe, Alex. Eu disse no cartório que comigo você não correria perigo, lembra?

— Lembro e espero que você tenha falado a verdade.

— Eu falei a verdade, acredite.

Somente quando percebeu que os passageiros estavam sentados e seguros, foi que o barqueiro deu início à pequena viagem rumo ao casarão com fama de assombrado.

Novamente, o ronco do motor e o som das águas se chocando contra a frente da pequena embarcação eram os únicos barulhos que se podia ouvir, e Alex se sentiu aliviado por ser dia claro.

Depois de alguns minutos, o ronco do motor foi diminuindo e o barco aproximou-se da margem oposta. Na frente, ao longe, já se podia avistar a silhueta do casarão contra o céu que começava a ficar nublado, prenunciando mudança do clima.

Quando a embarcação estava parada, já bem encostada na margem barrenta coberta de folhagem, Malaquias informou:

— Pronto, meu trabalho acaba aqui. Agora é só vocês irem em frente, naquela direção.

Antes de saltar, Alex brincou com o barqueiro:

— Não vai me mandar tomar cuidado, Malaquias? Duas pessoas já me disseram isso hoje.

Ele respondeu sério:

— Pois bem, eu sou a terceira.

Bruna saltou primeiro e ajudou Alex, que se sentia inseguro. Ela se mantinha calma, parecendo muito à vontade de estar ali.

Esperaram Malaquias se afastar para iniciarem a caminhada.

Não era muito fácil andar por aquela trilha cheia de matagal, altos arbustos e grandes pedregulhos.

À medida que se aproximavam do casarão, Alex se perguntava se estava fazendo a coisa certa. Que opção tinha? Herdara aquele imóvel e agora precisava conhecê-lo, ainda que fosse para vendê-lo. Sim, porque independente do seu estado de conservação, jamais moraria outra vez fora da capital. O tempo passado com seus pais em Sertãozinho fora ótimo, mas ele se adaptara muito bem na capital e não pretendia sair de lá, muito menos para morar num lugar afastado e pequeno como aquele.

O terreno próximo à entrada do casarão era mais plano e limpo, como uma clareira, talvez porque pessoas amigas de Isadora passavam por ali com alguma frequência. O trecho de chão de terra batida era forrado por ampla folhagem seca que se espalhava por ali como um grande tapete, que estalava sob as pisadas dos visitantes.

Conforme Alex já vira de longe, a casa era protegida por altos muros marrons, que cercavam toda a residência. Na frente, havia um robusto portão de ferro, com um grosso cadeado, além da fechadura.

Aproximaram-se dele e pararam. Alex voltou-se para a oficial:

— E então, Bruna, vamos em frente ou paramos por aqui?

— Você é quem sabe, Alex. A casa agora é sua. Você me desculpe a franqueza, vir até aqui e desistir, me parece meio sem sentido. E de qualquer forma, você precisa conhecer a casa.

Ele balançou a cabeça, admitindo:

— Você está certa, falei sem pensar. Vamos em frente!

Havia muitas chaves no molho. Na terceira tentativa, Alex encontrou a chave certa. Introduziu-a na fechadura e girou-a.

O portão rangeu lugubremente ao ser empurrado devagar. Passaram por ele e Alex percorreu o caminho ajardinado até a grossa porta de entrada do casarão, artisticamente decorada.

Procurou pela chave no molho e desta vez, acertou logo na primeira tentativa. Olhou para Bruna e hesitou um pouco antes de dar a volta na fechadura. Como não era de fazer orações, limitou-se a pensar: "Que alguém ou algo me proteja".

Voltou a olhar para Bruna, desta vez discretamente. Divertido, viu que a bela oficial fazia calmamente o sinal da cruz, mas não fez nenhum comentário a respeito.

Finalmente, girou a chave e, com cautela, empurrou a pesada porta, que, da mesma forma que o portão, também rangeu de forma lúgubre, como nos tradicionais filmes de horror.

Estava muito escuro lá dentro. Apesar de ser dia claro, as muitas e frondosas árvores que cercavam a casa, davam-lhe sombra e não permitiam a entrada da claridade, lá dentro.

Bruna, que, segundo dissera, já conhecia o casarão, adiantou-se para acender as luzes, afastar as cortinas e abrir as janelas.

Alex pode então apreciar melhor o que herdara.

Ele já vira casarões como aqueles em antigos filmes de terror e mistério: espaçoso, teto alto, panos brancos cobrindo os móveis e amplos sofás, candelabros, alguns deles já com formação de teias de aranha, muitos quadros nas paredes — alguns tortos —, piso de madeira que rangia a cada passo dos visitantes, estantes cheias de livros empoeirados e uma pequena, mas aparentemente pesada mesinha no centro, com um castiçal em cima. A um canto, sobre outra mesinha, havia uma antiga vitrola, daquelas que tocavam discos de vinil. Um enorme piano de cauda repousava a um canto do grande salão e essa visão emocionou Alex, ao pensar que ali certamente sua tia tocara e compusera suas melodias.

A sala seguinte era onde se faziam as refeições, destacando-se uma enorme mesa com oito cadeiras de encosto alto, tudo no estilo *art-déco.*

Alex pensou: "Por que tudo tão espaçoso e grande e por que oito cadeiras se aqui moravam apenas três pessoas?"

A quantidade de pó e teias de aranha indicavam que já há algum tempo não se fazia limpeza ali.

Depois viram o lavabo, a cozinha, e a despensa, onde os mantimentos eram guardados — e havia alguns possivelmente já estragados por ter expirado o prazo de vencimento.

Ali também estavam o fogão, a geladeira e uma enorme cristaleira com porta de vidro bisotado, cheia de copos, taças e pratos.

Em seguida, voltaram para o salão e subiram a escadaria quase em espiral que dava acesso ao andar superior onde deviam ficar os dormitórios e outros cômodos.

98

Eram uma suíte, dois dormitórios e dois banheiros no corredor. Certamente a suíte era usada pela tia Isadora.

Como a porta estava aberta, Alex parou e ficou olhando seu interior, os detalhes, a enorme cama, o guarda-roupa, a penteadeira, pequenas poltronas e outros móveis. Bruna se mantinha atrás dele, também observando tudo.

Alex teve uma estranha sensação ao imaginar que ali vivia e dormia sua tia desconhecida e tão generosa consigo. Que histórias se desenrolaram ali? Era isso que ele, aos poucos, queria descobrir. Falou emocionado para a oficial:

— Bruna, estou me sentindo estranho.

Ela pôs a mão no seu ombro:

— E não é para menos. Não é preciso muito esforço para se imaginar as histórias e os sentimentos que ocuparam este quarto.

Ele pôs sua mão sobre a dela, em sinal de agradecimento pela empatia dela:

— Era justamente nisso que eu estava pensando.

Capítulo 9

No chão, a um canto perto da porta, havia uma grande caixa de papelão. Alex aproximou-se, afastou as partes de cima e descobriu ali muitos discos e alguns álbuns de fotografias. Ele chamou a oficial:

— Bruna, dê só uma espiada.

Ela, que até então se mantivera nos limites da porta do quarto, aproximou-se e também se agachou para melhor observar o conteúdo da caixa de papelão:

— Nossa, que preciosidade, Alex! Estes são os discos e fotos de Isadora Belintani!

— Incrível! Vou querer ver tudo isso com calma.

— Sem dúvida, mas, com sua licença, agora devemos levar isso tudo lá para baixo, para conferirmos o conteúdo. Este é o primeiro passo, como manda o figurino.

— Ok, mas deixe que eu leve.

— Não é preciso. Deixe comigo. Se um homem pode fazê-lo, uma mulher também pode — e riu sarcasticamente.

Bruna adiantou-se, pegou a enorme caixa com desenvoltura e desceu a escada segurando-a com firmeza. Alex ficou admirado com a disposição e força da moça.

Depois deu mais uma espiada no quarto. Foi quando viu o porta-joias sobre a penteadeira. Abriu-o e espantou-se com a grande quantidade de colares, pulseiras, anéis, relógios e brincos. Sua tia devia ser uma mulher bem vaidosa. Claro, era uma artista e fazia apresentações para grandes plateias.

O que ele faria com aquilo tudo? E outra coisa: segundo acreditava, aquelas joias deveriam estar num cofre. Afinal, a casa estava abandonada e a região era deserta. Depois tentaria lembrar-se de comentar o fato com o tabelião. Colocou o porta-joias numa sacola que encontrou numa das gavetas e desceu.

Bruna o aguardava sentada numa poltrona, com a caixa no chão, aos seus pés.

— Encontrei o porta-joias e guardei-o aqui nesta sacola. E agora, qual o próximo passo?

— Agora devo preencher um formulário descrevendo tudo o que encontramos, o estado de conservação do casarão e das coisas que você pretende levar agora consigo.

— Bem, agora vou levar apenas essa caixa com as fotos e os discos e o porta-joias.

— Ok, vou preencher o formulário. Enquanto isso, você pode ficar à vontade, conhecendo o resto do casarão — enquanto ele se afastava, ela brincou: — Não vá se perder, hein?

Ele respondeu no mesmo tom:

102

— Se eu me perdesse, tenho certeza de que você me acharia.

O sorriso de ambos denunciava a cumplicidade que se estabelecera entre eles.

Bruna colocou o porta-joias e a caixa de papelão sobre a imensa mesa para, assim, fazer o relatório.

Enquanto isso, Alex encaminhou-se para a cozinha, pretendendo ver se havia quintal. Mas, no meio do caminho, sua atenção foi atraída para uma pequena sala, que deveria ser de leitura ou repouso. Entrou e fez uma curiosa descoberta: havia dezenas de fotos nas paredes, mas o que o impactou foi o fato das fotos serem suas! Sim, era ele em várias idades da sua infância. Reconheceu isso porque havia fotos dele, quando criança, na companhia de seus pais. Como não tinha irmãos, só podia ser ele.

Ficou surpreso pela quantidade de fotos dele com sua tia Isadora. Não fazia ideia de que, a julgar pelo carinho expresso nas imagens, fora tão amado pela irmã de sua mãe.

De repente, sentiu-se melancólico olhando aquelas fotografias, que refletiam e evocavam parte do seu passado. Apesar desse sentimento, ficou longo tempo ali, apreciando os detalhes de cada foto.

Quando se voltou para deixar a sala, assustou-se com um barulho atrás de si: sem motivo aparente, um dos quadros desprendera-se da parede e caíra no chão, quebrando o vidro que protegia a foto. Alex agachou-se, recolheu a moldura e olhou a imagem: era sua tia Isadora com ele nos braços, olhando-o carinhosamente.

Curiosamente, olhando aquela imagem, sentiu uma leve tontura e preferiu sentar-se.

Atraída pelo barulho provocado pela queda do quadro, Bruna rapidamente apareceu na porta da sala e se assustou vendo-o sentado e muito pálido:

— Algum problema, Alex? Ouvi um barulho. Você está bem?

— Tudo bem, Bruna, não se preocupe. Foi apenas um quadro que se soltou da parede.

— Caiu assim, sem mais nem menos?

— Foi. Nem toquei nele.

— E por que motivo você está tão pálido parecendo que viu um fantasma? Está sentindo alguma coisa?

Ele preferiu não falar de sua emoção ao ver as fotos.

— Não, deve ter sido só o susto.

Pela sua expressão, ela pareceu não acreditar muito na explicação dele, mas preferiu retomar seu trabalho:

— Se precisar de alguma coisa, me chame.

— Pode deixar. Se cair outro quadro agora, vou começar a acreditar em fantasmas.

Bruna sorriu misteriosamente, balançou a cabeça e retornou ao salão onde concluía o relatório.

Alex ficou mais algum tempo olhando os quadros. Súbito, estremeceu: havia uma fotografia, uma única, que mostrava aquele velho que bebera com ele no barzinho! Mas o que ele fazia na galeria de fotos de sua tia e ainda mais com aquela intimidade? Pois na foto ele estava com um dos braços em volta da cintura dela, como se fossem amigos íntimos ou até namorados.

De imediato, chamou a oficial:

— Bruna!

Prontamente ela apareceu na entrada da sala.

— Sim? Caiu outro quadro? — ela brincou.

— Não, engraçadinha. Olhe esta foto: você conhece este sujeito aqui? — mostrou-lhe apontando o dedo.

— Claro que sim, era o ex-marido de dona Isadora, o mesmo que fora empresário dela.

— Por que "ex"?

— Ué, porque ele já morreu. Isso foi há cerca de três ou quatro anos antes de ela falecer.

Alex empalideceu novamente:

— Desta vez você errou. Isso que você disse não pode ser, você está enganada. Olhe de novo a foto, Bruna, por favor. Veja e se certifique se é ele mesmo.

Ela pegou a foto nas mãos e olhou-a com atenção:

— Claro que é ele, sim. Está mais jovem nesta foto, mas é ele. Tenho certeza porque eu o vi algumas poucas vezes, pessoalmente.

Alex balançou a cabeça várias vezes:

— Desculpe, Bruna. Você está enganada. Eu estou afirmando que não pode ser ele.

Bruna sorriu com a dúvida dele:

— Como não, sabichão? Eu também estou lhe afirmando que é ele mesmo, o senhor Jefferson.

Alex se aproximou dela e segurou-a pelos ombros:

— Bruna, um de nós dois está louco. Eu estive com este sujeito duas vezes nesses dias. Até bebemos cerveja juntos.

Bruna deu uma gargalhada, divertida. Depois, tapou a boca com uma das mãos:

— Desculpe, Alex, não quero zombar de você, mas agora já sabemos quem está louco aqui.

Alex não riu com a brincadeira dela:

— Estou falando sério, Bruna.

Ela continuou brincando:

— Quantas cervejas você bebeu com ele, Alex?

— Não é nada disso, Bruna. Preste atenção: tomamos uma ou duas garrafas, que não dá para ninguém ficar embriagado, nem ter alucinações. Estou lhe afirmando: estive duas vezes com esse homem, dias atrás. Por que raios você não acredita em mim?

Ela parou de rir porque percebeu que ele começava a ficar irritado com a dúvida dela.

— Alex, não duvido de você. Tudo bem, então beberam cerveja juntos. No entanto, posso lhe assegurar

105

que esse homem morreu há pelo menos três anos ou mais, se não me falha a memória.

Alex ficou longo tempo olhando para a oficial. Os olhos azuis dela brilhavam e sorriam. Ele ainda buscava uma explicação:

— Você sabe se ele tinha irmão?

— Se tinha, nunca apareceu por aqui.

Finalmente, ele pareceu conformado:

— Tudo bem. Não adianta nada ficarmos discutindo aqui. Quando voltarmos à cidade, vou procurá-lo e apresentá-lo a você. Aí veremos quem está louco. Vou descobrir onde ele está.

Neste momento, inesperadamente, duas ou três portas do andar de cima fecharam-se com violência, ao mesmo tempo, fazendo um enorme barulho que os assustou.

Alex buscou uma explicação racional, dentro da sua lógica:

— Caramba, o vento está forte mesmo.

Bruna falou sério:

— Não foi o vento, Alex. Foi um aviso para você não procurar o homem e não mexer nesse assunto.

Desta vez, foi ele quem brincou:

— Ei, o que é isso, Bruna? Você é espírita, por acaso? Acredita nessas coisas de fantasmas?

Ela continuava séria:

— Sou espírita, sim, e não é por acaso, é por convicção. E também não se trata de acreditar em fantasmas ou não. São coisas que existem. Caso você não saiba, o corpo físico morre e desaparece, mas a alma não morre, não desaparece. E ela, às vezes, se manifesta para nós.

Ele tratou de acalmá-la, pois percebera que ela se exaltara na defesa de sua crença:

— Está certo, oficial brava, mas, eu não sou espírita, nem acredito nessas coisas. Logo, não poderia ter visto e falado com uma pessoa que já morreu, concorda?

Ela ficou mais calma com a brincadeira dele:

— Não é bem assim que a coisa funciona. Vai ver você é médium e não sabe disso.

— Eu, médium? Brincadeira. — Ele deu as costas para ela. — Nem sei o que é isso.

— Médiuns são pessoas que possuem uma sensibilidade especial que lhes possibilita ver pessoas que já deixaram esta vida.

Ele se voltou:

— Amiga, não sou médium coisa nenhuma. E quer saber? Eu não acredito nisso.

Mal Alex concluíra a frase, todas as luzes da casa se apagaram.

O casal ficou alguns instantes em silêncio. Como a claridade do dia não penetrava na casa, reinou naquele momento uma relativa escuridão, mesmo com as janelas abertas.

Bruna foi irônica:

— Ok, sabichão, o que você acha disso?

Ele tentava manter sua racionalidade, mas era evidente que estava com medo:

— Bruna, não me venha com fantasias sobrenaturais. A ventania que deu ainda há pouco deve ter derrubado algum poste lá fora e desligado a energia elétrica.

Mal acabara de falar, todas as luzes voltaram a se acender. Bruna ironizou novamente com um sorriso:

— Consertaram rápido, né, amigo? Os técnicos daqui nunca foram tão eficientes...

— Ora, Bruna, pare com isso. Se procurar, encontrará outra explicação que não essa sua.

— Como queira, Alex. Não vou mais explicar nada. Cada um acredita no que quer.

Foi quando ouviram o som melodioso do piano.

Desta vez, ambos empalideceram e levaram alguns segundos para se refazer. Alex não estava gostando daquilo:

— Quem está tocando, Bruna?

— Como é que eu posso saber, criatura? Eu estou aqui com você faz tempo.

Novamente, ele usou a racionalidade:

— Já sei! Alguém deve ter entrado na casa enquanto conversamos aqui e está se divertindo com o piano. Vamos lá que eu vou dar uma bronca nesse intruso.

Ele correu para o salão principal e ela seguiu-o de perto, sorrindo. Sabia que essa explicação era absurda.

De fato, não havia ninguém no salão. E o que era mais estranho: o piano continuava fechado, com a poeira cobrindo a tampa do teclado, indicando que ninguém tocara nele.

Todavia, a antiga vitrola estava ligada, reproduzindo um disco de vinil, a origem daquele som de piano. A caixa que guardava a coleção continuava no chão, mas agora estava aberta.

Alex, com as mãos na cintura, fingiu uma bronca:

— Mocinha, por que não me disse que ligou o som?

Ela se defendeu, indignada:

— Não liguei coisa nenhuma, Alex! Repito: estava na sala das fotos o tempo todo, conversando com você!

Alex aproximou-se e viu a capa do disco que estava tocando sobre uma poltrona. Pegou-a e se emocionou:

— Bruna, é minha tia! É ela quem está tocando.

Então uma força inexplicável, avassaladora, tomou conta dele que se sentou e pôs-se a chorar copiosamente.

Bruna não se assustou, nada fez, apenas ficou olhando o jovem soluçar, enquanto fazia algumas preces. Como espírita, tinha lá suas explicações para o que estava

108

acontecendo e tudo aquilo lhe parecia perfeitamente normal de acordo com o que acreditava.

Depois de algum tempo, Alex se refez, enxugou os olhos com seu lenço e dirigiu-se à moça, meio constrangido:

— Desculpe, Bruna, devo estar muito estressado com tudo o que tem me acontecido nesses dias. Fiquei muito emocionado ouvindo pela primeira vez na vida minha tia tocar, e justamente uma das poucas músicas clássicas que conheço e adoro. Agora vejo que ela era realmente uma artista de muito talento. — Fez uma pausa. — Mas já passou, agora estou melhor.

— Não precisa se desculpar, Alex. Isso é assim mesmo. E sua emoção foi linda. — Ela se aproximou dele e, comovida, deu-lhe um beijo na face — Para surpresa e satisfação dele.

Alex pensou em perguntar "Isso o que é assim mesmo?", mas achou melhor não insistir no assunto. Ficara tão encantado com o beijo dela que preferiu curtir a sensação daquele toque em seu rosto que ficar polemizando. Mas precisava agradecer:

— Bruna, obrigado. Dentre tantos discos, você escolheu justamente esse para tocar. Como você sabia que essa era minha música clássica predileta?

Bruna aproximou-se bem dele — que não pôde deixar de observar novamente como ela era bonita com seus lindos e brilhantes olhos azuis — e disse-lhe muito séria:

— Alex, vou lhe dizer de uma vez por todas e não vou mais repetir, portanto preste muita atenção: eu não toquei nesses discos e nem poderia, por questões legais. E depois, já lhe disse mil vezes que estava com você, todo o tempo, na sala de fotografias. Então, faça o favor de parar com essa ladainha de que eu sou a culpada pelo que está acontecendo. Já está ficando chato.

Alex sorriu diante da bravura dela. Não acreditava em nada do que ela disse, mas não quis ser desrespeitoso:

— Está bem, não fique brava. Então alguém entrou aqui, aproveitando-se da nossa distração, e pôs o som para tocar e por coincidência pegou o disco de minha preferência. É uma hipótese, só que eu não vi ninguém por aqui, além de nós.

— Também não vi — ela quis provocá-lo. — Não é sempre que eles se deixam ver.

Ele não entendeu ou fingiu não ter entendido a provocação:

— É, essa gente é muito esperta.

Ela aproveitou o gancho, sorrindo:

— Agora você disse tudo: eles são muito espertos.

Alex não percebeu se havia ou não ironia nesse comentário.

— Bom, já podemos ir? Chega de mistérios por hoje.

— Ainda não. Agora é preciso que você confira o relatório que fiz sobre o estado da casa e relação dos objetos que passam a ser seus e já pode levá-los, se quiser.

Ele assinou o documento e o devolveu.

— Vou levar essas coisas para o hotel. Depois, com calma, verei o que fazer com elas.

Deixaram o casarão como o encontraram. Bruna fechou as janelas, as cortinas, apagou as luzes e saíram. Alex fechou a porta e o portão cuidadosamente. Tiveram alguma dificuldade porque os braços estavam ocupados e a carga era relativamente pesada.

Antes de iniciarem a caminhada de volta, Alex ligou para Malaquias pedindo que viesse buscá-los.

Depois de andarem um pouco pela trilha em direção ao ponto de encontro com o barqueiro, Alex parou um pouco para descansar e deu mais uma espiada na casa:

— Ei, Bruna!

110

— O que foi?

— Você não apagou todas as luzes?

— Sim, claro que apaguei. Por quê?

— Veja aquela janela. Acabo de ver uma luz acesa naquele cômodo.

— Isso não é possível. Desliguei a chave-geral.

Ele a encarou:

— Está segura disso?

O tom da resposta dela não deixava dúvidas:

— Totalmente.

Ele ainda ficou olhando para a janela algum tempo, depois concluiu:

— Então com certeza deve ter sido reflexo do sol no vidro da janela. Vamos embora.

Bruna sorriu, não falou nada, mas pensou: "Reflexo do sol? Mas que sol? O tempo está nublado há horas..." — Só que preferiu não fazer comentários. Já haviam discutido muito, ainda que amistosamente, o suficiente por um dia.

Enquanto caminhavam, Alex teve a impressão de ouvir vozes:

— Você falou alguma coisa, Bruna?

— Não, senhor. Estou andando quieta para poupar energias.

Ele voltou a andar, mas a sensação de que alguém lhe sussurrava algo continuava. Ele teve a impressão de ouvir "volte, volte!". Como podia ser isso? De onde vinha esse chamado?

Quando já se aproximavam da margem do rio, Alex parou ao lado de Bruna e falou fitando os lindos olhos azuis dela:

— Você até pode me considerar louco, mas vou voltar aqui hoje à noite.

De fato, ela se mostrou surpresa:

— Voltar aqui hoje à noite? Ok, você está louco. Então me diga: o que você fará à noite que não fizemos nessa visita que acabamos de concluir? Não entendi qual a nova ideia.

Ele voltou a caminhar devagar:

— Ainda não sei bem. Acho que estão faltando algumas peças do quebra-cabeça que envolve minha tia e esse casarão — fez uma pausa. — Bom, eu vou falar um negócio e digo desde já que você pode rir à vontade que não vou dar a mínima.

— Está bem. Vou até parar para ouvi-lo melhor — e parou, olhando para ele, bem de perto.

— É o seguinte: senti que o casarão quer me dizer alguma coisa. Pronto, já disse e pode rir.

— Não vou rir, seu bobo, porque acredito nisso. Só não entendi uma coisa: por que à noite?

— Aí, é por uma razão prática: tenho pressa e preciso ganhar tempo, pois tenho de voltar logo para São Paulo. Talvez até viaje amanhã cedo, se tudo correr bem.

— Se é assim, tudo bem. Virei com você.

Ele ficou surpreso:

— Virá comigo? Tem certeza de que quer isso?

Ela foi dura na resposta porque ficara chateada em saber da possibilidade de ele ir embora no dia seguinte:

— Se não quisesse não teria dito. Virei, sim.

Alex não pode esconder um sorriso de satisfação. Estava começando a simpatizar com aquela moça corajosa e decidida.

Malaquias já estava à espera deles.

— Pronto, amigo, cá estamos.

— Correu tudo bem?

— Correu tudo bem. Mas tenho uma novidade para você — Malaquias ficou olhando para Alex, esperando a novidade. — Teremos que voltar aqui hoje à noite.

Malaquias olhou para Alex com o semblante fechado:

— O senhor está falando sério?

— Estou, Malaquias. Eu preciso fazer isso.

O barqueiro balançou a cabeça negativamente:

— Bom, o senhor é que sabe.

— Você nos trará, Malaquias?

O barqueiro demorou a responder:

— Posso até vir, mas estarei armado e acompanhado pelo meu irmão, que já foi padre.

Bruna foi rápida no comentário:

— Das coisas que você tem medo, Malaquias, armas de fogo não servirão para nada.

— Pode ser, dona, mas me sentirei mais seguro assim, com um 38 na cintura e um irmão para me ajudar, em caso de necessidade.

Ela retrucou desafiadoramente:

— Pois eu vou trazer apenas um crucifixo.

— Tudo bem, cada um usa a arma em que confia.

Alex interveio:

— Vamos mudar de assunto, gente? Desse jeito, estou quase desistindo de voltar.

— Tem mais uma coisa, doutor.

— O que é desta vez, Malaquias?

— Essa carona noturna vai lhe custar o dobro do que acertamos para vir agora. É uma carona muito... muito especial e perigosa.

— Perigosa?

— Não é bom navegar por este rio à noite. Lembre-se de que o nome dele é Rio das Almas. E há de ser por alguma razão.

— Não tem problema, Malaquias. Pagarei o dobro.

— Então está combinado.

— Nós nos encontraremos por volta das 20 horas.

O trajeto foi feito em silêncio. Alex só falou quando a embarcação encostou à margem de onde haviam partido:

— A gente se vê mais tarde, Malaquias.

113

— Sim, senhor.

Alex e Bruna puseram-se a caminhar pela trilha de terra em direção ao ponto de encontro com Asdrúbal, o taxista. Foram conversando amenidades, de forma bem descontraída, entre risos, como dois adolescentes enamorados.

Ele provocou:

— Cuidado para não escorregar e torcer o pé outra vez.

Ela topou a provocação:

— Foi tão ruim assim massagear meu pé?

— Foi ótimo. Para falar a verdade, você bem que poderia torcer os dois pés e as duas mãos.

Ela deu um tapinha carinhoso no ombro dele.

— Você é bem assanhadinho, sabia?

— Somente com moças de olhos azuis.

Novo tapinha carinhoso.

Depois de aguardarem um pouco, ouviram o som do carro se aproximando. Alex voltou a brincar:

— Ah, que pena, o táxi já está chegando...

— Ainda bem, chegou a tempo de me salvar.

Em poucos segundos, o táxi chegou, parou e foi rindo muito que entraram nele.

— Vamos embora, Asdrúbal, que estamos morrendo de fome.

Chegando ao hotel, Alex convidou Bruna para almoçar e ficou feliz por ela ter aceitado.

O restaurante do hotel era bem confortável e o pessoal atendia com rapidez e cortesia.

Já sentados, ele quis saber mais sobre ela:

— Você gosta do que faz no cartório?

— Gosto, mas acho meio monótono. A cidade aqui é pacata e quase sempre não há muita coisa para fazer.

— Por que não procura outro emprego que lhe agrade mais? Você é jovem e inteligente.

— Fico no cartório porque ele é muito útil para minha formação. Estou estudando Direito.

Alex ficou agradavelmente surpreso:

— Sério? E só agora você me diz isso? Pois eu me formei em Direito e fico feliz de saber que seremos colegas.

Ela mostrou-se alegre:

— Agora quem ficou surpresa fui eu: então você é advogado? — foi a vez de ela devolver a brincadeira. — E só agora você me diz isso?

— Não é bem assim. Na verdade, sou só um recém-formado. Ainda não estou exercendo. Tenho muito a aprender.

— Eu também.

— Pronto, estamos quase na mesma situação.

— Nada disso. Recém-formado ou não, você já é advogado! Que legal! Então temos algo em comum.

Ele respondeu com outra intenção:

— Eu diria, sem medo de errar, que temos mais coisas em comum do que apenas isso.

Ele teve a impressão de que ela ruborizou. Pelo menos, disfarçou bem, tomando um pouco de suco e desviando a conversa:

— O que pretende fazer com o casarão?

— Ainda não sei. Existe um lado afetivo que me faz pensar de uma forma. Existe também um lado prático que me faz perguntar: que utilidade teria para mim mantê-lo?

— Você vai ter muito tempo para pensar no que fazer — de repente, ela simulou um susto. — Ih, que mancada!

Ele também ficou surpreso:

— Mancada? Qual? De quem?

— Minha. Eu o chamei de você! Aliás, há tempos venho o chamando de você.

Ele não estava entendendo:

— E qual é o problema?

Ela fingiu um constrangimento:

— É que eu não sabia que o senhor é advogado. E agora que sei, esqueci e continuei a chamá-lo de você. Tenho que chamá-lo de doutor. Doutor Alex.

Durante segundos, Alex ficou de boca aberta de tanta estupefação e surpresa:

— Cara, você é muito inteligente, mas às vezes fala umas coisas tão... tão bobas, que não sei como cheguei a considerá-la inteligente! — juntando as pontas de todos os dedos da mão direita, balançou-os em sinal de indignação. — Doutor Alex?! Que coisa mais ridícula!

A gargalhada de Bruna foi tão espontânea e saborosa que chamou a atenção até do garçom:

— Pegadinha, seu bobo! Você acreditou no que falei?

Ele riu, sem jeito:

— Caí como um patinho. É que você tem uma capacidade tão grande de fingir, que chega a me convencer de que está falando a verdade. Preciso tomar cuidado.

Ela enxugou as lágrimas de tanto rir. Depois completou já refeita:

— É isso mesmo. É preciso tomar cuidado comigo.

O brilho do olhar dela e o sorriso travesso permitiram que Alex tirasse conclusões próprias e agradáveis daquela frase.

Para ambos, foi um almoço tranquilo e divertido. No final, combinaram o encontro da noite, para voltarem ao casarão. Ela viria pegá-lo por volta das 18 horas.

Na despedida, ambos desejaram trocar beijos na face, mas nenhum dos dois tomou a iniciativa.

Alex chamou Asdrúbal pelo celular para levar Bruna em casa e desta vez ele demorou um pouco para chegar. E, com certeza, os jovens não acharam isso nem um pouco desagradável.

Após a partida de Bruna, Alex subiu para seu quarto, tomou um banho refrescante e deitou-se para relaxar um pouco. A visita ao casarão lhe rendera bons sustos e muita adrenalina.

A situação estava sob controle. Depois, com calma, veria o que faria com a caixa com discos e fotos e principalmente com o piano. O porta-joias ficou guardado no cofre do quarto.

Conseguiu cochilar alguns minutos. Quando acordou, decidiu ligar para sua mãe:

— Oi, filho, onde você está?

— Oi, mãe, ainda estou em Ribeirão Grande, resolvendo as questões da herança.

— Está correndo tudo bem?

— Na verdade, já está quase tudo resolvido. O pessoal daqui é muito atencioso e está facilitando todas as burocracias.

— Que ótimo saber disso! Quer dizer que logo você voltará para São Paulo.

— Mais ou menos. Ainda faltam pequenas coisas a resolver.

— É, essas coisas são assim mesmo.

— Por que nunca me disse que tia Isadora tinha sido uma pianista famosa? Que ela era Isadora Belintani? Se eu soubesse, poderia ter procurado na internet dados sobre a vida dela, quem sabe até conseguido localizá-la antes de ela morrer.

Isolda ficou silenciosa e depois de profundo suspiro disse:

— Pelo fato de nunca nos darmos bem, achei que não havia necessidade de falar que Isadora Belintani, a grande pianista, era a mesma Isadora Duarte da Costa. Isso vai mudar alguma coisa? Vai trazer sua tia de volta à vida?

Alex percebeu o tom seco com o qual a mãe lhe dirigiu a palavra e mudou o teor da conversa:

— Era só curiosidade, mais nada. Em todo caso, só para você saber, hoje fui visitar o casarão onde ela morou por muitos anos.

Isolda fez uma pequena pausa:

— Ah, é? E o que achou?

— Bem, é muito bonito e muito grande. É uma construção antiga. Tem dois andares e vários quartos. Está precisando de uma boa limpeza e reforma.

— Já pensou no que vai fazer com ele?

— Talvez venda, ou doe à prefeitura para transformarem em um abrigo para moradores de rua, não sei. Preciso pensar melhor sobre o que fazer.

— Em São Paulo você pensará melhor. Por isso, o quanto antes voltar, melhor.

— Com certeza — Alex mudou de tom e de assunto. — Escuta, mãe, desculpe voltar ao assunto, mas, se a senhora sabia que a tia Isadora era uma pianista famosa, inclusive no exterior, e que gravou vários álbuns, por que escondeu isso de mim?

Fez-se longo silêncio do outro lado da linha.

— Mãe, a senhora está aí?

— Estou. Desculpe, meu filho, me distraí um pouco. Sua tia foi realmente uma pianista muito famosa. Era uma artista de muito talento, muita beleza, e se apresentou em quase todas as capitais do Brasil e até no exterior.

Mas nunca eu ou seu pai escondeu nada de você. Simplesmente, não tínhamos vínculos com Isadora, não tinha nada a ver comentar com você que a pianista famosa era minha irmã. E também nunca houve oportunidade de tocarmos no assunto. Só isso.

Claro que a resposta não convenceu Alex, mas ele preferiu não insistir:

— É, pode ser. De qualquer modo, estou fazendo algumas investigações sobre a vida da tia Isadora. Inclusive vou levar para casa álbuns de discos e muitas fotografias dela.

A reação de sua mãe foi inesperada:

— Para que guardar essas coisas, filho? Não servem para nada, pertencem ao passado. Sabe o que você podia fazer? Doar tudo isso para um museu da cidade ou da região.

— Ué, mas a tia não era daqui, mãe, isso não faria o menor sentido! O mais interessante seria que seus pertences estivessem em um museu ou uma instituição na cidade onde nasceu, no caso, São Paulo.

— Você é quem sabe. Faça o que achar melhor.

— Há outra coisa que me intriga nessa história e espero descobrir a razão.

Alex achou que a voz de sua mão ficara trêmula:

— Que mais lhe intriga, filho?

— Por que, no auge do sucesso, ela abandonou tudo e veio se esconder aqui, em uma cidade pouco conhecida, afastada e minúscula?

De repente, a voz de sua mãe se tornara frágil e lenta, como se não quisesse mais falar a respeito daquele assunto:

— Não sei. Com certeza deve ter havido algum motivo para isso, vai saber. Enfim, se vale a minha opinião, filho, deixe essas coisas no passado que é o lugar mais indicado para elas ficarem.

Alex estava irredutível, pois sentia que havia algo de muito estranho e obscuro naquela história:

— Não posso, mãe. Preciso saber quem foi, de fato, a pessoa que pagou minha faculdade, minha hospedagem e ainda me deixou essa herança. Agora que tenho essa oportunidade, não é justo deixar passar batido.

— Talvez fosse a melhor solução.

Alex estava se irritando com esse aparente descaso de sua mãe:

— A senhora quer que eu faça o quê? Que queime as fotos e quebre os discos?

Nova resposta inesperada:

— Não deixa de ser uma ideia.

Ele percebeu que ficara definitivamente irritado com aquele desprezo de sua mãe pelos bens da própria irmã:

— Que ideia, mãe! Eu estaria jogando fora os registros reais de uma vida vitoriosa, de uma artista que fez história na arte brasileira! Não posso e não vou fazer isso. Nunca fui muito fã desse tipo de música, mas agora vou ouvir todos os discos com muito carinho. Não estou entendendo sua postura, sua resistência em não preservar a memória da tia. Sei que, como já me disse, não se dava bem com ela, mas, apesar disso, ela foi minha tia e minha benfeitora e isso, pelo menos, deve ser respeitado!

— Calma, filho, só estou querendo protegê-lo, para que você não venha a sofrer no futuro.

— Quer me proteger de que, mãe? E o que poderia me fazer sofrer? Não estou entendendo.

Agora ela parecia cansada:

— Tudo bem, filho, faça como achar melhor. Eu não tenho mais nada a lhe dizer.

— Ok, mãe, nos falamos depois. Beijos no pai.

Depois que desligou, Alex ficou pensativo: que estranha essa atitude de sua mãe! É como se ela não quisesse

120

que ele tivesse acesso à história da tia Isadora. Mas por que razão? Por que isso seria proibido? E essa afirmativa de que só queria protegê-lo para que ele não viesse a sofrer, o que significava?

No final da tarde, ligou para Bruna, e convidou-a para jantar no hotel. Ela aceitou, mas contrapropôs:
— Precisa ser no hotel? Aqui em Ribeirão Grande tem restaurantes ótimos e bem interessantes.
— Para mim, está bem, confio no seu bom gosto.
— Passarei aí às seis da tarde. Isto é, se você não se importar de andar num carrinho antigo e pequeno e ainda mais dirigido por uma mulher.
— Se você garante que dirige bem...
— Isso logo mais você vai ter oportunidade de conferir, ao vivo e em cores. Até mais.

Bruna foi pontual. Na hora combinada, o recepcionista avisou a Alex pelo interfone que no saguão havia uma moça à sua espera. Ainda bem que ele já estava pronto.

Quando vinha descendo a escada em direção ao térreo, parou no meio do caminho, deslumbrado, ao ver aquela bonita garota sentada numa das poltronas, com as pernas cruzadas, como uma modelo na pose ideal, pronta para a foto... Até então só a tinha visto de jeans, vestida de forma bem descontraída. Agora estava trajada de forma elegante, ainda que sem sofisticação, com jeans preto e camisa estampada.

Ao vê-lo, ela sorriu e levantou-se, caminhando em sua direção. Alex continuou descendo até chegar perto dela. O perfume que ela usava era simplesmente delicioso. Ele teve que pôr à prova toda sua capacidade de resistência à sedução feminina para não abraçá-la e beijá-la ali mesmo, no saguão do hotel, na frente de outros hóspedes.

Constatou a validade de se contar até dez para segurar as emoções.

Ao se cumprimentarem, ele sentiu a maciez e o calor de sua mão.

— Estou encantado e ao mesmo tempo constrangido — foi o que conseguiu dizer.

Ela sorriu, mas se mostrou surpresa:

— Ué, constrangido por quê?

— Como estou de passagem pela cidade, não tenho trajes adequados para me igualar à sua beleza e elegância. Me sinto vestindo trapos diante de você, muito linda, neste momento.

Claro que ela ficou envaidecida, mas fingiu modéstia:

— Alex, não seja tão exagerado.

— Estou sendo sincero, Bruna. Você está apenas — qual é mesmo a palavra certa? — exuberante.

Ela sorriu novamente e a cada belo sorriso daqueles, Alex sentia uma onda de calor percorrer seu corpo. Uma voz lhe soprou na mente: "Pare com isso, Alex e se controle. Lembre-se de que a moça é oficial do cartório."

— De qualquer forma, neste momento, sinto-me sortudo!

Ela ruborizou e tratou de disfarçar:

— Então, vamos? Já estou com fome.

Ela estacionara o carro bem defronte ao hotel. Ele abriu a porta para ela, deu a volta e sentou-se ao seu lado, no banco do carona. Antes de dar a partida, ela perguntou encantada:

— Você é sempre cavalheiro assim?

— Só com oficiais de cartório que têm olhos azuis.

Ela suspirou visivelmente cativada:

— Ai, meu Deus, vou terminar acreditando em Papai Noel.

Ele riu divertido.

Bruna dirigia bem e Alex não levou nenhum susto no trajeto. O difícil para ele foi não ficar olhando todo o tempo para ela.

O restaurante ficava no alto de uma colina, mas até chegar lá, atravessaram a cidade e Bruna foi descrevendo os pontos mais interessantes do local:

— Ribeirão Grande é realmente uma cidade pequena, mas muito tranquila e agradável para se viver e tem uma comunidade muito empreendedora, cheia de pessoas simpáticas e desejosas de crescer e de fazer a cidade crescer também.

— Você sempre morou aqui?

— Desde que nasci.

— Você não tem vontade de ir para São Paulo estudar?

— Não preciso. Estou terminando o curso de Direito a distância, em Capão Bonito, com polos estruturados tão bons quanto os de boas faculdades da capital. É uma cidade bem grande, fica a menos de meia hora daqui. Se você permanecer mais alguns dias aqui, poderemos ir até lá para conhecê-la. Vale a pena, é linda.

Pelo rumo que a conversa dos dois estava tomando, era assumidamente declarada a simpatia mútua e o desejo de prolongar o tempo na companhia um do outro.

O restaurante era muito aconchegante, e havia poucos clientes àquela hora. Escolheram uma mesa mais discreta, ao lado de uma janela, pela qual se via, ao longe, o Rio das Almas.

Quando já estavam acomodados, ela quis saber:

— E então, gostou da minha escolha?

— Do lugar, gostei muito. É lindo e elegante. Agora vamos ver a qualidade da comida.

— Você vai gostar também, tenho certeza. Quando sobra um pouquinho do salário, costumo vir aqui.

— Uma demonstração de que você é uma mulher de bom gosto. Quer tomar um pouco de vinho para aquecer?

Ela pensou um pouco antes de responder:

— Em outras circunstâncias, eu até aceitaria com muito prazer, mas lembre-se de que temos um trabalho mais tarde.

Ele sorriu, brincando:

— Trabalho?

— Você me entendeu. Assim que acabarmos aqui, vamos nos encontrar com o barqueiro, está lembrado?

— Claro, Bruna, estou brincando com você.

Depois de um silêncio, ele comentou:

— Sabe, fiquei intrigado com aquele negócio que você falou. Fiquei realmente curioso.

— Que negócio? Eu tenho falado tantas coisas...

— Aquilo de que você é espírita.

— Ah, sim, é verdade. E o que tem isso de mais?

Ele ficou meio sem jeito:

— Não tem nada de mais, é que desconheço totalmente esse assunto, nem sei do que se trata ao certo. Quando você disse que era espírita, fiquei interessado em saber um pouco mais a respeito. Por que você não me dá uma pequena aula?

— Pequena, mesmo, porque não temos tempo para falar muito. A primeira coisa que você precisa saber é que o espiritismo não é uma religião, é uma doutrina. Foi codificada por Allan Kardec, pseudônimo do professor francês Hippolyte Léon Denizard Rivail que, em meados do século 19, publicou as cinco obras fundamentais do espiritismo.

124

— Interessante.

— Parte do princípio de que nosso espírito é eterno e sobrevive à morte do corpo físico; depois de certo tempo, em outra dimensão, retorna à Terra em novo corpo, pode ser, em outra cidade, outro país e em outra família, salvo exceções. A obra básica, em que se estabelecem os princípios da doutrina espírita é *O Livro dos Espíritos*. Se quiser, posso lhe dar um exemplar. A leitura é bem agradável.

— Imagine. Não se dê ao trabalho. Eu compro.

— Vai ser meu presente. Além do mais, é um livro barato, bem acessível. As obras básicas do espiritismo têm valor baixo justamente para que todos tenham acesso ao conhecimento.

— Gostei. Quero um exemplar de presente! Vou cobrar.

— É um prazer presentear as pessoas com um livro tão esclarecedor.

— Ah, Bruna, isso de nascer em outro corpo é o que chamam de reencarnação?

— Bem, em poucas palavras e de um modo simples, é. E tem outro ponto fundamental na doutrina: o espírito sobrevive, e é possível, sob determinadas condições, que ele possa manter contato com uma pessoa viva, que tem sensibilidade, o que conhecemos por médium.

— Espere aí, se entendi bem, você está me dizendo que se pode falar com os mortos?

Mesmo diante do ar de surpresa e até incredulidade dele, ela se mantinha calma nas respostas:

— É isso aí, entendeu direitinho.

Ele ficou olhando sério para ela:

— E você acredita nisso?

Bruna se mostrou quase chocada com a pergunta dele:

— Alex! Que pergunta sem sentido é essa? Não só acredito como também prático! Já lhe disse que sou espírita!

— Quer dizer que você é... como é mesmo o nome?

— Médium.

— Isso mesmo — ele repetiu como se não acreditasse que isso fosse possível. — Você é médium?

— Sim, sou. Na verdade, todo mundo é, porque todo ser humano nasce com sensibilidade, mas nem todos desenvolvem essa capacidade.

— Quer dizer que eu posso ser médium e não saber?

— Exatamente. E quer saber? Pelas coisas que tem acontecido com você, segundo me contou, tenho certeza de que você, além de médium, tem muita sensibilidade.

Ele ficou olhando o rio pela janela, parecendo refletir:

— Pois eu nunca pensei nisso, amiga. Sempre estive mais voltado para os assuntos, digamos, racionais.

— Acredito e dá para perceber claramente. Contudo, não se preocupe, tudo acontece na hora certa.

Ele voltou a ficar um bom tempo em silêncio, desta vez olhando diretamente para ela:

— Sabe, você é uma pessoa muito interessante.

Ele novamente teve a impressão de que ela ruborizou ao indagar:

— Devo entender isso como um elogio ou uma crítica?

Alex apenas sorriu. Claro que Bruna havia entendido e intimamente ficou muito envaidecida.

No meio da refeição, Alex teve uma ideia:

— Sabe o que me ocorreu agora?

— Não sei, mas quero saber. Estou ouvindo.

— Creio que vamos nos tornar amigos, não é?

— Eu espero que sim. Aliás, penso que já somos.

— Concordo plenamente. Então, combinaremos o seguinte: agendaremos um dia para você me mostrar Capão Bonito, certo?

Ela voltou a mostrar aquele belo sorriso:

— Certo. Gostei da ideia.

— Agora vem a segunda parte: depois, agendaremos outro dia para eu lhe mostrar São Paulo.

O sorriso dele não escondia as intenções. E ela correspondeu:

— São Paulo? Quer dizer que vou precisar viajar para lá?

— E qual é o problema? Você é solteira, desimpedida, maior de idade. É só pedir uns dias de licença lá no cartório e pronto, resolvido, pé na estrada.

Ela balançou a cabeça, concordando:

— Pensando bem, gostei da ideia — fez uma pausa. — Primeiro preciso conversar com meu chefe.

Alex não gostou nada disso e perguntou sério:

— Caramba, precisa mesmo dar satisfações a ele?

Ela deu uma sonora e encantadora risada:

— Estou brincando, seu bobo. É uma pegadinha.

E assim, aos poucos, o clima entre eles foi se tornando menos formal. Até o momento em que ela olhou para o relógio:

— Caramba, como diz você! Precisamos ir. O barqueiro já deve estar à nossa espera.

— Já? Nem vi o tempo passar.

Pagaram a conta e saíram apressados.

Ela dirigiu o tempo todo em silêncio, concentrando sua atenção na estrada, que depois se transformou em trilha. E redobrou a atenção porque o trajeto não tinha iluminação alguma e só os faróis do carro permitiam ver alguma coisa. A um certo momento, ela comentou:

— Este aqui é o ponto-limite para os táxis.

— E por que será eles não seguem adiante como você está fazendo?

— Por medo, por puro medo. Alguns alegam que o terreno é acidentado e pode prejudicar a suspensão do carro. Mas como você pode perceber, isso é desculpa esfarrapada. É só dirigir mais devagar e tomar cuidado com os buracos e pedregulhos.

— Você está certíssima.

— Na verdade, eles têm medo de almas penadas, fantasmas que, segundo eles, habitam o casarão.

— Ei, qual é sua intenção? Me amedrontar também?

Ela deu uma gostosa e irresistível gargalhada. E continuou falando sobre as características e crendices locais.

Durante todo esse tempo, Alex ouvia as explicações de Bruna, mas, na verdade, estava focado mesmo era no lindo perfil dela, que nada percebia.

Quando chegaram à margem do rio, ela estacionou o carro ao lado da barraca de bebidas e aperitivos que já conheciam. Ali sempre havia notívagos que iam bebericar e jogar conversa fora. Ou mesmo namorar.

Depois de pegar uma mochila no porta-malas, falou com um rapaz para tomar conta do carro em troca de uma gorjeta. Ele aceitou sem pestanejar. Então, se encaminharam para o barco.

Muitas nuvens cobriam a lua e deixavam a noite mais escura ainda. O trêmulo reflexo que ela lançava sobre as águas do rio não melhorava em nada o cenário.

Malaquias estava lá, acompanhado do irmão, como já tinha avisado que faria. Não parecia aborrecido com o atraso deles, mas não perdeu a oportunidade de ironizar:

— Pensei que tivessem desistido.

Alex explicou com uma pequena mentira:

— Desculpe nosso atraso, Malaquias. Resolvemos jantar antes em um restaurante e demoraram a nos atender.

128

O barqueiro pareceu não dar muita importância à desculpa:

— Este aqui é meu irmão Josias.

Os jovens estenderam as mãos cumprimentando o novo passageiro e Malaquias voltou a falar:

— Se não se importam, devem colocar os coletes salva-vidas.

Alex ficava assustado sempre que se tocava nesse assunto:

— Precisamos mesmo? À noite a travessia é perigosa?

O barqueiro tranquilizou-o:

— É só precaução, moço. Navegar à noite requer mais cuidados que durante o dia.

— E você veio armado?

Ele levantou o colete e mostrou a arma no coldre preso ao cinturão. Alex olhou para Bruna e os dois sorriram com cumplicidade.

Acomodaram-se com cuidado, pois a embarcação balançava sob o peso deles. Então, Malaquias deu a partida.

O barco avançava mais devagar do que o fazia de dia. Àquela hora, o ronco do motor invadia como um intruso, acabando com o silêncio das matas e das águas.

Alex olhava de um lado para o outro das margens, demonstrando sua preocupação e nervosismo. Percebendo isso, Bruna segurou-lhe uma das mãos e disse baixinho, numa voz suave:

— Calma, moço, está tudo bem. Lembre-se que estou aqui, bem do seu lado. Vai dar tudo certo.

Ele olhou-a carinhosamente e sorriu agradecido, sentindo o calor e a maciez da mão dela sobre a sua.

Depois de algum tempo, Alex percebeu que a velocidade diminuía, enquanto o barco se aproximava da outra margem. Quando pararam, Malaquias perguntou sombrio:

129

— Vocês têm certeza de que querem fazer isso?

— Já lhe disse que não se trata de querer, meu amigo. Eu preciso, tenho pouco tempo antes de voltar para São Paulo — os dois irmãos se entreolharam, sem fazer comentários. — Posso contar com vocês para esperar aqui nossa volta?

Malaquias exaltou-se:

— Esperar aqui, nesta escuridão? Nem pensar, Deus nos livre! O senhor me telefona e viremos buscá-los.

— Bom, não tenho opção. Até mais tarde.

Sem responder, os dois irmãos se afastaram no barco, deixando o casal a sós naquela escuridão.

Bruna pegou a mochila que trouxera do carro e abriu-a. Dentro dela, dentre outros apetrechos, havia duas potentes lanternas. Ficou com uma e deu a outra a Alex.

— Vamos precisar disso.

E começaram a caminhada pela floresta.

Não era nada fácil caminhar por aquela trilha à noite, entre pedras, arbustos e plantas. Felizmente haviam trazido as lanternas que iluminavam muito bem o caminho. Bruna tivera a cautela de, sem perder a elegância, vestir uma calça comprida de jeans, para proteger as pernas dos galhos e espinhos que eram muitos.

Num certo momento, ela precisou apoiar-se num dos braços de Alex e só por isso ele achou que a caminhada estava valendo a pena.

Caminharam em silêncio durante alguns minutos, que pareceram uma eternidade, até que finalmente chegaram ao casarão.

Àquela hora da noite, sem a cumplicidade de uma lua cheia, o casarão parecia mais sombrio do que nunca.

Quando Alex abriu o pesado portão de entrada e empurrou-o, ele rangeu forte, como fizera da primeira

130

vez. Na escuridão e no meio da mata, aquele rangido soou tenebroso e assustador.

A porta do casarão também rangeu forte quando foi aberta e empurrada devagar.

Antes de entrarem, Bruna segurou Alex por um dos braços:

— Espere. Podemos entrar, mas antes de acendermos as luzes, preciso fazer uma coisa.

— Posso manter a lanterna acesa?

— Pode, mas aponte-a para o chão, por enquanto.

Entraram tateando e pararam no centro do grande salão principal. Mesmo com o reflexo da luz das lanternas apontadas para o chão, poucas coisas eram claramente visíveis naquela escuridão, mas a sorte era que Alex confiava na companheira.

— E agora, Bruna?

— Espere um pouco. Me dê alguns minutos apenas.

Alex olhou para Bruna e, mesmo com a pouca iluminação, viu que ela fechara os olhos e murmurava algo. Deduziu que devia ser uma prece, de acordo com as crenças dela. E ele a respeitou, esperando pacientemente que ela terminasse.

Súbito, veio da cozinha o barulho seco de um copo ou algo de vidro sendo quebrado, partido, como se tivesse sido arremessado no chão com muita força.

O casal se assustou:

— Você ouviu, Bruna?

— Ouvi, mas não se preocupe. Isso significa apenas que alguém não nos quer aqui.

— Quem poderia ser?

— Esqueça, você não vai querer saber.

Bem que ele queria saber, mas achou melhor não insistir. Ela devia saber o que estava fazendo:

— Ok, se você está dizendo...

131

Depois de algum tempo, ela fez um sinal indicando que terminara sua prece:

— Pronto, Alex, já podemos acender as luzes. Deixe comigo, eu sei o caminho dos interruptores.

Com as luzes acesas, foi um alívio para Alex voltar a ver as coisas da casa. Não que estivesse completamente seguro, mas pelo menos podia ver onde estava pisando.

Ficou intranquilo quando percebeu que a luz sobre a escada que levava ao andar superior, ficara piscando. Tentou afastar o medo:

— Aquela lá deve estar com mau contato.

Bruna sorriu e orientou-o com sua experiência:

— Nada disso, Alex. É um convite para subirmos.

Ele ficou confuso:

— Mas você acabou de dizer que alguém não nos quer aqui. Como pode ser um convite?

Ela segurou-o pelo braço:

— Deixe-me explicar. Neste casarão há duas forças contrárias. Uma quer que continuemos a visita, a outra não quer.

Ele brincou:

— Adoro quando isso acontece. E agora o que fazemos, a qual das duas forças vamos obedecer?

— Simplesmente vamos fazer o que viemos fazer, Alex. Você mesmo disse que sentia que o casarão tinha alguma coisa para lhe dizer, não foi isso o que você me disse?

— Disse e já estou arrependido.

Mesmo sabendo que o amigo poderia ficar constrangido, Bruna não conseguiu segurar o riso diante do medo dele:

— Deixe disso, Alex, não precisa ter receio. Minha sugestão é para que continuemos e subamos a escada.

— Tem certeza de que é isso que devemos fazer?

— Bem, é melhor seguir a recomendação de quem

nos quer aqui, não é? Senão, vamos dar meia-volta e ir embora.

— É, acho que você está certa.

Subiram as escadas devagar, Bruna indo na frente. De vez em quando, Alex parava e olhava para trás. Bruna o esperava pacientemente, sorrindo. Sabia que ele tinha lá seus receios.

Ao chegarem ao topo, viram, pela fresta da porta principal, que havia luz no quarto onde provavelmente dormia tia Isadora.

Bruna olhou para Alex:

— Agora já sabemos quem nos quer aqui.

Mal acabou de falar, a porta daquele quarto abriu-se lentamente.

Assustado, Alex segurou o braço da oficial. Bruna continuou andando em direção do quarto, mas Alex ficou onde estava. Ela parou na porta do quarto e virou-se para ele:

— Escuta, moço, quem quer que queira se comunicar, quer falar é com você e não comigo. Então, faça o favor de se aproximar.

Meio receoso, Alex foi caminhando lentamente. Nada sabia daqueles assuntos e admitia intimamente estar com medo. O que lhe dava certa segurança era a serenidade de Bruna.

Ele parou na porta, ao lado dela, que recomendou:

— Acho melhor você entrar no quarto, Alex.

Ele tremeu:

— Eu?

Ela falou em tom de repreensão:

— Quem mais poderia ser, Alex? Não me faça rir. Apresse-se. Se algum espírito quer se comunicar com você, não o deixe esperando.

O susto foi maior:

133

— Espírito?

Nova repreensão:

— Alex! Você não acha que há uma pessoa neste quarto, acha? Claro que é um espírito.

— Desculpe, estou indo.

Bem devagar, ele entrou. Como suas pernas tremiam, sentou-se logo numa pequena poltrona a um canto do quarto. Bruna aproximou-se e ficou ao seu lado.

Disse baixinho para ele:

— Agora se concentre e não pense em nada.

— Vou tentar.

Fazendo uma inspiração profunda, Bruna, elevando o tom de voz, disse de maneira serena, mas firme:

— Em nome de Jesus, eu e meu amigo Alex pedimos humildemente que, se alguma entidade de bem desejar e puder se manifestar para nós, que o faça agora, por favor.

Esperaram alguns segundos em silêncio. Como nada aconteceu, ela repetiu o pedido:

— Humildemente, eu e Alex voltamos a pedir, em nome de Jesus: se alguma entidade de bem desejar e puder se manifestar para nós, que o faça agora, por favor.

Neste momento, as luzes do quarto se apagaram. Pensando na insegurança de Alex, Bruna pôs a mão no ombro dele, que permanecia sentado, e ele imediatamente pôs a sua sobre a dela. Dessa maneira, ele se sentia bem mais seguro.

Durantes alguns segundos o quarto permaneceu na mais completa escuridão. E então, aos poucos, o centro da enorme cama começou a ficar claro, como se houvesse alguma luz forte no teto.

Em segundos, o centro da cama ficou iluminado, como um palco. Então uma figura começou a se formar nele, bem lentamente, como uma imagem holográfica.

Aos poucos, a imagem, inicialmente difusa, foi adquirindo forma, até consolidar-se e mostrar uma mulher bonita, deitada, as mãos cruzadas sobre o peito.

Bruna sussurrou no ouvido de Alex:

— É sua tia Isadora.

Ele se emocionou e apertou com força a mão de Bruna:

— Minha tia? Mas como pode ser? — sua voz estava embargada pela emoção.

— Não questione nada agora, meu amigo. Se o fizer, a conexão com o plano espiritual será desfeita. Apenas observe atentamente, com a mente aberta e receptiva. É um privilégio ter condições de ver isso.

Lentamente, a bela imagem da mulher foi se sentando na cama e olhou na direção de Alex.

Ele apertou outra vez a mão de Bruna e sussurrou:

— Bruna, ela... ela está olhando para mim!

— Está, sim. Fique calmo.

Então, lentamente o espírito de tia Isadora ergueu os braços e mostrou para Alex as mãos, trêmulas.

Ele ficou chocado com o que viu: os dedos de ambas as mãos estavam horrivelmente deformados, distorcidos, tortos. E no instante em que ela soltou um forte lamento, a imagem sumiu de repente e as luzes do quarto se acenderam.

Alex estava mudo, pálido, boquiaberto, como em estado de choque. Não entendia direito o que havia acontecido ali. Bruna acariciava seus cabelos, pois sabia o quanto era difícil e chocante para uma pessoa leiga em conhecimento espiritual compreender manifestações como a que acontecera naquele quarto.

Ela falou-lhe suavemente:

— Está tudo bem, Alex. Já passou. Depois lhe explicarei o que você viu. Vamos lá para baixo.

Como um autômato, ele se levantou, dirigiu-se para a porta do quarto e começou a descer as escadas. Bruna seguia-o, segurando-o pelo braço, para ampará-lo.

No salão, ele sentou-se numa das poltronas, pois suas pernas ainda tremiam.

Bruna se ajoelhou diante dele e pôs as mãos em seus joelhos:

— Tudo bem, Alex? Já se recuperou do que viu?

Ele ainda estava abalado:

— Eu... eu estou bem, Bruna, apenas preciso que me explique tudo direitinho. Nunca presenciei algo assim.

— Pois eu já ouvi falar e já presenciei muitas coisas assim. Nós fomos privilegiados pelo plano espiritual nos ter permitido ver o espírito de sua tia.

— Então, por favor, me explique. Era minha tia mesmo? E por que as mãos dela estavam daquele jeito horrível?

Ela sentou-se na poltrona ao lado dele:

— Eu estava certa quando disse que você era médium. Se não fosse, não teria visto o que viu. Você é o que nós chamamos de médium vidente. Eu acho isso uma dádiva que lhe foi concedida.

— E o que eu vi?

— Era sua tia Isadora, sim. Na verdade, o espírito dela. Ela queria ou ainda quer lhe dizer alguma coisa importante. Pelo que eu também vi, algo de muito grave aconteceu com as mãos dela, você observou?

— Sim, principalmente com os dedos. Estavam torcidos, disformes, como que esmagados.

— Foi o que também vi. Talvez por esse motivo ela parou subitamente de tocar piano.

— O que teria provocado aquilo?

— Ainda não sabemos. E acho que é isso que ela quer lhe dizer e alguém, algum outro espírito, não

136

quer que ela diga. Daí as energias opostas que se encontram neste casarão.

Ele ficou reflexivo por um momento:

— Bruna, você que entende desse assunto, será que poderia me responder a uma dúvida?

— Se eu souber a resposta, sim.

Ele estava quase chorando:

— Será que ela está sofrendo?

Bruna ficou comovida com a preocupação dele em relação à tia. Respondeu acariciando seus cabelos:

— Não sei, Alex. Quando morremos, nosso espírito é protegido por um corpo parecido com este nosso — apalpou-se — que chamamos de perispírito ou corpo astral. Ele sente o mesmo que nosso corpo físico. No caso que presenciamos há pouco, não foi sua tia que vimos, mas uma projeção de um estado dela.

— Como assim?

— O espírito de sua tia projetou uma cena na qual apenas quis mostrar a você o que aconteceu com ela, por isso provocou aquela visualização.

— Por que ela não continuou mostrando e talvez até explicando o que aconteceu?

— Talvez a intenção dela até fosse essa, mas não teve tempo de continuar. A conexão espiritual foi interrompida, talvez exatamente pela outra energia contrária que está neste casarão. Que, aliás, deve ter sido aquela mesma energia que quebrou aquele copo ou vidro que ouvimos quando chegamos.

Nesse momento, vindo da cozinha, chegou até eles o barulho de dezenas de copos e garrafas se quebrando como se jogados violentamente no chão.

Bruna olhou para Alex e piscou.

— Bingo! Acertei em cheio! Quem está fazendo esse estrago é justamente o espírito que não nos quer aqui — ela sorriu: — Mas vai ter que nos aturar.

137

— Quem será esse espírito?

— Ainda não sei. Talvez encontremos uma pista que nos permita identificá-lo examinando as fotos do álbum que sua tia deixou. Acho que elas podem nos ajudar. Precisamos saber como se relacionavam as pessoas que conviviam com ela. Tenho a impressão de que algumas fotos poderão nos dar uma pista.

— Pelo que sei até agora, somente duas pessoas mantinham contato permanente com tia Isadora: a cuidadora Solange e o ex-empresário Jefferson.

— Exatamente. E algo me diz que se trata de um desses dois. Só não imagino qual deles e por qual motivo.

— Bom, o álbum de fotografias está guardado no hotel. Você quer que eu vá buscá-lo?

— Hoje, não. Já está ficando tarde e o barqueiro não pode nos esperar a noite toda. Se ele for embora, teremos que passar a noite toda aqui no casarão, já pensou?

Ele se apressou logo:

— Não fale isso nem por brincadeira! Vamos embora.

Bruna seguiu-o segurando uma risada. Ela disse aquilo apenas para provocá-lo.

Coincidentemente, o barco vinha chegando no mesmo instante em que eles se aproximavam da margem do rio, depois de percorrerem a trilha. Suspiraram aliviados, porque seria muito desagradável e desconfortável esperar pelo barco ali, sozinhos na escuridão.

Malaquias parecia preocupado, ao lado do irmão. Perguntou antes mesmo de atracar a embarcação:

— Tudo bem com vocês?

— Tudo bem, Malaquias. Como pode ver, estamos inteiros e vivos, apesar de todos os medos e sustos.

Entre risos, acomodaram-se na embarcação e foi iniciado o percurso de volta.

Alex e Bruna se mantiveram o tempo todo em silêncio, meditando sobre o significado de tudo o que acontecera no casarão. O barqueiro e seu irmão respeitaram esse silêncio e também se mantiveram calados.

Em pouco tempo, estavam descendo na margem oposta de onde haviam saído. Alex fez o pagamento acertado, para enorme e visível satisfação do barqueiro:

— Obrigado, doutor. Quando precisar, é só chamar pelo telefone.

— Pode deixar, Malaquias. Muito obrigado.

Estava tudo em ordem com o carro de Bruna. O boteco ainda estava funcionando. Um senhor idoso tocava violão para um casal de jovens abraçados, sentado diante dele. Outros frequentadores acompanhavam a música batucando de leve no tosco balcão do boteco. Todos eles com um copo de bebida na mão.

Bruna deu a gorjeta prometida ao garoto que tomou conta do carro e em seguida guardou a mochila no porta-malas.

Esperando se divertir um pouco para aliviar a tensão, Alex fez o convite para prolongar o tempo na companhia da oficial:

— Quer tomar alguma coisa, Bruna?

Bruna sorriu e fingiu ralhar com ele:

— Se eu entendi bem, você está convidando uma oficial da Justiça para beber a essa hora e neste lugar?

Ele não desistiu:

— Bem, se você não gosta deste lugar, pode ser outro. Você mesma pode escolher, já que conhece bem a cidade.

Ela falou enquanto entrava no carro e dava partida:

— Não, senhor. Amanhã temos que levantar cedo.

139

Agora é hora de se preparar para dormir.

— Certo, senhora oficial! — brincou ele, fazendo continência. Entrou e sentou ao lado dela.

Durante o trajeto de volta para o hotel, Bruna, com a visão periférica, percebeu que Alex estava inquieto, mexendo-se demais, como se quisesse falar alguma coisa, contudo, ela não fez comentários. Ele mesmo não aguentou e decidiu falar, embora muito cautelosamente, escolhendo bem as palavras:

— Sei que você vai rir de mim, mas preciso lhe dizer uma coisa, senão vou explodir de ansiedade.

Ela riu:

— Não precisa explodir, homem de Deus. Pode dizer o que o aflige. Prometo que não vou rir.

— Imagino que você deve estar acostumada a ver coisas como as que presenciamos no casarão.

— Posso dizer que sim. Sou uma das poucas moradoras desta cidade que é adepta da doutrina espírita. A maioria aqui é composta por católicos. Por isso sou chamada com frequência para, digamos, lidar com fenômenos paranormais. Mas o que tem isso a ver com o que quer me dizer?

Ele estava um tanto constrangido:

— Eu não sou acostumado a isso. Aliás, nunca tinha presenciado o que vimos e nem sabia que essas coisas existiam, exceto nos filmes.

Ela o advertiu:

— Você está fugindo da conversa, moço. Afinal, o que você quer me dizer, realmente?

— Não é isso. É que... — Alex hesitou. Estava visivelmente desconfortável.

Ela brincou para estimulá-lo a falar:

— Ou você diz logo o que quer dizer, ou vou jogá-lo para fora do carro. Que coisa!

140

— Calma, eu vou dizer.

— Ok, diga.

— É que não me sinto à vontade para dormir sozinho no hotel, esta noite. Pronto, já disse.

Ela simulou estar chocada:

— Alex!

Ele se apressou em explicar:

— Por favor, não me interprete mal, isto não é uma cantada. Estou falando sério. O hotel está quase vazio, eu acho até que estou sozinho no andar do meu quarto. Não vou me sentir seguro.

Ela não sabia se ria ou se falava sério. Falou pausadamente:

— Se entendi bem, você está me dizendo que está com medo de dormir sozinho no hotel por causa dos acontecimentos que vimos no casarão?

Envergonhado e constrangido, ele não tinha coragem de olhar para ela, mas admitiu:

— É isso mesmo. E você prometeu que não iria rir.

— Olhe para mim: não estou rindo, estou? Apenas você me pegou de surpresa. Para mim aquelas coisas são tão naturais dentro do que acredito, mas sua reação a elas me pegou desprevenida.

— Desculpe, mas estou sendo sincero. É assim que estou me sentindo, ainda que você não acredite. Sei que pode parecer cantada, mas estou falando sério.

Apesar da situação insólita, ela acreditou nele:

— Já entendi. Deixe-me pensar um pouco — Bruna ficou dirigindo em silêncio e ele também ficou quieto, na expectativa da resposta dela. — Já sei, só tem um jeito.

Ele olhou rápido para ela:

— Qual?

— Você vai dormir comigo esta noite — Alex sabia

que nada havia de malicioso na proposta, mas não pôde evitar de se sentir tremendamente excitado pela maneira como a frase soou. Bruna notou o duplo sentido de sua frase e tratou de consertar: — Quero dizer, você vai dormir no meu apartamento esta noite. Daremos um jeito e vou improvisar uma cama extra para você.

Ele estava intimamente exultante, mas se controlou, pois achou que deveria ser educado:

— Bruna, não quero incomodar.

— Então me diga que outra opção você tem.

— Na verdade, nenhuma outra.

— Pronto. Tenho um sofá grande e confortável na sala. Dará para você se ajeitar nele.

— Para mim está ótimo, mas o que seus pais dirão disso?

— Não se preocupe. Meus pais já se foram desta para outra melhor. Moro sozinha há muito tempo.

— Desculpe, não sabia dos seus pais.

— Não se importe. Faz anos.

Ele pensou um pouco antes de fazer a próxima pergunta, porque tinha medo da resposta:

— E seu namorado? Ele não vai gostar de saber que dormi com você... quero dizer, que dormi no seu apartamento.

— Sossegue. Há muito tempo não sei o que é ter namorado. Os que tive, só me deram dor de cabeça. Então, desisti deles e resolvi me entregar ao trabalho. E estou muito bem assim.

Alex se sentiu excluído:

— Não sei se foi uma boa ideia.

— Para mim, até agora está dando certo.

O *até agora* fez que ele respirasse aliviado. Significava que ainda havia uma chance.

142

Capítulo 10

A pedido de Alex, Bruna deu uma rápida parada no hotel onde ele estava hospedado. O rapaz subiu até o quarto para pegar roupas limpas, pijama e uma toalha de banho. Depois, juntou sabonete, xampu, pente, escova e pasta de dentes dentro de uma *nécessaire*. Colocou tudo na mochila e voltou rapidamente para o carro.

O rapaz da recepção acompanhou-o com um olhar curioso, mas nada disse, nem perguntou.

Alex jogou a mochila no banco traseiro e sentou-se ao lado de Bruna, com um enorme sorriso no rosto, que ela percebeu, é claro.

— Pronto, podemos ir.

Ela engatou a marcha e se puseram em movimento.

Depois de algum tempo circulando pela cidade, pararam defronte a um pequeno prédio branco de três andares.

— Chegamos.

O apartamento de Bruna ficava no último andar. Entraram por uma rampa que conduzia ao estacionamento, o que Alex achou ótimo, porque assim não seriam vistos e evitaria comentários maledicentes. E, melhor ainda, não havia elevador. Assim estariam livres de câmeras indiscretas que captam tudo, impiedosamente.

Pegaram as mochilas e subiram os três lances de escadas sem esforço algum, até chegarem ao apartamento de Bruna.

Era um típico recanto de gente solteira: pequeno, funcional, lindamente decorado. Na sala havia uma bela estante, poltronas e almofadas coloridas, muitas plantas e vasos com flores e um grande sofá onde provavelmente Alex dormiria.

A mesa de refeições ficava na cozinha e os dois outros cômodos eram o quarto de Bruna e o banheiro.

Ela abriu a porta e deu passagem a ele:

— É pequeno, mas acolhedor. Foi minha primeira compra quando comecei a trabalhar no cartório, aliás, meu único emprego até agora. Considero esta compra uma vitória pessoal.

— É muito bonito e aconchegante. Você está de parabéns.

— Obrigada. Gosto muito dele. É meu refúgio.

— Um belo refúgio, aliás.

— Se você não se importa, Alex, vou tomar um banho rápido. Estou cansada e suada. Enquanto isso, fique à vontade. Aqui na estante tem alguns livros e muitos CDs e DVDs. Pode ligar o som, o vídeo ou a tevê se preferir. Enfim, faça o que quiser. Não vou demorar.

— Não se preocupe, estarei bem com tantas opções. E, por favor, não se apresse por minha causa.

144

Foi impossível para Alex não dar asas à imaginação ouvindo o som do chuveiro. Já tinha percebido que, por debaixo das roupas comportadas, Bruna escondia um corpo escultural. E agora aquele corpo estava ali, desnudo, a poucos metros dele.

Ligou a televisão para afastar esses pensamentos tentadores. Esforçou-se inutilmente para se concentrar no noticiário. Só conseguiu quando percebeu que o chuveiro fora desligado.

Meia hora depois ela reapareceu refeita, com um delicado pijama azul claro, decorado com pequenas flores coloridas.

— Pronto, moço, agora é sua vez. Enquanto isso, vou preparar um lanche para nós.

— Não precisa, Bruna, não quero dar trabalho.

— Bom, eu estou com fome e vou lanchar. Se você não quiser me acompanhar, problema seu.

Ele sorriu divertido. Achava adorável esse jeito firme e objetivo de ela decidir as coisas.

Levou sua mochila para o banheiro e despiu-se. Enquanto se banhava, Alex pensava que ali mesmo, naquele lugar, poucos instantes antes, o corpo nu de Bruna estivera se banhando e esse pensamento voltou a excitá-lo. Mexeu nas torneiras e deixou que a água ficasse bem fria para ver se assim acalmava suas emoções.

Vestiu também o pijama e voltou para a sala.

— Pronto, estou renovado.

— Nossa, até parece outra pessoa — ela sorriu e terminou de preparar a mesa. Fantasia ou não, Alex achou que aqueles olhos azuis brilharam intensamente quando ela o viu.

Antes do lanche, Bruna lhe entregou um embrulho.

— O que é? — indagou ele.

— Prometo o que cumpro. Pode abrir.

145

Ele rasgou o pacote e, ao pegar o livro na mão, leu a capa: *O Livro dos Espíritos.*

— Você não esqueceu!

— Claro que não. Espero que goste. Que esse livro possa ajudá-lo a entender um pouco sobre o que passamos há pouco. Sempre tenho um extra para presentear os amigos

— Vou me esforçar. Claro que em outro momento. Muito obrigado.

Alex guardou o livro na mochila. Em seguida, lancharam ouvindo músicas suaves e saboreando algumas taças de vinho. Depois foram para a pequena sala conversar.

Ela cruzou as pernas sobre o sofá e pediu:

— Me fale sobre você, Alex.

Ele fez um gesto de descaso:

— Ah, minha vida ainda não tem nada de interessante.

— Como não tem? E a herança? Quer coisa mais interessante do que isso? — riu divertida.

— Ah, isso foi um acidente de percurso — fez uma pausa. — Nasci na cidade de Sertãozinho, na região de Ribeirão Preto.

— Já ouvi falar. É uma cidade bem grande.

— É, sim. Meus pais, meus únicos parentes vivos, são pessoas ótimas, só que, quando completei dezoito anos, decidi morar sozinho na capital e terminar os estudos. Como não tinha grana para alugar um apartamento, fiquei primeiro numa república de estudantes e depois me mudei para uma pensão.

Ela mostrou-se admirada:

— Você mora numa pensão?

— Sim, senhora, morei até agora e não tenho do que me queixar. A dona se chama Leonor, carinhosamente chamada dona Leo, uma senhora muito simpática que

146

até me permite dar aulas no quarto. Tenho cinco alunos.

Bruna provocou:

— Você tem alunas bonitas?

— Tenho duas, lindas.

Ela balançou a cabeça:

— Eu já devia imaginar.

— Não é o que está pensando. São duas garotas estudantes de Direito e fazem aulas de reforço. Além delas, tenho três rapazes, também estudantes de Direito, que também fazem aulas de reforço — desta vez foi ele quem provocou. — Ué, não vai perguntar se eles são lindos?

Ela deu uma gostosa gargalhada.

— Me diga uma coisa: essas aulas são pagas?

— Claro, e para falar a verdade, elas rendem um bom dinheirinho extra, muito útil.

— E o que você acha da escolha que fez?

— Gosto da advocacia, mas só estou começando. Isto é, estava. No momento, como milhões de brasileiros, estou desempregado. Ou seja, essa herança veio em boa hora.

— Então vamos ser colegas de profissão.

— Vai ser um prazer ter você como colega.

Bruna levantou-se e foi pegar as duas taças que haviam ficado sobre a mesa. Colocou mais vinho nelas e voltou para o sofá, sentando-se novamente sobre as duas pernas dobradas:

— Deixe-me fazer-lhe uma pergunta de quase advogada. Sei que não é da minha conta, mas não posso segurar minha curiosidade: por que sua tia não deixou a herança para a irmã dela, que ainda é viva? Seria o natural, não seria?

— Pois é, também acho e não tenho resposta para isso. Nem minha mãe sabe explicar, diz apenas que não se davam bem desde crianças. Talvez seja essa a razão.

— Estranho, não é?

— Muito. E quer saber mais coisas estranhas? Foi minha tia Isadora, a quem nunca vi na vida, quem pagou minha faculdade, depositando dinheiro todo mês em minha conta no banco. Essa grana dava também para pagar a pensão. E eu nunca pude agradecer, pois nem sabia onde ela morava. Só soube agora, quando já era tarde.

— Que história linda e triste ao mesmo tempo, Alex! Acho que ela devia amá-lo muito, mesmo sem conhecê-lo.

— Pois é. Entende o meu empenho em conhecer a história da vida dela.

— Entendo e agora, até eu quero saber. Mas, ouça uma coisa importante e prometa que não vai rir: posso lhe garantir que, apesar de tudo, você pode, sim, agradecer a ela.

— Bruna, eu não vou rir, mas acho que você já bebeu vinho demais ou deve ser o sono. É melhor ir se deitar.

— Ah, é? Pois aguarde os acontecimentos e você verá.

— Ok, vou aguardar.

— Mas me diga outra coisa. Já que você me perguntou, vou perguntar-lhe também: e o que sua namorada de São Paulo acharia se soubesse que você dormiu no apartamento de outra garota?

Ele fez questão de deixá-la ansiosa. Lentamente, tomou mais um gole de vinho antes de responder, percebendo que ela nem piscava aguardando a resposta:

— Minha namorada?

— Sim, sua namorada.

— O que ela acharia se soubesse...

Bruna o interrompeu quase irritada:

— É isso mesmo, você ouviu.

— Que namorada coisa nenhuma, minha amiga!

Nesses anos todos estava estudando e correndo atrás de emprego. Nem tinha tempo de pensar em namorada.

— Você está me dizendo que, apesar de jovem, bonito e inteligente, não tem namorada?

— Entendeu direitinho.

Ela olhou séria para ele:

— Devo acreditar nisso?

— Preciso jurar?

— Não precisa. Dou-lhe um voto de confiança — ela sorriu, intimamente aliviada com aquela revelação. — Bom, mas agora, com a herança, certamente vai ter tempo de sobra para paquerar e terá pretendentes à vontade.

Ele quis continuar provocando-a:

— Será? Não havia pensado nisso. Boa ideia.

Pela reação dela, ele percebeu que era fácil irritá-la nessa área. Deveria ser uma mulher ciumenta:

— Não acho boa ideia. Que homem inteligente iria se sentir atraído por mulheres interessadas nele só por causa de uma herança?

Ele estava gostando de vê-la se irritando:

— Não sei, preciso pensar melhor sobre isso.

Definitivamente, ela não estava gostando do rumo do papo e resolveu colocar um ponto final:

— Quer saber? Acho melhor irmos dormir. Amanhã vamos sair bem cedo.

— Ah, é? Para onde?

— Resolvi lhe fazer uma surpresa. Quero lhe apresentar uma pessoa muito especial.

— Que pessoa?

— Não vamos falar sobre isso agora. Deixe-me preparar o sofá para você — cuidadosamente, Bruna forrou o sofá com uma bonita colcha vermelha e foi buscar travesseiro e lençol.

— Pronto. Se tiver medo durante a noite é só me chamar.

— Não posso ir correndo para a sua cama? O medo passaria na mesma hora...

— Engraçadinho. Boa noite.

— Boa noite, Bruna, e muito obrigado por tudo.

Não foi nada fácil para Alex conciliar o sono, sabendo que ali pertinho Bruna estava deitada, de pijama.

Para se distrair, tentou descobrir quando seu interesse pela oficial adquirira esse tom afetivo, essa atração física. No começo, era apenas uma profissional bonita que iria ajudá-lo a desvendar alguns pontos obscuros que envolviam o casarão e sua tia Isadora. Depois, em algum momento do relacionamento deles, a chama da atração acendeu e ele passou a vê-la como a inteligente, bonita e atraente mulher que realmente era.

Como não conseguiu chegar a nenhuma conclusão sobre o assunto, decidiu que era preciso focar mais no seu trabalho. Afinal, tinha que regressar logo a São Paulo.

Durante a madrugada, Alex teve um sonho que o perturbou muito. Aliás, no início nem distinguiu se era sonho ou realidade.

Sua tia Isadora aproximava-se do sofá e, com os braços estendidos, mostrando-lhe as mãos deformadas e implorava:

— Me perdoe... me perdoe...

E tentava acariciar seu rosto.

Assustado, Alex ergueu o corpo e deu um grito, fazendo a imagem sumir na mesma hora.

Atraída pelo grito dele, Bruna veio correndo do quarto e sentou-se ao seu lado no sofá. Como ele tirara a camisa do pijama por causa do calor, Bruna não pode deixar de admirar seus bíceps bem torneados. Mas disfarçou, desviando o olhar:

— O que foi, Alex? O que o assustou? — ela passou a mão sobre a testa dele e sentiu que estava molhada. — Nossa, como você está suado! — Levantou-se e trouxe uma toalha de rosto. — Tome, enxugue-se e me conte o que houve.

Alex contou-lhe o sonho:

— Foi incrível e parecia real. Mas não sei o que pode significar. Inclusive, não tenho nada para perdoá-la. Nem sequer a conheci.

— Tranquilize-se, Alex, nós descobriremos. Por alguma razão, o espírito dela está inquieto e sofrendo. Mas depois que você descobrir o motivo e perdoá-la, o espírito dela encontrará a paz.

— O problema é que não sei o que fazer. Nem ao menos sei por onde devo começar.

— Não se preocupe. A pessoa que veremos amanhã poderá nos ajudar nesse assunto. Agora, procure relaxar e dormir.

Ele segurou-a por um braço, suavemente:

— Posso lhe pedir uma coisa, Bruna?

— Claro que pode, Alex. Somos amigos, lembra?

— Não sei se devo.

— Fale, homem. Quero continuar meu sono.

— Então, por favor, não me interprete mal, nem ria de mim.

— Esse pedido não ria de mim está virando chavão. Última chance: ou fala agora ou se cale até o amanhecer.

Ele tomou coragem:

— É o seguinte: posso colocar este cobertor no chão do seu quarto, ao lado de sua cama, e dormir nele?

151

Desta vez, não houve choque: ela se mostrou apenas surpresa com aquele pedido insólito:

— Seu medo é tão grande assim?

Ele segurou as mãos dela:

— Não ria de mim, por favor.

— Ok, não vou rir. Mas quero saber de uma coisa: você promete que vai se comportar?

Ele fez uma cruz com os dedos indicadores:

— Tem a minha palavra.

— Então está bem, vamos.

Ela se levantou do sofá e ele seguiu-a. Obedientemente, claro.

Mesmo sabendo que nada de especial aconteceria ali naquela noite, foi uma emoção para Alex entrar no quarto de Bruna. Como prometera, estendeu o cobertor vermelho no chão, ao lado da cama, deitou-se e cobriu-se. Dessa vez, dormiu de maneira rápida e profunda.

Bruna, entretanto, demorou um pouco mais para conciliar o sono interrompido pelo sonho de Alex, preocupada que estava com o estado emocional do seu novo amigo. Alguns minutos depois, ela ergueu o corpo e olhou-o carinhosamente. Um tanto intranquila, admitiu intimamente que estava se apegando a ele. Por enquanto, não saberia dizer ainda se isso era bom ou não.

E foi nesse cenário bizarro que os primeiros raios de sol que passaram pela cortina entreaberta saudaram o casal.

Quando Alex acordou pela manhã, Bruna não estava mais no quarto. Ele se se levantou, dobrou o lençol e o cobertor, pôs sobre uma cadeira e foi para a sala. Mas antes deu uma espiada maliciosa na cama dela, com os lençóis revolvidos.

Antes que sua imaginação fosse mais longe, saiu do quarto e foi para a cozinha, onde Bruna já preparava o desjejum.

— Bom dia!

Ela voltou-se para ele, sorridente:

— Dormiu bem ou teve mais sustos?

Ele estava bem-humorado:

— Dormi como um anjinho. E também me comportei como um.

— Verdade, mostrou ser um rapaz muito bem-comportado. Parabéns. Agora, espero que goste do meu desjejum.

— Se o sabor estiver tão gostoso quanto a aparência, já sei que vou adorar.

Quando terminaram a refeição, Alex apressou-se em retirar a louça e talheres da mesa, levando-os para a pia e pôs-se a lavá-los. Bruna fingiu ralhar com ele:

— Alex, que graça é essa? Você é meu convidado! Não tem nada que estar fazendo isso!

— Ora, isto é o mínimo que posso fazer para agradecer sua irrepreensível hospitalidade.

— Muito engraçadinho você. Não precisava fazer isso.

Depois, enxugando as mãos, ele pediu licença para dar um telefonema. Lembrou-se de que devia dar alguma satisfação à dona Leo, a proprietária da pensão:

— Bom dia, querida Leo! Não vá desmaiar de emoção, mas aqui é o mais novo milionário do pedaço!

Ela deu um gritinho nada discreto:

— Alex, seu sumido. Por onde você anda?

— Ainda estou em Ribeirão Grande tratando de resolver os problemas da herança.

— Ora, esses não são problemas, são soluções.

— É verdade, mas a burocracia é grande.

153

— Alguns dos seus alunos têm telefonado. Querem saber quando as aulas recomeçam.

— Pode dizer a eles que continuo enrolado por aqui e que em mais uma semana estarei de volta.

— Uma semana? Tudo isso? Estou com saudades. Precisa demorar tanto? Ah, já sei. Com certeza deve ter algum rabo de saia bonito por aí dando em cima de você.

— Hummm... Mais ou menos.

— Não disse? Mulher é fogo! Não pode ver um rapaz bonito e agora rico que dá logo em cima!

— Não é nada disso, Leo. Estou brincando. E não estou rico, ainda nem sei direito quanto vale o que a tia deixou para mim.

— Se cuida, hein, moço?

— Pode deixar.

Enquanto Alex falava com dona Leo, Bruna tinha ligado para seu chefe, o tabelião Aderbal:

— Bom dia, chefe.

— Olá, Bruna, pensei que tivesse fugido com o cliente.

— Olha, chefe, se eu pudesse até que fugiria dele. Ele tem me dado muito trabalho, isso sim.

— Eu sei como é. Esse pessoal da capital é assim mesmo, muito folgado para o meu gosto.

Ela segurou o riso, olhando para Alex:

— É isso mesmo, chefe, ele é muito folgado.

Alex pôs as mãos na cintura em atitude de repreensão.

— Pelos seus cálculos, quanto tempo mais você acha que ainda vai precisar para concluir esse trabalho?

— Bom, talvez uns dois ou três dias. Temos que voltar ao casarão e ainda nem mostrei a cidade para ele.

— Tudo bem. O importante é atender bem o cliente. Lembre-se que ele foi enviado pelo meu colega Jarbas, a quem prezo muito.

— Quanto a isso, não se preocupe. Estou fazendo o meu melhor, tratando-o muito bem. Ele não vai ter queixa de nós.

— Excelente. Eu sabia que podia confiar em você.

Quando desligaram, ela voltou-se para Alex e brincou com ele:

— Vamos embora, folgado? — e caiu na gargalhada.

Ele se fingiu de bravo:

— Quer dizer que eu sou folgado, não é?

— Isso quem disse foi meu chefe. O que eu disse foi que estou lhe tratando muito bem. É mentira minha?

Ele se vingou:

— Hummm... Mais ou menos. Podia ser melhor.

— Não seja chato, folgado. Vamos embora.

— Não sei para onde, mas vamos. Estou confiando em você.

— Não tenha medo, não vou sequestrá-lo.

Ele não perdeu a oportunidade de se insinuar:

— Não? Ah, que pena...

Com essa piadinha maliciosa, ele ganhou mais um tapinha carinhoso no ombro.

Capítulo 11

O percurso era acidentado, feito em estrada de terra, cheio de desníveis e lombadas.

— Já posso saber aonde você está me levando?

— Nós vamos fazer uma visita à dona Rosália, uma famosa e experiente médium vidente, a quem eu chamo de vó.

— O que é isso? O que é que ela faz?

— Pode dar risada, mas ela vê e ouve coisas que as pessoas comuns não conseguem.

— Não vou rir, mas quero saber por que você acha que eu preciso visitar uma médium vidente?

Bruna parou o carro e olhou séria para ele, parecendo irritada:

— Você não me disse que quer saber o que aconteceu com sua tia? Não quer agradecer a ela ter-lhe deixado uma herança e pagado sua faculdade e sua pensão?

— Sim, claro, mas...

— Fique quieto e confie em mim — e retomou a marcha.

Como ela ficara calada, ele arriscou:

— Bruna, você ficou brava com minha pergunta?

Ela respondeu secamente, sem olhar para ele:

— Fiquei. Muito brava.

Ele ficou inteiramente sem graça:

— Puxa vida, Bruna, me desculpe, não tive a intenção de...

Então, ela explodiu numa gargalhada:

— Que brava nada, bobinho. Foi uma pegadinha.

Ele suspirou aliviado:

— Você e suas pegadinhas infames! E eu caí nessa... — riram por um bom momento.

Depois de algum tempo rodando, ela parou o carro na frente de um pequeno sobrado de janelas e portas azuis e paredes brancas e um pequeno jardim florido na frente.

— É aqui. Vamos lá.

A própria Rosália atendeu ao toque da campainha e abriu a porta e com um largo sorriso quando reconheceu Bruna.

— Bruninha!

Era uma senhora muito simpática, com cerca de oitenta anos de idade, cabelos totalmente brancos, puxados para trás, presos num coque. Usava um sóbrio vestido rosa, com bolinhas brancas. Recebeu o casal com muita alegria, abraçando e beijando Bruna carinhosamente:

— Que bom vê-la, minha querida!

— Eu também estava com saudades, vó.

— Você tem feito falta nas reuniões do grupo.

— É o trabalho, né, vó? Deixe eu lhe apresentar o Alex, o moço de quem lhe falei.

158

— Que bonito rapaz e que bela aura você tem, Alex — e voltando-se para Bruna. — Ele é seu namorado?

Ela ruborizou:

— Que é isso, vó, é só meu amigo.

— Por enquanto, né? Conheço bem essa história de "somos apenas bons amigos"...

Alex aproveitou a deixa:

— Já estou gostando da senhora, dona Rosália!

— Não falei? Olha só o entusiasmo dele! — deu uma risada de cumplicidade, encaminhando-se para o interior da casa. Aproveitando-se que a senhora estava de costas, Bruna deu mais um tapinha no ombro de Alex. O casal acompanhou a médium e sentaram-se à mesa redonda que devia ser usada para as refeições.

Alex sentou-se ao lado da oficial e perguntou:

— A senhora mora sozinha aqui?

— Moro com um casal de netos, que passam o dia fora trabalhando. Mas me ligam a cada hora. Deve ser para saber se ainda estou viva — e os visitantes sorriram com a piada de Rosália.

Bruna pigarreou e começou:

— Bem, vó, pedi para vir porque meu amigo aqui está recebendo umas mensagens de uma tia que faleceu recentemente. Ele é advogado, mora em São Paulo, não é espírita e não entende o que está acontecendo. Ele está muito confuso, até porque o espírito da tia quer que ele a perdoe de algo que ele não sabe o que é. Eu acho que, além desse perdão, ela quer lhe dizer algo.

Rosália pôs a mão sobre a de Alex:

— Ele pode não ser espírita, mas tem uma sensibilidade mediúnica que dá gosto. Vejo isso claramente na aura dele.

— Desculpem, mas alguém pode me explicar que língua vocês estão falando?

159

Rosália riu:

— Gosto do seu senso de humor, garoto. Mas agora vamos falar sério: você e sua tia tiveram alguma discussão ou ficou alguma pendência para resolver entre vocês?

— Imagine! Eu nem cheguei a conhecê-la. Nunca falei com ela nem por telefone.

— Mesmo assim ela gostava muito de você.

— Desculpe, como a senhora sabe disso?

— Porque ela está me dizendo. Não se assuste, mas ela está aqui, por perto, em espírito.

Alex ficou assustado, olhando para os lados, enquanto Bruna ria dele. Rosália também sorriu:

— Não se esforce, você não vai vê-la, pelo menos por enquanto, até obter permissão do plano superior. Mas ela está aqui nos vendo e ouvindo. Diga o que você gostaria que ela soubesse.

— Quero que ela saiba que sou muito agradecido pela herança que me deixou. Há outro fato que acho importante a senhora saber: foi minha tia quem pagou minha faculdade, depositando dinheiro no banco, todo mês, sem exceção. Eu também pagava minha hospedagem com esse dinheiro. Quero dizer a ela que sou muito grato por tudo isso. Eu não teria conseguido concluir minha faculdade sem essa prestimosa ajuda.

— Não disse? Ela gostava mesmo muito do sobrinho. E você nunca se preocupou em visitá-la, até para agradecer essa ajuda?

— Aí que está. Ela e minha mãe não se davam bem desde a infância. Daí, minha mãe nunca se preocupou em me falar da irmã. Acho que nem ela sabia onde tia Isadora morava. Eu não tinha como fazer contato com ela.

— E por que sua tia, uma pianista famosa segundo a Bruna me contou, parou de tocar e de se apresentar, e veio se refugiar num lugar pequeno como este?

160

— Também não sei. Essa é uma das coisas que eu gostaria que ela me dissesse.

Rosália olhou para Bruna:

— Nossa Mãe, Bruninha, quantos mistérios!

A moça se lembrou de contar:

— Tem algo que a senhora precisa saber. Alex e eu estivemos no casarão e lá tivemos uma rápida visão de dona Isadora. Deu para ver claramente que ela teve algum problema muito grave com as mãos, pois os dedos estavam deformados.

Rosália balançou a cabeça:

— Isso pode explicar por que ela parou de tocar, mas continuamos sem saber o que causou esse problema com suas mãos.

— Acho que é isso que ela queria contar para o Alex, mas não deu tempo. Será que a senhora pode nos ajudar, vó?

— Bem, se nossos guias permitirem, acho que posso pelo menos tentar. Vamos para o nosso recanto.

Alex olhou para Bruna antes de se levantar:

— Recanto? Onde é isso?

Ela respondeu sussurrando, como que ralhando com ele:

— Psiu, fique quieto.

Recanto. Era assim que Rosália chamava o quarto destinado aos trabalhos espirituais, onde ela realizava cura, psicografias e contatos com as entidades desencarnadas. Era um ambiente decorado à moda antiga, com papel de parede florido, longas e bordadas toalhas brancas nas janelas e guarnecido com muitos vasos de plantas e flores. No centro, havia uma mesinha redonda, também coberta com uma toalha branca. A um canto, havia uma maca, daquelas usadas em hospitais, onde Rosália, em sintonia com seus guias, realizava cirurgias espirituais.

Aquele era um lugar considerado sagrado por ela e seus auxiliares.

— Sente-se, casal lindo.

Enquanto Bruna parecia muito à vontade, Alex não conseguia esconder certa tensão, olhando para todos os lados e examinando o ambiente. Rosália percebeu e tratou de tranquilizá-lo:

— Fique calmo, Alex. Trabalho com essas coisas desde muito antes de você nascer. Aqui você está seguro e nada de mal poderá lhe acontecer. Vamos apenas conversar e, se for possível, convidar algumas pessoas invisíveis, ou seja, espíritos, para participar. Tudo bem?

— Tudo bem — ele quis transmitir tranquilidade, mas nas não havia muita convicção na sua voz.

— Bruninha, por favor, segure a mão dele para me ajudar nas preces. Você já conhece os procedimentos e sabe o que fazer. E quanto ao querido Alex, creio que não se importará que Bruna segure sua mão, estou certa?

Ele não pode evitar o sorriso maroto:

— Certíssima. Não me importo nem um pouco.

Bruna deu um apertão na mão dele para repreendê-lo.

— Foi o que pensei — Rosália levantou-se, diminuiu a iluminação do quarto e voltou a sentar-se à mesa redonda. — Agora, preciso que vocês dois fechem os olhos, relaxem o corpo e procurem esvaziar a mente; não pensem em nada.

Depois, em voz baixa, levou algum tempo fazendo preces. Quando se sentiu pronta, fez o convite:

— Se está presente algum espírito de bem que deseje e possa se comunicar com qualquer um de nós, por favor, que o faça por nosso intermédio, em nome de Jesus.

A médium precisou repetir três vezes esse apelo antes que ocorresse alguma manifestação. E ela veio por intermédio de Bruna.

Primeiro, Alex sentiu a mão dela, presa à sua, ficar subitamente fria. Ele a encarou e viu, mesmo na penumbra, que ficara pálida. Depois, a respiração de Bruna tornou-se ofegante e a mão ficou trêmula.

Ele se surpreendeu quando Bruna falou com uma voz bem diferente da dela:

— Alex... Alex...

Ele não sabia se devia responder ou falar alguma coisa. Foi Rosália quem respondeu:

— Alex está aqui conosco. Quem deseja falar com ele?

— Isadora. Meu nome é Isadora Belintani.

— Olá, Isadora, seja bem-vinda. Eu já havia notado que você estava por perto. Pode dar seu recado para o Alex, querida irmã.

A voz de Bruna tornou-se mais ofegante:

— Preciso que ele me ajude.

Alex encheu-se de coragem e perguntou:

— Mas como eu posso ajudá-la, tia?

Rosália reforçou a pergunta do rapaz:

— Isadora, Alex quer saber como poderá ajudá-la.

Ela respondeu pelos lábios de Bruna:

— Me perdoando. Me perdoando. Eu preciso do perdão dele para conseguir seguir em paz.

Alex estava aflito por não saber ao que a tia se referia:

— Mas, tia, o que eu tenho para lhe perdoar?

Bruna começou a chorar:

— Você não sabe, Alex... você não sabe...

Ele estava quase desesperado:

— Então me conte, tia!

163

Nesse momento, Bruna soltou bruscamente a mão de Alex e sua voz mudou, tornando-se masculina:

— Parem de importuná-la, ela não tem nada para contar a vocês. Vamos parar com isso!

Rosália manteve a serenidade:

— Desculpe, quem é você? Não me lembro de tê-lo convidado a participar desta conversa.

A voz de Bruna era rude e desaforada:

— E não me convidou mesmo. Não preciso de convite. Venho quando quero e falo o que quero.

Rosália mantinha a firmeza da voz, embora continuasse calma:

— Desculpe, mas você interrompeu uma conversa que estávamos tendo com Isadora.

— Pois a conversa acabou. Ela não vai responder mais nada. Passem muito bem.

Bruna estremeceu, soltou uma profunda respiração e voltou a apertar fortemente a mão de Alex.

Rosália chamou-a de forma suave:

— Bruninha, querida, volte para nós, a conversa com o espírito de Isadora acabou. Bem devagar, vá se desligando dela e volte para nós.

Bruna sacudiu a cabeça, parecendo aturdida. Levou alguns segundos para se recuperar. Sua voz estava frágil, como se estivesse muito cansada:

— O que aconteceu, vó?

Agora, Rosália parecia um pouco irritada:

— Fomos interrompidos por um espírito perturbado, um intruso. Mas que parecia conhecer muito bem dona Isadora. Você tem ideia de quem poderia ser, Alex?

Ele estava aturdido com o que acontecera:

— Bem, pelo que sei, só havia um homem próximo à tia Isadora. Era o Jefferson, que havia sido seu empresário e, segundo soube, depois que ela se retirou da vida artística e veio para Ribeirão Grande, tornou-se seu companheiro. Também fiquei sabendo que tempos depois ele se tornou alcoólatra e morreu afogado no Rio das Almas.

Rosália pensou um pouco:

— Então, temos dois mistérios a resolver: primeiro, o que será que sua tia quer lhe dizer para que você possa perdoá-la. E segundo, por que Jefferson não quer que ela fale — e voltando-se para Bruna: — Você está bem, minha filha?

— Estou, vó. Na hora de voltar fiquei um pouco tonta, mas porque foi tudo muito inesperado.

— Eu sei. No início, quando fiz o convite para que a entidade se manifestasse, pensei que ela viesse para mim, mas ela escolheu você, talvez por estar mais próxima de Alex do que eu, que só o conheci hoje.

— Não se preocupe comigo, vó. Você mesma me ensinou e me preparou para enfrentar esses momentos. Agora, precisamos pensar no que devemos ou poderemos fazer para obter as respostas dos dois mistérios que a senhora citou.

Rosália levantou-se e reacendeu as luzes do quarto. Depois voltou a sentar-se:

— Acho que devemos repetir a tentativa de contato com Isadora, mas vou precisar do reforço do grupo.

Alex não entendeu:

— Reforço do grupo? Que grupo?

Bruna apressou-se em esclarecer:

— A vó coordena um pequeno grupo de irmãos, do qual eu faço parte, que se reúne semanalmente para orar e atender pessoas necessitadas de orientação ou tratamento espiritual.

Rosália complementou:

— O espírito intruso, que interrompeu nossa conversa, é muito bruto e com a ajuda espiritual do grupo

165

ganharemos mais energia fluídica e poderemos impedir que ele volte a atrapalhar.

— E quando faríamos isso, vó? Alex precisa voltar para São Paulo o mais breve possível.

— Se vocês puderem, poderá ser hoje à noite.

— O que você acha, Alex?

— Por mim, tudo bem.

— Então, voltaremos à noite, vó.

— Combinado. Estarei à espera de vocês. Enquanto isso, farei contato com o meu grupo de auxiliares.

Todos se levantaram e o casal se encaminhou para a porta de saída. Rosália deu uma ideia:

— Bruninha, você já mostrou a cidade a Alex? É pequena, mas tem coisas bonitas para se admirar.

— Ótima ideia, vó, farei isso.

Alex fingiu não ver a piscadela que Rosália deu para Bruna.

Quando estavam voltando, caminhando em direção ao carro, Bruna perguntou:

— O que você gostaria de fazer?

Ele foi galanteador:

— Qualquer coisa, desde que esteja ao seu lado.

Ela parou de caminhar e olhou-o:

— Você nunca fala sério comigo?

— Eu sempre falo sério, você é que não me leva a sério.

— Se eu fosse levar a sério tudo o que você me diz...

Ela retomou a caminhada em direção ao carro, mas ele não deixou passar a frase interrompida:

— Complete a frase. O que aconteceria se você levasse a sério tudo o que lhe digo?

Ela desconversou:

— Ah, já sei! Vou levá-lo ao Parque Intervales. Tenho certeza de que você vai gostar.

— O que tem lá?

— Muita coisa bonita para quem curte a natureza: cachoeiras, cavernas, florestas, trilhas, um lago muito lindo, tem até um castelo de pedras. Mas alguns desses passeios só podem ser feitos com a companhia de guias.

— Que ficam bisbilhotando a vida da gente.

— Isso mesmo. Para garantir que todos os engraçadinhos vão se comportar direitinho.

— Bom, esse passeio com guias eu dispenso. Tem um lugar agradável e discreto para fazermos uma refeição?

— Sim, é um lugar bem completo. Tem algumas pousadas e restaurantes bem legais.

— Então, almoçaremos por lá.

Rodaram por cerca de vinte quilômetros por uma estrada de terra muito bem conservada até chegarem à entrada do Parque.

O Parque Intervales é um lugar realmente encantador, bucólico, que faz a alegria dos adeptos do ecoturismo. Uma imensa floresta, repleta de cachoeiras, cavernas, trilhas e muito silêncio, ora interrompido pelo canto dos pássaros e pelo som das águas das cachoeiras.

Pararam num elevado, de onde podiam avistar o lago. Como o carro estava perto, Bruna deixou um CD romântico tocando, com a porta aberta. Assim, o som chegava claro até eles.

Os dois estavam em silêncio, mas certamente pensavam e sentiam a mesma coisa. O clima era romântico.

De repente, Alex teve uma ideia e resolveu fazer uma brincadeira com Bruna, que tanto gostava de pegadinhas. Ele pigarreou e falou com a voz grave:

— Eu preciso lhe falar algo muito sério.

Ela olhou para ele ansiosa, talvez esperando uma declaração de amor, naquele cenário tão adequado:

— Estou ouvindo.

— Na verdade, já deveria ter dito antes, mas não houve oportunidade. Ou talvez tenha me faltado coragem.

— Fale logo, criatura!

— Você promete não ficar brava comigo?

Ela cruzou os braços como se a paciência tivesse se esgotado:

— Eu vou ficar brava agorinha mesmo se você não falar logo!

— É que... — fez uma pausa. — Eu sou casado.

Ela arregalou os olhos e a boca ficou aberta com a surpresa:

— Quê?

— Isso que você ouviu: eu sou casado.

Bruna olhou incrédula para os lados, depois voltou a olhar para ele, pálida, sem nada dizer. Quando seus olhos começaram a umedecer, Alex arrependeu-se de ter brincado daquela maneira e preparou-se para desfazer a pegadinha. Mas não teve tempo: num arroubo, Bruna levantou-se e dirigiu-se irritada para o carro.

— Ei, espere aí. Deixe-me explicar.

Ela agora estava com o rosto vermelho de raiva e respondeu quase gritando:

— Não precisa! O passeio acabou. Vamos embora.

Alex levantou-se também e foi até ela, sorrindo:

— Calma, moça. Não sabia que você era tão brava assim. Deixe-me explicar, pode ser?

Desta vez ela falou irritada de verdade:

— Já disse que não quero ouvir suas explicações. É melhor você ir logo embora para São Paulo. Sua mulher deve estar esperando-o ansiosa, morrendo de saudades.

168

Ele pegou-a forte pelos ombros:

— Não tenho mulher nenhuma, sua boba!

Ela olhou para ele, confusa:

— Quê?

— Não sou casado coisa nenhuma, tolinha. Foi uma pegadinha para me vingar das tantas que você fez comigo.

— Você está falando sério? — ela estava quase chorando.

— Eu juro! Sou solteirinho da silva! Foi só uma brincadeira!

Ela não sabia se ria ou se chorava. Ele pegou-a pelos ombros e ela esmurrou devagar seu peito:

— Seu idiota! Como é que você faz uma coisa dessas comigo?

— Me desculpe, Bruna, não pensei que você fosse reagir dessa maneira. Não quis magoá-la.

— Não me magoou. Você apenas... apenas... — ela não sabia mais o que dizer. Nem ele deixou: impetuosamente puxou-a para si e beijou seus lábios com paixão.

Aquele beijo demorou mais do que os beijos de amor convencionais. Foi uma espécie de descarga de todos os sentimentos amorosos reprimidos desde que se conheceram.

Quando pararam para respirar, ela recostou a cabeça no peito dele, que ficou acariciando seus cabelos curtos. Então ele voltou a falar:

— Bruna, tenho uma coisa séria para lhe dizer.

Ela se afastou e protestou:

— Ah, não, de novo não. Não me venha com outra pegadinha infame ou o jogo no lago.

— Calma, mocinha brava, desta vez você vai gostar do que vai ouvir — ele puxou-a de volta, envolveu seu rosto com as duas mãos e disse emocionado: — Eu a amo, oficial.

169

Ela ficou piscando, como se não acreditasse. Sua voz saiu quase num sussurro:

— O que foi que você disse?

— Eu sei que você ouviu, mas vou repetir porque é uma grande verdade: eu a amo, ouviu? Eu te amo!

Outro longo e apaixonado beijo selou a declaração. Depois ela afastou de novo o corpo e disse:

— Nunca mais faça uma brincadeira horrível como aquela. Você quase me mata do coração.

— Ah, mas admita que teve um lado bom. Me fez perceber que você gosta de mim e assim criei coragem para me declarar.

— Você não é capaz de imaginar o quanto fiquei magoada, chocada, irritada e frustrada!

— Desculpa, meu amor. Posso chamá-la assim?

Ela impôs uma condição irresistível:

— Só se me der outro beijo, advogado.

Seria muito difícil dizer qual dos três beijos trocados no parque foi o mais intenso, demorado, ardente e apaixonado.

Pouco depois, encontraram um restaurante muito simpático numa bonita pousada. Sentado à mesa, frente a frente, uma mão sobre a outra, sorriam se olhando dentro dos olhos. Alex se lembrou das insinuações da médium:

— Sua vó Rosália não é fraca não. Ela cantou a bola entre nós dois muito antes de minha declaração.

— Ela é demais. É preciso tomar cuidado com o que a gente pensa quando está perto dela. Até parece que ela lê pensamentos.

— Pior ainda se você estiver perto de mim. Ela vai ruborizar se ler minha mente.

Bruna deu um tapinha carinhoso na mão dele:

— Safadinho, você, não?

— A culpa é sua, que é muito bonita e sedutora.

Ela se fez de modesta:

— Bonita e sedutora, eu? Ah, quem me dera...

— Está bom. E ainda é feiticeira.

— Eu?

— Esses lindos olhos azuis hipnotizam, enfeitiçam. Você devia usar óculos escuros.

— Que ideia é essa?

— Porque com eles nenhum outro homem veria esses olhos.

— Ué, nem você.

— Quando estivesse comigo, você tiraria os óculos.

— Você é sempre tão engraçadinho assim, é?

— Está bem, então vou falar sério. Me fala uma coisa: como é que você entrou nessa história de espiritismo?

— Você já ouviu falar de crianças que veem coisas que os adultos não conseguem ver e até conversam com amiguinhos invisíveis?

— Ora se já! E também sei que os pais morrem de medo quando isso acontece dentro de casa.

— Pois é, e ficam com medo sem motivo. Eu fui uma criança assim. Tinha muitos amigos invisíveis. Inclusive, conversava com minha falecida avó e outros parentes que já tinham morrido. Minha sorte foi que meus pais eram adeptos do espiritismo e nem pensaram em me reprimir ou levar para psicólogos ou psiquiatras. Pelo contrário, me explicaram como se dava esse fenômeno e que eu era uma criança sensível, especial. Por essa razão não pirei nem tive medo.

— Seus pais agiram de forma muito legal.

— Verdade. Depois, já adolescente, conheci vó Rosália, que não é minha avó de verdade, mas gosto de chamá-la assim. Passei a frequentar as reuniões na casa dela, acompanhei seus trabalhos espirituais e decidi estudar o assunto mais a fundo. E cá estou eu.

— E por que escolheu se graduar em Direito?

— Por uma razão muito simples: porque amo a justiça e odeio a injustiça. Uma vez tentaram processar vó Rosália por "prática ilegal da medicina" só porque ela faz tratamentos e curas espirituais. Fiquei possessa, porque era injusto. O que os acusadores não sabiam é que, nesses trabalhos, ela nem sequer toca nos doentes, não receita remédios, não usa bisturi, tesoura, faca ou qualquer equipamento cirúrgico ou hospitalar. Apenas algodão. Além disso, usa a prece e a mediunidade, servindo de intermediária para os espíritos, que são os verdadeiros cirurgiões. Por se tratar de espíritos, não necessitam de instrumentos, somente da energia da médium para tratar do paciente. Então, que raio de "prática ilegal da medicina" é essa? Todo o tratamento é feito pelo plano espiritual.

— E no que resultou o processo?

— Foi arquivado, claro.

— Ainda bem. E sobre hoje à noite? Ela deseja repetir a sessão. O que vai acontecer?

— A gente nunca sabe o que vó Rosália vai fazer. Ela recebe inspirações e orientações do plano espiritual. No entanto, acho que será o mesmo que fizemos pela manhã, apenas com o reforço dos amigos dela, todos médiuns.

— Vamos ver se teremos melhor resultado. Agora chega de conversa séria. Venha se aconchegar a mim.

Docilmente, ela se achegou ao peito dele. E sorriu quando ouviu:

— Não seria bom a gente tirar uma soneca antes de começar nossas atividades?

Pela maneira como Alex falou e pela malícia estampada no seu olhar, Bruna logo percebeu a intenção da proposta:

172

— Soneca, é? Você quer tirar uma soneca?
— Não acha uma boa ideia?
Ela ficou seduzida pela perspectiva da proposta:
— Deixe-me pensar... — pôs o dedo indicador no queixo e ficou olhando para cima, de forma cativante.
— Ora, não faz charminho, vai — ele estava ansioso.
— Não é charminho. Estou pensando no assunto.
Ele beijou-a suavemente no pescoço:
— E qual a conclusão?
Bruna mostrou um sorriso de cumplicidade:
— Acho uma boa ideia.
Alex aproveitou a abertura:
— Só que desta vez você não vai me fazer dormir no chão não, não é?
Ao responder, ela agora, já seduzida, também tinha malícia na voz e no olhar:
— Depende. Você promete se comportar direitinho?
A resposta dele tinha duplo sentido:
— Vou me comportar do jeito que você quiser.
Ela balançou a cabeça, sorrindo:
— Você é impossível...
Pagaram a conta e caminharam rapidamente em direção ao carro. A ansiedade do desejo era de ambos.

Entraram no apartamento de Bruna já se beijando e começando a se despir.
— Calma, mocinho, preciso tomar um banho.
— Sim, precisamos.
— Mas eu vou primeiro.
— Vamos juntos. Deixe-me ensaboar suas costas.
Ela gostou da sugestão:
— E você sabe fazer isso direitinho?

— Posso provar.

— Vou pensar a respeito.

Deve ter pensado mesmo, pois, após entrar no banheiro, Bruna deixou a porta aberta. Ouvindo o chuveiro, Alex não se fez de rogado: despiu-se e também entrou. Ao vê-lo, tão nu quanto ela, deu um gritinho de falsa surpresa e logo enlaçou-o com seus macios braços molhados.

O ritual foi completo: molharam-se, ensaboaram-se, enxaguaram-se e depois se enxugaram. Tudo mutuamente, como convém a dois jovens apaixonados e cheios de desejo.

O passo seguinte foi inevitável: despidos, foram para o quarto, onde a larga cama os esperava.

O restante da tarde foi testemunha do intenso amor deles.

Capítulo 12

Acordaram assustados porque o encontro na casa de Rosália estava próximo.

— Alex, apresse-se, está quase na hora da reunião!

Ele atirou um travesseiro nela, de leve:

— Viu o que você me fez fazer, sua sedutora! Me fez perder a hora!

Ela devolveu o travesseiro:

— Eu, sedutora? Quem foi que invadiu meu banheiro?

— E você reagiu tanto...

— Pois fique sabendo que eu nunca me atrasei na vida. Isso só foi acontecer depois que o conheci.

Ele abraçou-a rindo:

— E até tomar banho comigo.

Beijaram-se mais uma vez, vestiram-se depressa e saíram apressados, antes que se arrependessem e voltassem para a cama.

O grupo de Rosália já havia chegado: eram duas mulheres e dois homens. Estavam na sala de estar, aparentemente à espera da dupla. Rosália apresentou-os ao grupo:

— Aqui estão. A Bruna vocês já conhecem de nossos encontros. O belo rapaz é o Alex. Ele é o nosso foco. Parece que sua finada tia quer lhe contar algo, mas algum outro espírito, menos evoluído, não concorda. Nosso trabalho será convidá-la para conversarmos e, ao mesmo tempo, vocês procurarão impedir que o intruso nos atrapalhe. Alguma pergunta?

Uma das mulheres, chamada Mina, levantou a mão. Rosália dirigiu-se a ela:

— Sim, Mina?

— Sabemos o nome desse intruso? Facilitaria o contato.

— Parece chamar-se Jefferson. Pelo menos pensamos que é ele o espírito que tem invadido nossas conversas. Mais alguma coisa? Não? Então vamos para o recanto.

Como a mesa de centro do recanto era pequena, em torno dela ficaram Rosália, Bruna e Alex. Os outros quatro membros ficaram atrás deles, sentados em semicírculo.

Foram feitas as orações de abertura dos trabalhos e só então Rosália diminuiu a iluminação do ambiente, dando início à sessão:

— Humildemente, dirijo-me ao espírito de Isadora Belintani. Se assim desejar e lhe for possível e permitido, queremos continuar a conversa que tivemos hoje, pela manhã, quando fomos interrompidos por um espírito intruso. Se o espírito de Isadora Belintani estiver aqui, que se manifeste, por favor.

Desta vez, não houve demora e novamente Bruna incorporou o espírito da tia de Alex:

— Minhas irmãs e meus irmãos, me perdoem pela atitude grosseira daquele espírito. Quem nos interrompeu de manhã foi Jefferson.

— Seja bem-vinda, Isadora. Quem foi Jefferson?

— No começo da minha carreira, foi meu empresário. Depois que viemos para Ribeirão Grande, se tornou meu companheiro, todavia, ao longo dos anos, ele se tornou alcoólatra e nossa relação se deteriorou. Acho que a solidão do casarão contribuiu para isso.

— Você sabe por que ele nos interrompeu de manhã, quando estávamos conversando?

— Porque ele não quer que eu conte a vocês o que de fato aconteceu conosco. Agora mesmo sinto que ele está tentando impedir que eu continue falando, mas parece que seus amigos não estão o deixando se intrometer outra vez.

— Isso mesmo. Eles ficarão conversando com o espírito de Jefferson, tentando fazê-lo entender que de nada adianta manter-se na raiva, no ódio, enquanto nós continuaremos falando sem sermos interrompidas. O que aconteceu que ele não quer que você conte?

— Muitas coisas sujas, feias e horríveis, que vocês não são capazes de imaginar, inclusive a morte dele.

— Como ele morreu?

— Depois que viemos para esta cidade, morar no casarão, Jefferson não aguentou a solidão e começou a beber exageradamente. Em pouco tempo, tornou-se dependente do álcool e já não tinha condições de cuidar de mim. Então contratei Solange, uma cuidadora vinda de São Paulo. Moça jovem, bonita e muito esperta.

177

— Por que esperta?

— Só depois descobri que ela era foragida da Justiça, na capital. Empregava-se como cuidadora para roubar e até agredir os idosos. Aceitou o trabalho neste casarão para se esconder. Mas aí, com o passar do tempo, começou a fazer um jogo de sedução com Jefferson, sem que eu percebesse. Ele me contou depois que ela vivia provocando-o, seduzindo-o. Uma noite em que ele estava novamente bêbado, invadiu o quarto dela e a atacou sexualmente.

— Nossa Mãe! Como você ficou sabendo disso?

— Com ódio dele, ela mesma me contou. E nem havia como esconder os machucados e arranhões em diversas partes do seu corpo. Solange me disse que iria se vingar dele pessoalmente, pois nem poderia dar queixa à polícia, senão ela seria novamente presa, já que era uma fugitiva.

— O que ela fez?

— Cumpriu a promessa. Como Jefferson estava muito bêbado na noite em que a atacara, não tinha muita noção da maneira como tudo ocorrera. Solange criou uma história, afirmando que tudo fora maravilhoso. Mentiu, obviamente. Fingiu que gostara do que ele lhe fez e o convidou para irem à noite fazer amor à margem do rio. Lá, ela o fez beber bastante e em seguida, quando teve oportunidade, empurrou-o para dentro d'água. Bêbado, sem saber nadar, Jefferson morreu afogado.

— Ela lhe contou isso?

— Não. Eu mesma tirei essas conclusões. Ela me disse apenas que ele havia caído no rio tentando segurar um peixe. Claro que não acreditei nessa história, mas não podia provar o contrário. Tenho quase certeza de que ela o matou.

— E o que você fez?

— O que eu poderia fazer, com minhas mãos assim? Nem telefonar eu conseguia. Eu dependia da cuidadora para a maioria das minhas atividades e necessidades. Tive que aguentar conviver com ela.

— E que fim ela teve?

— Vocês querem mesmo saber?

— Claro.

— Algum tempo depois, o espírito de Jefferson veio buscá-la. Uma tarde pedi a ela que me mostrasse o lugar em que ele havia caído, pois eu não acreditava na história dela. Ela me levou. Quando foi me mostrar, ao ficar no mesmo lugar onde ele caíra, ela olhou para trás com os olhos arregalados de pavor, e começou a gritar: "*Não! Não, pare, Jefferson, por favor! Isadora, me ajude! Peça a ele para não fazer isso!*". E foi cambaleando para trás, na direção da margem do rio, como se estivesse sendo empurrada. Até que finalmente caiu e desapareceu nas águas do Rio das Almas.

— E como você ficou depois disso?

— Depois disso, fiquei sozinha e só Deus sabe como sobrevivi com a limitação das minhas mãos. Foi graças a algumas pessoas de bom coração desta cidade que vinham aqui de vez em quando, e nas quais eu aprendi a confiar, que consegui me manter com um mínimo de qualidade de vida.

— Ninguém deu pela falta de Solange e de Jefferson?

— Como eles quase nunca iam à cidade e não recebíamos visitas, ninguém deu pelo desaparecimento de nenhum dos dois. Se deu, não fez nada para apurar a verdade.

— Que história terrível, minha amiga! Como você deve ter sofrido! E, finalmente, o que houve com suas mãos?

Nesse instante, a respiração de Bruna tornou-se violentamente ofegante e a voz desesperada:

— Por favor, não me peça para contar isso!

— Isadora, é seu sobrinho Alex que deseja saber a verdade sobre seu abandono da arte.

— Por favor, hoje não. Já me foi difícil contar o que contei até agora. Estou exausta, sem energia. E minha receptora também deve estar esgotada. Me poupem. Outro dia. Desculpem-me. Fiquem com Deus e orem por mim.

— Isadora, espere!

Mas ela se fora. No mesmo instante, Bruna caiu desfalecida nos braços de Alex.

— Bruna! — Chamou desesperado.

Rosália tratou de acalmá-lo:

— Não se preocupe, Alex. Ela está apenas esgotada, gastou muita energia, desprendeu muito ectoplasma, pois a conversa foi muito longa. Mas ela irá se recuperar logo.

Rosália pôs a mão na testa de Bruna e fez uma prece. Depois foi até o grupo das quatro pessoas:

— E então, pessoal?

— Nossa irmã Mina conseguiu conversar com Jefferson. O homem é osso duro de roer. Tem muito rancor contra Solange, a quem acusa de tê-lo matado. Mas acho que conseguimos plantar algumas sementes do bem. O trabalho com ele não ainda não está concluído.

— Bom trabalho, meus irmãos, aguardemos. Depois voltaremos a falar com ele. Por enquanto, continuem orando em seu favor.

Quando Rosália voltou para a mesinha redonda, Bruna já estava se recuperando. Mesmo de pé, Rosália abraçou-a:

— Minha querida! Sua avó é muito má, não devia submetê-la a um esforço deste.

A voz de Bruna estava frágil:

— Não se preocupe, vó, já estou me recuperando. Espero ter sido útil, principalmente para o Alex.

180

— E foi, muito, querida. Ajudou-nos a saber e a compreender grande parte da história que envolve dona Isadora.

Alex hesitou antes de falar:

— Dona Rosália, o que eu vou falar pode parecer muito estranho, mas já aconteceu duas vezes.

— Diga, meu filho.

— Eu tenho a impressão de que já me encontrei com Jefferson, quero dizer, com o espírito dele, por duas vezes. Só soube que era ele depois que vi a fotografia que está no casarão e que, aliás, Bruna também viu.

— Onde o espírito dele encontrou você, meu filho?

— Num barzinho no centro da cidade, aquele que tem umas mesinhas na calçada. A primeira vez foi à noite. Assim que sentei e pedi uma cerveja, apareceu um sujeito idoso, falando sobre a vida da tia Isadora. Depois, esse encontro se repetiu no dia seguinte, na hora do almoço, no mesmo barzinho. No final desses encontros, ele sempre desaparecia e eu não tinha nem tempo de perguntar seu nome e endereço. Engraçado que o garçom que trabalha no bar não o viu, só eu.

Rosália sorriu:

— É compreensível, meu filho. O médium é você, não o rapazinho do bar. Você é um médium vidente, garoto. Só precisa estudar a mediunidade, se educar.

— Outra coisa curiosa que aconteceu e já lhe relatamos: quando eu e Bruna visitamos o casarão, tivemos uma visão da tia Isadora, na cama dela, mostrando as mãos machucadas e me pedindo perdão.

— Muito interessante. No próximo contato que tivermos com ela, vamos tentar esclarecer direitinho essa história, tanto o que aconteceu com as mãos dela, como do seu perdão.

Bruna se aconchegou a Alex:

— Gente, me desculpe, mas preciso dormir. Estou esgotada.

— E não é para menos, Bruninha. Você está de parabéns. Trabalhou muito e bem esta noite.

— Graças à ajuda dos irmãos do Alto e dos seus amigos, que conseguiram distrair o intruso.

Alex levantou-se:

— Vamos, Bruna, eu a acompanho. Primeiro você me deixa no hotel, pode ser? Você se sente em condições de dirigir?

— Claro, já estou acostumada com esses trabalhos. Vamos.

Beijaram Rosália, despediram-se dos demais integrantes do grupo e saíram.

No carro, antes de girar a chave de ignição, Bruna olhou maliciosamente para Alex:

— Você quer mesmo que lhe deixe no hotel?

Ele beijou-a:

— Tolinha! Eu disse isso só para disfarçar na frente de sua avó.

— Ah, bom!

Ele resolveu provocá-la:

— Na verdade, eu devia ir mesmo para o hotel. Você disse que estava morrendo de sono e que precisava dormir.

— Bobo! Minha intenção foi igual à sua!

E voltaram a se beijar.

Já na cama, depois de uma intensa e deliciosa batalha amorosa, Alex e Bruna mantinham-se abraçados, sentindo um o corpo nu e suado do outro.

Alex refletia romanticamente sobre como a havia conhecido:

— Sabe o que me ocorreu agora, amor?

— Que eu sou linda e maravilhosa.

— E nada modesta.

— Desculpe interrompê-lo com minha brincadeira. O que era mesmo que você ia dizer?

— Quando estive no cartório, logo nos primeiros dias, quando disse que iria visitar o casarão, lembra que o Aderbal ia chamar outro oficial para me acompanhar?

— Claro que lembro. Era o Cordeiro.

— Isso mesmo! Ainda bem que ele não foi trabalhar naquele dia. Senão, não teríamos nos conhecido.

Ela debruçou-se sobre ele e colocou a ponta do seu dedo indicador sobre o nariz dele:

— Viu como age o plano espiritual? Nada acontece por acaso. Ele faz com que as coisas aconteçam no momento certo.

— Estou começando a acreditar nessas coisas.

— Esteja aberto a elas e coisas boas acontecerão.

Ele se levantou mostrando, sem pudor, seu corpo nu:

— Amanhã pela manhã preciso ir ao hotel pegar o álbum de fotografias e passar no banco para verificar se o dinheiro da herança já foi depositado na minha conta-corrente. Estou sem computador, caso contrário, já poderia verificar o extrato on-line.

Ela também se levantou, expondo-se nua. Depois de tudo, agora já estavam íntimos:

— Se quiser, use meu *notebook*.

— Não quero abusar — disse, beijando-a.

— Já está abusando — ela riu maliciosa.

Foi até uma mesinha e abriu o dispositivo, afastou-se o deixando à vontade. Alex entrou no site do banco, conferiu a conta e vibrou de contentamento ao ver a cifra expressiva no extrato.

Em seguida, Bruna, da cozinha, vindo com um suco, prosseguiu:

— Vou até o cartório prestar contas do meu trabalho com você. Terei que fazer um relatório contando tudo.

Ele riu maliciosamente:

— Vai contar tudo, tudinho?

Ela riu e jogou o travesseiro nele:

— Não seja bobo. Aí não seria um relatório de trabalho, seria um conto erótico.

— E bem apimentado.

— Você está brincando, mas se esquece de que terei de inventar algumas atividades para justificar todo o tempo que estivemos juntos, e que não foi pouco.

— Tenho certeza de que você dará um jeito — aproximou-se dela e enlaçou-a. — Já percebi que você é muito criativa. — E tornaram a se beijar.

— É você que desperta minha criatividade. Mas não vamos falar sobre isso agora, senão...

— Senão...

Ela falou dengosa:

— Você sabe. Lembre-se de que estamos nus.

— Alguma coisa contra?

— Muito pelo contrário e esse é o problema.

— Isso não é problema, é solução.

Beijaram-se mais uma vez.

A contragosto, ele se afastou dela:

— Vamos nos apressar em resolver as coisas. Dessa forma, sobrará tempo para nós.

— Combinado. Depois que você resolver sua parte, me telefona para nos encontrarmos para o almoço.

— Certo. Mas saiba desde já que vou sentir sua falta. Aliás, já estou sentindo — e ela encostou sedutoramente seu corpo nu no dele, que aceitou a provocação:

— Vamos dar um jeito nisso.

E voltaram a se amar infatigavelmente com o mesmo ardor e carinho das vezes anteriores.

Capítulo 13

Alex terminou seu suco, telefonou para o gerente do seu banco e pediu-lhe que fizesse uma aplicação, a que achasse melhor. Quando retornasse a São Paulo ele iria até a agência para avaliar outras opções de utilizar o dinheiro.

Depois foi ao hotel. O recepcionista alegrou-se ao vê-lo:

— Estava viajando, doutor?

— De certo modo sim, amigo.

O rapaz não entendeu a resposta, mas não insistiu.

No quarto, Alex colocou sobre a cama os vários álbuns de fotografia e pôs-se a apreciá-los. Havia muitas fotos do tempo em que ele nem era nascido ainda, mas era possível reconhecer sua mãe em muitas delas, geralmente ao lado da irmã, a tia Isadora.

À medida que as fotos avançavam no tempo, outros personagens iam aparecendo.

Alex assustou-se quando viu, novamente, numa delas o sujeito com quem conversara no barzinho. Então aquele era Jefferson, companheiro de Isadora. Mas se ele já tinha morrido, como é que poderia ter aparecido no barzinho? Essas coisas só a Bruna e a vó Rosália poderiam explicar.

A partir de certo período, Isadora já aparecia nas fotos com as mãos escondidas nas costas ou cobertas por uma toalha, talvez para esconder a deformidade que já devia existir na época em que aquelas fotos foram tiradas. O que as imagens não revelavam era o que teria acontecido para causar aquilo.

As fotos mais recentes já mostravam Solange, a cuidadora. Realmente, fora uma mulher muito bonita, loira, com longos cabelos e aparecia em poses sempre sorridentes. Vestia-se do modo realmente sensual, com decotes acentuados e saias curtas, mostrando seios fartos e pernas roliças.

O álbum mais recente, ou pelo menos o último a ser elaborado, acabava de modo abrupto, sem fotos de encerramento, como se tivesse sido interrompido de forma inesperada.

Agora que sabia o papel que Jefferson desempenhara na vida de sua tia, Alex desejou reencontrar o espírito dele. Talvez ele esclarecesse alguns pontos ainda obscuros.

Guardou tudo, banhou-se, vestiu-se e foi ao barzinho na esperança de encontrar o velho de terno escuro.

Se Jefferson de fato se tornara alcoólatra como Isadora afirmara, devia ser naquele bar que ele comprava bebidas quando vivo. Talvez, por isso, ele aparecia sempre lá.

186

Alex torcia para que ele reaparecesse. Pediu duas cervejas e dois copos. O garçom veio atendê-lo com um olhar desconfiado.

A estratégia funcionou: em poucos minutos, o velho de paletó surrado ali estava, de pé, ao seu lado.

Alex nem se deu ao trabalho de olhar para ele:

— Pode se sentar, Jefferson.

Ele se sentou, mostrando-se assustado:

— Você já sabe quem eu sou?

Alex encarou-o bravo:

— Agora sei que você é um espírito e que é por isso que o garçom não consegue vê-lo. Eu o vejo porque sou médium vidente, segundo fiquei sabendo recentemente. E sei também que, em vida, você foi ex-empresário de tia Isadora e também companheiro dela.

O velho baixou o olhar, parecendo triste:

— Você pode nem acreditar, mas eu e ela nos amávamos muito.

Alex foi implacável:

— Até você conhecer e dar em cima da cuidadora, a Solange.

Jefferson, em espírito, se mostrou surpreso:

— Quem lhe contou essas coisas? Foi o pessoal do centro espírita com quem conversei ontem?

— Não importa quem me contou. O fato é que quem ama não faz dessas coisas contra a pessoa amada.

O velho bebeu um grande gole:

— Para quem está de fora, é fácil julgar, mas as coisas não são tão simples assim. Isadora e eu viemos de uma grande cidade, onde levávamos uma vida movimentada, cercados por amigos, admiradores e pela mídia. De repente, nos enterramos nesta pequena cidade e, o que é pior, num casarão sombrio e afastado. A mudança do estilo de vida foi muito radical. Não havia nada

187

para fazer, exceto dormir e beber. A solidão estava me matando, me consumindo. Inicialmente, comecei a beber para matar o tempo, mas logo me tornei dependente da bebida, um alcoólatra.

Alex não se comoveu com aquelas justificativas:

— Muito mais solitária devia estar minha tia, sem sua atenção.

— Acredito. Mas aí chegou Solange, uma mulher sedutora, a fugitiva da justiça. Nós a contratamos porque eu não tinha mais condições de cuidar de Isadora, nem da casa por causa da bebida. Em pouco tempo, Solange me envolveu, me seduziu. Com certeza devia estar se sentindo solitária também.

Alex aproximou-se bem de Jefferson para acusá-lo melhor:

— Não precisava tê-la violentado.

O velho balançou a cabeça:

— Você não entende. Ela me atiçava, me provocava o tempo todo e depois fugia de mim. Era insuportável. Uma noite, bêbado como sempre, eu realmente invadi seu quarto e a forcei.

— Que absurdo! Não se faz isso com uma mulher!

— Sei que não há desculpa para justificar meu ato, agi mal, mas não pense que ela foi vítima, pois soube direitinho tramar uma vingança.

— O que ela fez?

Novo gole para admitir:

— Ela simplesmente tirou minha vida. Solange me matou.

— Jogo empatado, porque depois você tirou a dela, não é verdade?

O velho se irritou:

— O que você quer de mim, rapaz? Já sabe tudo a meu respeito. O que mais quer?

— Quero saber de coisas sobre minha tia que ainda não sei.

Estranhamente, Jefferson baixou a voz e sussurrou:

— Garanto que você não vai querer saber.

Alex mostrou que também sabia falar grosso:

— Escuta aqui, Jefferson, eu não tenho muita paciência com gente viva, imagine com quem já morreu. Ou você fala tudo de uma vez ou vá embora e não apareça mais.

O velho pareceu subitamente cansado:

— O que exatamente você quer saber?

Alex se aproximou dele o mais que pode e falou ao seu ouvido:

— Quero saber o que aconteceu com as mãos de tia Isadora. E também quem fez aquilo e por que fez. E finalmente: por que ela fugiu para este lugar e nunca mais fez contato com a irmã dela, que é minha mãe?

Repentinamente, sério e solene, Jefferson levantou-se e falou:

— Escute aqui, meu filho. Se você realmente quer ter essas respostas, não conte comigo. Para sua proteção, prefiro ir embora e não aparecer mais para você.

Irritado pela falta de respostas, Alex também se levantou:

— Para minha proteção? O que é que você quer dizer com isso?

Não houve resposta porque simplesmente Jefferson desapareceu diante dos olhos atônitos de Alex.

— Que raios está acontecendo aqui? Cadê você? — e olhou para todos os lados para ver se o velho ainda estava por perto. Mas ele sumira, como se tivesse evaporado.

O garçom se aproximou:

— Está tudo bem, amigo? O senhor está passando bem?

Alex descarregou sua raiva e frustração no rapaz:

— Não, não estou passando bem. Principalmente porque você vai me dizer, de novo, que não havia um velho sentado nesta mesa conversando comigo, acertei?

O garçom coçou a cabeça e respondeu baixinho:

— Acertou.

— Eu já imaginava isso, companheiro!

— Desculpe minha intromissão, mas se o senhor quiser posso dar o endereço de um médico aqui perto.

— Médico? Estou precisando de um médico?

Alex levantou-se irritado, pagou a conta e, sem esperar pelo troco, afastou-se depressa.

Para se acalmar, atravessou a rua e foi sentar-se num banco de uma pracinha defronte ao bar. Quando se sentiu mais calmo, ligou para Bruna. A voz dela era um bálsamo para ele:

— Oi, amor, estava esperando sua ligação.

— Oi, Bruna, resolveu tudo?

— Sim, mas o que você tem? Sua voz está estranha.

— Preciso lhe contar pessoalmente. O Jefferson veio me ver de novo e a conversa não foi nada agradável.

— De novo? Não acredito.

— Ele me deixou irritado.

— Amor, calma. Você não pode deixar que um morto tenha o poder de irritar um vivo. Ainda mais quando se trata de um espírito em estado de perturbação, preso às ilusões do mundo, carregado de ódio e mágoa. Você tem que manter a calma.

— Eu sei, amor, mas ele conseguiu. Não quis me contar o que eu queria saber.

— Onde você está? — depois que ele explicou, ela o tranquilizou. — Estou indo para aí. Me espere.

Enquanto esperava, Alex fazia conjecturas: que coisa de tão grave ou misteriosa teria acontecido com sua tia que ninguém, nem ela, queria falar a respeito? Era de enlouquecer.

Em poucos minutos Bruna apareceu, quase correndo. Sentou-se ao lado dele e o beijou carinhosamente.

— Está mais calmo?

— Só em ter você por perto me sinto melhor.

— Me conte o que aconteceu.

Bruna ouviu tudo atentamente. Depois o tranquilizou:

— Sossegue, ele não vai mais aparecer. Você o deixou numa encruzilhada e tudo indica que ele não quer mesmo contar. Não adianta pressioná-lo ou ele desaparece, como fez.

— Mas eu continuo querendo saber.

— Muito justo, no entanto, teremos que descobrir outras maneiras. As fotos ajudaram em alguma coisa?

— Nem tanto, mas pelo menos fiquei conhecendo as caras de Jefferson e Solange.

— E também conheceu as feições de sua mãe e sua tia quando jovens, antes de você nascer.

As feições dele suavizaram-se:

— Isso é verdade. Eram lindas. E quando estavam comigo nos braços, demonstravam muito carinho e amor. Principalmente minha tia.

Depois de algum tempo em silêncio, Bruna falou:

— Acabei de ter uma ideia.

— Qual?

— Acho que deveríamos fazer uma reunião com vó Rosália e o grupo dela no casarão.

— Qual a diferença das que já fizemos?

— Se não estou enganada, lá será mais fácil fazer o contato que queremos, pois a casa deve estar ainda toda impregnada com a energia das pessoas que moraram lá e viveram emoções tão fortes.

— Não entendo do assunto, mas acho que faz sentido. Será que sua vó Rosália aceitaria ir?

— Vamos saber já — assim dizendo, pegou o celular e ligou. — Vó? Sou eu, Bruna.

— Oi, minha filha, tudo bem?

— Tudo. Tenho uma novidade: o espírito de Jefferson, aquele intruso, apareceu novamente para o Alex.

— Mas que espírito impertinente! E aí?

— Ele se recusou a responder as perguntas do Alex. E disse que não apareceria mais.

— Isso é ótimo.

— Apenas em parte, né, vó? Dessa maneira o Alex ficará sem as respostas que tanto quer.

— É verdade. Precisamos pensar numa estratégia.

— Eu tenho uma ideia, não sei o que a senhora vai achar. Poderíamos fazer uma reunião hoje à noite com o grupo lá no casarão. Ele deve estar ainda todo impregnado com as energias das três pessoas que moraram lá e isso deve tornar mais fácil o contato.

Rosália riu:

— Danadinha, você, hein? Como não pensei nisso antes? Ótima ideia. Vamos fazer isso. Como atravessaremos o rio?

— Não se preocupe, Alex já tem os contatos. — Quando desligou, Bruna estava exultante. — Bingo! Ela topou!

E, claro, beijaram-se.

Já havia passado das oito da noite quando o grupo se encontrou no centro da cidade, num determinado ponto combinado. De lá, iria para a margem do rio, onde o barqueiro Malaquias já deveria estar esperando. Horas antes, Alex fizera contato com ele e, mediante um preço especial, ficou acertada a carona noturna.

Precisaram ir em dois carros. Na frente, Bruna levava Alex e vó Rosália. No carro de trás, iam os quatro membros do grupo.

Estavam todos em silêncio. Alex pensou que era uma forma das duas mulheres poupar energia e também permaneceu calado.

Ao chegarem à margem do rio, deixaram os carros estacionados próximos à já conhecida barraca de lanches e bebidas, com o mesmo garoto encarregado de tomar conta de ambos.

Os dois barqueiros se surpreenderam quando viram chegar o grupo de sete pessoas. Quando Alex contatara Malaquias para a carona noturna, havia avisado que, talvez, fossem necessárias duas viagens, mas não entrou em detalhes. Não informou, por exemplo, a quantidade de passageiros. De qualquer modo, o barqueiro não recusou essas travessias àquela hora da noite, porque cobrou o que não ganharia em duas semanas.

Apenas pediu ao grupo — principalmente à Rosália — que tivesse muito cuidado ao entrar na embarcação, que estava balançando bastante, porque, por alguma razão, a correnteza estava muito forte. E também pediu que todos vestissem os coletes salva-vidas.

Talvez por uma questão de respeito à idade, decidiram que vó Rosália iria na primeira viagem, na companhia de Alex e Bruna, além de Mina, outra mulher da equipe. Os demais esperariam o retorno do barco. Por inesperada solidariedade, o irmão do Malaquias também ficou em terra, fazendo companhia ao grupo de três pessoas.

Quando a embarcação se movimentou, Bruna abraçou Rosália, enquanto segurava a mão de Alex.

Conforme o barco se aproximava do casarão, Rosália ia se encolhendo e apertando a roupa contra o corpo, como se estivesse com muito frio, o que era

193

estranho, porque a noite estava quente. Alex olhou para ela intrigado.

— Já vi que a barra por aqui é pesada. Vamos precisar ficar muito atentos — justificou a experiente médium.

Malaquias estava alerta e, ouvindo a observação de Rosália, aproveitou para fazer sua queixa:

— Eu já tinha prevenido os dois, mas parece que eles não me levaram a sério.

Alex não deu maior importância ao comentário do barqueiro, apenas pediu-lhe:

— Malaquias, se for possível, pare o mais perto que você puder do casarão para que a vó Rosália não precise caminhar muito.

Ele não gostou do pedido:

— Sei não, doutor. Não gostaria de me arriscar tanto.

Rosália interveio:

— Não se preocupe com isso, Alex, eu aguento. Vocês dois são jovens e me seguram. Vai dar certo.

Alex reforçou, brincando:

— Pode deixar, vó. Se for mesmo preciso, a gente carrega a senhora nas costas.

Rosália explodiu numa espontânea gargalhada, diante da inesperada posição de Alex:

— Haveria de ser muito engraçada essa cena...

Quando se aproximaram da margem oposta, Rosália pediu que Bruna e Alex esperassem um pouco antes de saltarem. Então, sob os olhares respeitosos de Malaquias, ela fechou os olhos, cruzou as mãos e orou por alguns minutos, até reabrir os olhos:

— Pronto, já podemos ir.

Depois que os quatro passageiros saltaram, Malaquias retornou para buscar os outros três e seu irmão.

Quando o barco se afastou, eles ficaram juntinhos, perto da margem. Estavam cercados: de um lado,

194

o rio passava forte e silencioso; do outro, a floresta com seus sons e ruídos estranhos e variados. As três mulheres pareciam calmas, mas Alex traía sua insegurança ao ficar olhando insistentemente para todos os lados.

Bruna percebeu e passou o braço em volta de sua cintura:

— Calma, Alex, o pessoal já está vindo.

Para ele, foi um grande alívio quando os demais amigos chegaram. Esperaram que pisassem em terra firme e só então iniciaram a caminhada em direção ao casarão, oculto pela noite. Nenhum deles sabia que tipo de desafio os aguardava.

Capítulo 14

A caminhada foi lenta por causa de Rosália. Tiveram que parar algumas vezes, por alguns minutos para que ela descansasse um pouco e se recuperasse.

Finalmente, depois de algum tempo, chegaram ao portão de entrada do casarão.

Rosália alertou:

— Por favor, pessoal, mantenham-se atentos e em oração. A tensão aqui é muito grande e as energias do entorno não são nada positivas. Precisamos nos proteger.

Alex, ignorante no assunto, aproximou-se temeroso de Bruna e sussurrou ao seu ouvido:

— O que é que eu faço?

Ela respondeu baixinho:

— Você sabe orar?

— Não.

Ela adorava provocá-lo:

— Então já vá pensando para quem você vai deixar a herança que acabou de receber.

Ele fingiu dar um beliscão nela:

— Chata, pare com isso!

— Estou brincando, fofo. Eu já devia imaginar que você não conhece oração nenhuma. Fique bem pertinho de mim.

Ele relaxou e aproveitou a deixa:

— Bom, isso você nem precisa pedir.

Agora foi ela que fingiu ralhar com ele:

— Controle-se, moço. Lembre-se de que a vó e o grupo ainda não sabem de nada a nosso respeito. Temos de fingir que estamos trabalhando e somos apenas bons amigos.

— Ai, que dureza...

A noite estava quente, mas sombria. As copas das árvores impediam que chegassem até eles os prateados raios da lua. Por isso, não estava sendo nada agradável para aquelas pessoas ficarem ali paradas, defronte o sombrio casarão, no meio da mata e ouvindo apenas os sons, às vezes, assustadores dos habitantes da floresta.

Alex adiantou-se e abriu o portão, afastando-o para que todos passassem. Antes de entrarem, fizeram um círculo e uma prece pedindo inspiração e ajuda às entidades espirituais superiores.

Todos sentiram um calafrio quando adentraram o terreno do casarão. Novamente, Alex tomou a frente do grupo e abriu a porta da casa, cujo rangido só fez aumentar a tensão do grupo.

Bruna adiantou-se, entrou e acendeu as luzes do salão. Os homens do grupo apressaram-se em colocar as cadeiras formando um círculo. Toda a equipe de vó Rosália, ela inclusive, passearam várias vezes pelo ambiente para sentir as energias ali existentes. Enquanto o faziam, oravam. Depois, todos sentaram no círculo.

Rosália começou:

— Meus amigos do grupo de auxílio espiritual, agradeço a presença de todos vocês, bem como das entidades que estão à nossa volta para nos proteger e ajudar. Com a humildade de sempre, estamos, mais uma vez, solicitando a presença do espírito de Isadora Belintani, caso estiver aqui, desejar e tiver permissão para comunicar-se conosco.

Nesse momento, ouviu-se o barulho de nova quebradeira de vidros vindo da cozinha. Alex sussurrou para Bruna, ao seu lado:

— Que mania tem esse espírito de quebrar copos!

Bruna segurou o riso e repreendeu-o:

— Psiu, fique quieto. Isso aqui é sério.

Rosália repetiu o apelo:

— Estamos em missão de bem, ninguém precisa ter receio de nossa presença. Nosso irmão Alex gostaria de conversar com o espírito de sua tia Isadora Belintani, se ele estiver presente, se desejar e se tiver permissão das entidades superiores.

Desta vez foi a própria Rosália quem incorporou o espírito chamado. Tomou uma profunda inspiração, levou uma das mãos aos olhos e ficou quieta, como se estivesse ouvindo uma mensagem. Todos se mantiveram em respeitoso silêncio.

Depois de algum tempo, Rosália olhou para todo o grupo, um a um, e disse lentamente:

— Isadora falou comigo. Disse-me que as coisas que Alex quer saber são terríveis e, por isso, ela não gostaria de falar a respeito na presença de todos. Então, pediu-me que fizesse Alex visualizar o que aconteceu com as mãos dela, em São Paulo, o que a fez abandonar a carreira artística e se refugiar nesta cidade. Mas repetiu que serão cenas chocantes e será preciso que Alex esteja de acordo — lentamente, Rosália voltou-se para o rapaz. — Você está disposto, Alex?

Ele estava confuso. Olhou para Bruna que repetiu a pergunta:

— Você gostaria, Alex?

— Como seria o processo?

Bruna explicou com calma:

— É simples. Você fecha os olhos, faz uma prece, se concentra, desprovido de pensamentos, logo imagens irão surgir na sua mente como se você estivesse assistindo a um filme.

— Só isso?

— Exige disciplina, concentração. Precisa estar com a mente, digamos, limpa. Como se fosse uma fita virgem, um HD externo pronto para ser usado, novo. Você precisa se desligar do mundo, das coisas, dos problemas, de mim, de todas as pessoas, de tudo. Precisa se concentrar apenas em você e verbalizar a palavra paz.

— É. Não é bem simples assim.

— Exatamente. Além do mais — Bruna prosseguiu — o problema também é a que tipo de filme você vai assistir. Sua tia já preveniu que será chocante.

— Eu sei, tenho outra opção?

— Não, a menos que desista de querer saber o que aconteceu com sua tia e o por que de ela desejar o seu perdão.

— Preciso saber — Alex falou com voz firme e encarou Rosália: — Estou pronto, vó Rosália.

A velha senhora voltou a cobrir os olhos com uma das mãos, tomou novamente uma profunda inspiração e voltou ao normal.

200

— Tudo bem, temos autorização. Vamos começar.

Rosália voltou a fazer uma prece e calmamente levantou-se e ficou atrás de Alex.

— Querido, você precisa saber que o fenômeno da visualização só ocorre com pessoas de grande sensibilidade mediúnica, como é o seu caso. O que você vai ver é exatamente o que aconteceu na vida real e que sua tia gostaria de lhe contar, mas ela não tem coragem. Assim, em vez de lhe falar por intermédio de uma médium, Isadora usará parte da energia fluídica dela para estimular sua mente, alinhando-a à mente dela, como se você estivesse num transe.

Ele perguntou baixinho para Rosália:

— Vó, isso não tem perigo, não é? — ninguém percebeu que Bruna segurou o sorriso diante daquela pergunta.

— Nenhum, Alex. Inclusive você poderá sair do transe a qualquer momento, bastando abrir os olhos.

Ele ficou mais tranquilo:

— Então está bem.

— Podemos começar?

— Sim, estou pronto.

— No entanto, precisa desligar-se de tudo. Faça uma pequena prece, vá se desligando do mundo, pronuncie a palavra paz — Rosália recomendou.

Alex fechou os olhos. Sentia-se seguro sabendo que Bruna estava ao seu lado e seguiu as orientações. Enquanto isso, Rosália solicitou:

— Peço aos meus irmãos do grupo que comecem a oração de agradecimento e em seguida o pedido de ajuda. E que mantenham suas energias concentradas no nosso irmão Alex. Que o protejam e afastem qualquer tentativa de intrusos de impedir a conexão espiritual que iremos iniciar agora. Que possamos neste momento ser envolvidos pela luz do Altíssimo e receber a proteção dos amigos espirituais. Que assim seja.

Alex sentiu as mãos macias e mornas de Rosália em sua testa, enquanto se desligava do mundo e permitia que o espírito de Isadora conectasse a mente dela à dele.

De olhos fechados, de início, Alex nada via. Aos poucos, algo foi clareando em sua mente e uma imagem começou a se formar gradativamente. Quando se tornou mais nítida, ele percebeu que se tratava da fachada de um enorme sobrado, luxuosíssimo.

Como fazem as câmeras de cinema, a imagem se moveu de forma rápida, fazendo um verdadeiro *tour* pela imensa casa, mostrando seus cômodos, mobílias, um grande piano de cauda, tudo bem decorado, muito bonito e requintado. Era como se Alex flutuasse por dentro do sobrado.

A cena imediatamente se transportou para o jardim da casa. Uma mulher, de costas, está sentada sobre uma mureta, rodeada de arbustos, de forma a não ser vista. Ao perceber alguém se aproximar, lentamente ela se volta e Alex pode ver seu rosto: é sua mãe Isolda! Moça, belíssima... Ele a reconhece por causa das fotografias do álbum que folheara no hotel.

Isolda abre largo sorriso para o homem que chega. É Jefferson, o empresário de Isadora. Está bem mais jovem, mas é inegável que é ele mesmo.

Para surpresa de Alex, os dois se beijam apaixonadamente nos lábios. Mas, então são namorados, amantes? A resposta vem em seguida: tia Isadora aparece e o casal se afasta de repente, assustado, como se pego por ter feito algo errado. Com cinismo, Jefferson se aproxima de Isadora e dá-lhe também um beijo nos lábios, abraçando-a e a levando carinhosamente para

202

dentro da casa. A expressão de Isolda, a mãe de Alex, é de ódio e ciúme.

Nesse momento, Alex começou a suar e tremer. Bruna notou e fez um sinal para Rosália, que a tranquilizou com um gesto vago de mão.

Refeito do choque, Alex respirou fundo e imediatamente a cena mudou de ambiente. Agora ele vê um belo, luxuoso e amplo salão onde Isadora toca no piano de cauda que Alex reconhece como aquele que vira no casarão. Jefferson está próximo ao piano, demonstrando aparente satisfação e até orgulho.

De repente, Isolda irrompe na sala, ainda com expressão de rancor, e aproxima-se também do piano. Isadora continua a tocar, totalmente entregue à música. Em certos momentos mantém os olhos fechados, encantada com a melodia. Isolda aproxima-se mais.

Alex pressente que algo de muito ruim vai a acontecer. Sua respiração torna-se acelerada. A cena seguinte é pavorosa.

Num gesto brusco, Isolda, com as duas mãos e com toda sua força, abaixa a tampa das teclas do piano sobre as mãos delicadas da irmã. Isadora solta um grito pavoroso de desespero e dor e tomba desmaiada. Jefferson consegue ampará-la antes de Isadora ir ao chão.

Vendo aquilo, Alex não conseguiu se controlar e gritou horrorizado:

— Não! Mãe, não faça isso! Por favor, não! — e caiu num choro convulsivo, desesperado: — Não! Não acredito! Isso não pode ter acontecido! — e chorava copiosamente.

Isadora, com lágrimas nos olhos, afastou-se dele. Depois, com carinho passou as mãos pelos cabelos do sobrinho e murmurou:

— Não queria que a verdade lhe chegasse dessa forma — e caminhou em direção aos benfeitores espirituais que ali estavam para ampará-la. Um deles, de muita luminosidade e que emanava grande paz por onde passava, tocou a fronte de Alex a fim de acalmá-lo. Depois, deu-lhe um passe calmante, reequilibrando suas energias.

Bruna abraçou-o e puxou delicadamente a cabeça dele para seu ombro. Rosália se aproximou e falou serenamente:

— Acalme-se, filho. O que você viu, faz parte do passado, já aconteceu. Não há nada que possamos fazer a respeito. Conte-nos o que você viu. Vai lhe fazer bem desabafar e talvez possamos ajudá-lo. Há um amigo espiritual que acaba de lhe dar um passe e diz que tudo vai ficar bem.

Todo o grupo se aproximou emocionado e fez um círculo em volta de Alex, orando. Partículas de luz, invisíveis aos olhos humanos, foram derramadas sobre todos os presentes, transmitindo-lhes uma sensação de bem-estar.

Por essa razão, não demorou muito tempo para que Alex se refizesse e tivesse condições de falar. Bruna estava sinceramente consternada por ver o estado de sofrimento pelo qual seu amado havia passado. Rosália agradecia aos amigos espirituais com mais uma prece, sempre com serenidade.

Como ninguém achou aconselhável beber de qualquer água que encontrassem no casarão — pela possível falta de higiene diante do tempo que permanecera fechado — Bruna levou Alex para o jardim, a fim de respirar o ar fresco da noite. Rosália piscou para ela, pois era uma boa ideia tirar Alex do casarão, por ora. Bruna amparou-o e o levou para fora.

Ficaram abraçados em silêncio, sentindo a brisa da noite e ouvindo os sons da floresta, que, nesse momento, já não pareciam mais tão assustadores.

Quando o sentiu mais calmo, Bruna disse com suavidade:

— Amor, lembre-se de que estou aqui ao seu lado. Eu o amo. Procure se acalmar. Penso que o que você viu, de alguma forma, faz parte da sua própria história, por mais cruel que tenha sido.

Ele enxugou os olhos com o lenço:

— Eu sei, amor, e foi mesmo muito cruel e doloroso ao que assisti. Foi horrível.

— Quando você se sentir em condições e, se quiser, conte para o grupo. Eles estão aqui para ajudá-lo.

— Eu sei, eu vou contar. Parece que recebi uma anestesia. Estou me sentindo bem. Vamos.

— Você já está bem?

— Já, graças ao grupo e a você — e beijou-a carinhosamente na face.

O casal voltou para o salão e o grupo já havia se recomposto, todos sentados novamente em círculo. Os olhares se voltaram para o rapaz, mas foi Rosália quem falou primeiro:

— Alex, a vida nos reserva muitas surpresas. Umas boas, outras nem tanto. As desagradáveis devem ser assimiladas, compreendidas e guardadas para um dia, se necessário, serem usadas como referência para não mais termos de repeti-las. E se couber a necessidade de perdão, devemos concedê-lo e orar para aqueles que precisam de ajuda e orientação. Agora, se quiser, compartilhe sua experiência com o grupo.

— Serei breve e objetivo — ele segurou a mão de Bruna, para ter força e coragem, respirou fundo e contou tudo o que vira — fez nova pausa para se recompor: — Por esse motivo suas mãos ficaram deformadas para sempre e ela parou de tocar.

Essas últimas palavras foram ditas entre lágrimas. Chorando, Alex deitou a cabeça no colo de Bruna que, também chorando, ficou afagando seus cabelos até que ele se acalmasse.

Quando Alex se recuperou, os olhares continuaram convergindo diretamente para ele:

— Peço que compreendam o meu emocional abalado. As cenas que presenciei foram muito chocantes para mim, principalmente por envolverem minha mãe, cujas ações jamais imaginei ser tão baixas e cruéis. Ela não só traiu a própria irmã, como a prejudicou pessoal e profissionalmente para sempre.

Rosália procurou consolá-lo:

— Não precisa se desculpar, Alex. Temos consciência dos seus sentimentos e lamentamos pelo seu sofrimento e decepção. Acredito que tenha encontrado as respostas que buscava. Sabemos finalmente porque Isadora parou repentinamente de tocar e veio se refugiar aqui. O mais importante agora é que você se recupere e fique bem.

— Acho que nunca mais voltarei a ser a mesma pessoa em relação aos meus pais. Não sei se terei coragem de encarar minha mãe. Não me conformo com o que ela fez.

Rosália continuava tentando acalmá-lo:

— Alex, por mais terrível que tenha acontecido no passado, é preciso que você dê ao seu coração um espaço para o perdão. Não devemos julgar as pessoas, muito menos quando não sabemos os motivos das suas ações. Reflita muito antes de formar um novo juízo sobre sua mãe e tenha muito cuidado com a maneira como vai tratá-la daqui para frente.

— Vou precisar pensar muito mesmo, vó, porque, neste momento, a possibilidade do perdão está muito longe de mim. E por falar em perdão, continuo sem saber a qual perdão minha tia tanto se refere. Não posso sair daqui antes de esclarecer isso.

Neste exato momento, as luzes começaram a piscar e as portas e janelas que estavam apenas encostadas por causa do calor, fecharam-se violentamente, assustando a todos.

Rosália não perdeu a calma, mas foi prudente:

— Creio que já é hora de partirmos.

Um dos rapazes do grupo auxiliar levantou-se e, por cortesia, foi abrir a porta para dar passagem à vó Rosália. Para sua surpresa, a porta estava fortemente trancada. Por mais força que o homem fizesse, foi impossível abri-la. Todos olharam para Rosália, assustados.

Com sua experiência, ela acalmou a todos:

— Pessoal, vamos nos sentar novamente. Não é hora de sairmos, ainda. Um dos meus guias pede para ficarmos. Sentemos e aguardemos um contato, com calma.

Todos voltaram a se sentar. Alguns minutos se passaram, o mais absoluto silêncio se fez.

O contato veio por meio da própria Rosália. Ela inspirou profundamente e se pôs a falar numa voz pausada:

— Queridos irmãos, desculpem-me usar de meios tão assustadores para fazê-los ficar aqui mais um pouco. Eu julguei que já tivesse dito tudo, mas meu coração ainda está inquieto pela necessidade que tenho de ser perdoada.

Bruna e Alex se entreolharam, porque já estavam por dentro dessa história do perdão.

Com uma voz diferente da sua, Rosália continuou transmitindo as palavras do espírito de Isadora:

— Meu querido Alex, me desculpe por tê-lo feito sofrer revelando-lhe aquelas situações que também me fizeram sofrer muito. Eu pretendia parar por aqui, mas quando o ouvi dizer que o dom do perdão estava longe do seu coração, senti que era meu dever contar-lhe tudo.

A voz de Alex estava chorosa:

— Ainda há mais, tia?

— Sim, e talvez o mais importante.

— Estou ouvindo, tia.

O espírito de Isadora, por intermédio de vó Rosália, fez uma pausa antes da revelação surpreendente:

— Alex, eu não sou sua tia.

Ele olhou para Bruna, desnorteado:

— Não estou entendendo.

Rosália continuava movendo os lábios, relatando a história de Isadora:

— Você já vai entender. Jefferson e eu nos amávamos. O caso dele com Isolda foi fortuito, talvez mais por insistência dela. Mas isso não interessa. Assim que o caso deles foi descoberto, Isolda se mudou para outra casa e eu fiquei sozinha com o Jefferson. Fiz todos os tratamentos e cirurgias possíveis para tentar recuperar os movimentos de minhas mãos, entretanto, nem a ciência mais avançada conseguiu surtir resultados. A cruel realidade era que eu estava impossibilitada de tocar pelo resto da vida. Abatidos, decidimos mudar para esta cidade, compramos este casarão, justamente para fugir do assédio da imprensa ansiosa em saber o motivo de eu não me exibir mais. Com o passar do tempo, eu o perdoei e continuamos a nos amar. Vivendo aqui, sozinhos, aconteceu o inevitável: eu engravidei e tive um filho.

— A senhora teve um filho com o Jefferson? Minha mãe nunca me falou desse filho.

— Espere pelo resto da história, Alex. Eu estava destroçada física, emocional e psicologicamente. Não me sentia em condições de cuidar de um filho, dando-lhe a atenção e o amor que toda criança merece. E com ambas as mãos naquele estado deplorável, eu jamais poderia acariciar nem embalar minha criança. Foi então que chamei Isolda e disse-lhe que a perdoaria pelo mal que ela fizera a mim e às minhas mãos com a condição de ela criar meu filho.

Bruna percebeu que Alex começava a ficar ofegante e a tremer, talvez porque estivesse prevendo o final daquela história.

Isadora continuou falando:

— Fazia parte do acordo que ela sempre seria, em quaisquer circunstâncias, a mãe biológica. Montei uma loja para minha irmã, que já havia casado, para que pudesse ter rendimentos e providenciei a adoção. Não foi difícil, diante do meu estado de saúde. Ela retornou a São Paulo com o bebê e foi morar em Sertãozinho, bem longe de mim. Jefferson começou a beber e a minha vida começou a acabar naquele momento. É por isso, Alex, que minha alma não descansará em paz enquanto eu não obtiver o seu perdão. Perdão por não o ter criado como mãe, por tê-lo dado para adoção.

A pergunta seguinte, Alex fez aos prantos:

— A senhora está me dizendo que Isolda e Teófilo não são meus pais biológicos? Que minha verdadeira mãe...

— Sou eu, meu filho, meu querido filho — Rosália também chorava, bastante emocionada.

Alex cobriu o rosto com as mãos e pôs-se a chorar outra vez, copiosamente, enquanto Isadora continuava falando pelos lábios de Rosália:

— Meu filho, me perdoe por não ter ficado com você, por não o ter criado. Eu estava fragilizada, deprimida, não iria me conformar em não poder pegar meu filho nos braços, acariciá-lo, embalá-lo, dar-lhe banho, colocá-lo para dormir... me perdoe, meu filho. Eu permiti que Isolda o adotasse pensando que seria o melhor para você.

Fez-se um enorme silêncio. Alex ficou olhando fixamente para Rosália, os olhos úmidos. Depois falou, primeiro baixinho, depois mais alto, devagar, como que saboreando cada palavra:

— Mãe... Minha mãe...

Todos no grupo choravam com discrição.

— Meu filho, sempre sonhei ouvi-lo me chamar assim.

Alex parecia em transe:

— Isadora... minha mãe.

— Alex, meu filho, você me perdoa?

— Não tenho nada a perdoá-la, mãe. Você foi vítima de lamentáveis circunstâncias e ações impensadas de outras pessoas. Eu também gostaria de ter crescido ao seu lado. Eu não teria me importado com a forma de suas mãos, porque você me acariciaria com o coração. Mas entendo que não estava bem de saúde emocional. Eu a amo, mãe, e nenhuma mágoa tenho de você. Não tenho que lhe perdoar de nada, mãe. Sei que, apesar de tudo, você sempre me amou.

— Ah, meu filho, esperei tantos anos para ouvir isso... Agora posso seguir meu caminho, completar meu ciclo de evolução em outro plano. Sigo em paz, graças a você. Agora posso partir.

— Mãe, posso lhe pedir uma coisa antes que você se vá?

— Claro, meu filho.

— Se for possível, gostaria de fazer outra visualização. Quero vê-la grávida de mim. Mesmo que eu não apareça nessa visualização, saberei que estou no seu ventre, dentro de você. Pode ser?

— Vou pedir permissão. Mas de qualquer forma, nunca esqueça que sempre o amei. Um dia nos encontraremos. Adeus.

Alex fechou os olhos e, como não sabia rezar, pediu fervorosamente, em pensamento, a quem pudesse ajudá-lo, que autorizasse sua mãe a aparecer numa nova visualização.

210

E aconteceu.

O que viu lembrava um sonho mágico: sua mãe Isadora aparecia grávida, com a barriga proeminente. Vestia uma camisola daquelas que as gestantes usam. Estava sentada próxima a uma janela contemplando um jardim, com uma mão deformada acariciando carinhosamente o ventre e cantarolando. Depois olhou para baixo e pareceu dizer alguma coisa para o bebê. A expressão do seu rosto mostrava amor, alegria, mas também tristeza.

Alex estava feliz em ver sua origem.

Aos poucos, a imagem foi se desvanecendo até sumir. Alex continuou por um longo tempo de olhos fechados, com um sorriso de felicidade nos lábios, as lágrimas descendo pelo rosto. Bruna recostou-se no peito dele para dar-lhe conforto, também chorando de emoção.

Todos do grupo se puseram a orar, em sinal de gratidão.

Mais tarde, quando o grupo retornava para encontrar o barqueiro Malaquias, Rosália parou a caminhada, olhou em volta e comentou:

— Engraçado, as energias agora estão mais leves, mais puras. Vejam só o que o perdão é capaz de fazer!

Quando Alex chamou Malaquias para vir buscar o grupo, ele, de início, relutou, alegando que já era muito tarde, o que tornava a travessia mais perigosa. Claro, bastou a promessa de um bônus generoso para convencê-lo a colocar o barco em movimento.

Não era nada agradável para o grupo ficar ali parado, na margem do Rio das Almas, apenas esperando, na escuridão. De vez em quando alguém fazia um comentário, apenas para ajudar a passar o tempo. Na verdade, o pensamento de todos estava ainda preso à reunião.

Felizmente o barco não demorou muito a voltar e assim todos puderam respirar aliviados ao deixarem aquele lugar.

Quando já estavam todos reunidos no ponto de partida, no outro lado da margem, e antes de pegarem seus carros, Rosália agradeceu à sua equipe pela boa vontade em ajudar Alex. Todos se despediram e tomaram seus assentos nos veículos.

Bruna se encarregou de levar vó Rosália. No trajeto, a senhora médium comentou:

— Amanhã conversaremos melhor a respeito de tudo o que aconteceu esta noite. Hoje, creio que estamos todos esgotados física e emocionalmente.

Bruna concordou :

— Com certeza, vó. Conversaremos amanhã.

— E vocês vão tratar de descansar, não é mesmo?

— Claro, vó. Bruna me deixará no hotel. Também preciso relaxar.

Ela sorriu:

— Faz muito bem — e completou em voz baixa. — Embora eu não acredite muito nisso.

Capítulo 15

Depois que deixou Rosália no sobrado dela, Bruna perguntou insinuante a Alex:

— Então o mocinho vai mesmo para o hotel relaxar?

— Bem, na verdade, vou ver se por lá tem alguma massagista para me ajudar a descontrair.

Sem tirar a atenção da pista, Bruna respondeu maliciosamente:

— Bem, eu já fiz alguns cursos e sei aplicar uma massagem especial justamente para relaxamento.

— Verdade? Pois já estou ansioso para conhecer sua técnica. Certas coisas só acredito vendo... e sentindo.

Com certeza, Alex não teve a menor queixa da técnica de Bruna. Naturalmente, ele também retribuiu a gentileza massageando-a também. Foi tudo muito eficaz, porque, horas depois, esgotados, mas felizes, ambos estavam dormindo profundamente.

Resolveram deixar os pensamentos e reflexões para o dia seguinte. Por ora, as emoções já tinham sido suficientes.

Na manhã seguinte, quando Bruna acordou, estranhou ver Alex acordado, sentado na cama:

— Que foi, amor? Perdeu o sono?

Ele respondeu secamente:

— Não. Vou a um encontro.

Ela esfregou os olhos e sentou-se rápido na cama:

— Como é que é? Está dizendo na minha cara que vai a um encontro? Que história é essa?

Ele voltou-se, sorriu e beijou-a:

— Sossegue, leoa, não é o tipo de encontro que você está pensando. Vou tentar me encontrar com Jefferson pela última vez.

— Vai se encontrar com seu pai?

— É. Preciso encerrar esse assunto com ele.

— Amor, você não já sofreu demais com essa história?

— Eu sei, querida, mas quero ouvir as explicações dele. Não vão me servir para nada, mas ele precisa saber que já sei de tudo. Quem sabe aí ele para de vagar perdido por este mundo e vai embora de vez para o plano espiritual onde já devia estar.

— Bom, você já está deve saber que ele só vai para lá se você perdoá-lo. Está preparado para isso?

— Preciso perdoá-lo mesmo?

— Precisa, sim. A sua opinião é muito importante para ele. Por isso Jefferson não queria nossa presença no casarão, para não o decepcionar quando você descobrisse tudo. Era ele quem quebrava os copos, que se intrometeu no nosso primeiro contato com Isadora. Agora que você já sabe de toda a história, talvez ele se acalme e vá embora, mas somente se você perdoá-lo.

Alex ficou olhando para ela como se estivesse refletindo. Depois, vestiu-se e preparou-se para sair.

— Não vai nem tomar café?

— Tomarei um pingado no barzinho. Será lá o encontro. É lá que ele sempre aparece para mim — abaixou-se e beijou-a. — Durma mais um pouquinho. Você precisa recuperar suas energias. Ontem à noite você gastou quase todas nas sessões de massagem.

Ela nem respondeu; apenas sorriu, deliciada pelas lembranças.

Ele saiu antes que desistisse.

O garçom estranhou quando Alex apareceu àquela hora da manhã e pediu café com biscoitos. Mas não fez comentários.

Alex esperou pacientemente. Sabia que o espírito de Jefferson iria aparecer, mais cedo ou mais tarde. Algo lhe dava essa certeza.

De fato, cerca de meia hora depois, quando Alex já estava quase desistindo de esperar, a figura dele apareceu próxima da mesinha onde Alex estava.

Ele ficou parado olhando o rapaz, de longe. Seu semblante era outro, parecia triste.

Alex chamou-o:

— Pode vir, Jefferson. Eu não mordo.

Lentamente, o homem começou a se aproximar até parar defronte ao rapaz, que alfinetou, com ironia:

— Ou será que devo chamá-lo de papai?

O homem abaixou a cabeça e lentamente se sentou:

— Então você já sabe.

— De tudo.

— Estou envergonhado e arrependido.

— E tem motivos de sobra para estar mesmo. E muito. Como pôde trair minha mãe por duas vezes, dentro da casa dela, sendo que uma dessas vezes com a própria irmã?

Devagar, Jefferson tentou justificar:

— Eu era jovem, ambicioso, irresponsável. E Isolda era muito bonita e sedutora. Mas eu amava muito sua mãe. Depois que Isolda fez aquela coisa horrível com Isadora, nós a expulsamos de casa. Deprimida por não poder mais tocar, estando no auge do sucesso, Isadora quis abandonar tudo e fugir da imprensa, das pessoas, dos admiradores. Então viemos para cá, nos esconder no casarão. Foi quando eu me reaproximei de Isadora. Ela me perdoou e estávamos indo bem. E eu a engravidei.

— E eu vim ao mundo — finalizou Alex.

Jefferson concordou com um leve gesto de cabeça:

— Foi, mas sua mãe não estava preparada para isso. Era muito consciente das suas limitações, sabia que não teria condições de cuidar do bebê. Foi quando tivemos a ideia de convencer Isolda a adotar a criança, em troca do perdão de sua mãe. Ela aceitou e ainda levou dinheiro para se estabelecer. Ainda assim não tivemos paz, porque eu era quase um incapaz, não conseguia fazer nada de útil.

— E então surgiu a ideia de contratar uma cuidadora.

— Não. Isso levou uns anos, até eu me afundar de vez na bebida. Quando me tornei alcoólatra, de fato, tomamos essa resolução. Pesquisei em várias fontes e acabei encontrando Solange para cuidar de Isadora.

Alex estava implacável:

— Ela foi sua próxima vítima.

O velho tratou de se defender:

— Solange não prestava, era fugitiva da polícia. Entenda, éramos só nós três naquele casarão imenso, sua mãe com depressão e Solange, jovem e tentadora, me atraindo para brincadeiras eróticas.

— E nem seu amor pela minha mãe fez você resistir.

— A bebida me nublou a consciência, fez-me perder a razão e me empurrou para fazer aquela loucura.

— E por causa daquela loucura perdeu a vida.

Jefferson balançou a cabeça, com tristeza:

— Como lhe disse, estou envergonhado e muito arrependido. Sua mãe não merecia passar por aquelas coisas.

— Não mesmo. E muito menos que você se vingasse de Solange e desse um fim nela.

Ele reagiu a essa acusação com vigor:

— Eu não fiz nada contra ela, juro. Uma tarde sua mãe pediu a Solange que lhe mostrasse o lugar onde acreditava que ela teria me empurrado no rio. Como meu espírito estava e ainda está sempre vagando sofredor pelo casarão e arredores, eu apenas apareci diante dela, pois estava preocupado que ela fizesse algum mal a Isadora. Como ela sabia que eu estava morto, entrou em pânico quando me viu. Tentando fugir, escorregou e caiu no rio. Juro que foi isso que aconteceu. Eu não matei a cuidadora. Tanto que não vi seu espírito, depois que morreu. Nunca mais tive notícias de Solange. Juro.

Os dois homens ficaram em silêncio durante algum tempo. Depois, Alex falou baixinho:

— Minha mãe morreu triste e sozinha. Se eu soubesse dessa situação, teria vindo ajudá-la, mas ela preferiu o anonimato.

— Você não teria conseguido vê-la. Ela não se perdoava por tê-lo entregue para adoção.

— Quero que você saiba que eu já a perdoei. Ela agora está em paz, seguindo o caminho espiritual dela.

Jefferson olhou Alex, de forma suplicante:

— E... quanto a mim?

Alex respondeu olhando firmemente para ele:

— Não posso esquecer que você é meu pai, que me deu a vida. Sei que você errou muito, mas quem sou eu para julgar? Você vai ter que prestar contas com a sua consciência, vai ter de rever seu passado, lidar com seus medos e pontos fracos. Trate de se acertar com eles. Comigo, não há nada a acertar, está limpo. E além do mais, o que foi feito, está feito. Não há nada que possa remediar os seus erros. O que podemos esperar é que a dor gerada por eles sirva de aprendizado para a evolução do seu espírito, para que você não repita essas ações inadequadas quando retornar à Terra em outra encarnação.

Os olhos de Jefferson estavam marejados de lágrimas:

— Posso lhe chamar de meu filho?

Alex sentiu um nó na garganta, algo estranho no peito quando respondeu a Jefferson:

— Claro, eu sou seu filho.

E o velho colocou a mão enrugada sobre a do rapaz:

— Obrigado, meu filho.

Jefferson estava emocionado e Alex não pôde impedir que lágrimas caíssem de seus olhos.

Com alguma melancolia, viu a imagem de Jefferson desvanecer-se e lentamente desaparecer diante dos seus olhos úmidos.

Alex apoiou a testa numa das mãos, fechou os olhos e ficou pensativo. Depois de algum tempo, percebeu que alguém sentara à sua mesa e pensou, quase irritado: "Ah, não, Jefferson de novo, não. Já falamos tudo o que havia para falar!"

No entanto, quando afastou a mão e levantou a vista, percebeu, com alegria, que era Bruna quem estava sentada à sua frente. Ficou surpreso:

— Amor, você aqui?

— Você acha que eu deixaria você vir sozinho para um encontro desses? Eu estava por perto, todo o tempo, pronta para intervir se fosse necessário, mas graças a Deus não foi necessário. Você está se tornando esperto nestes assuntos. Saiu-se muito bem num contato espiritual tão difícil quanto este deve ter sido.

Ele brincou:

— Muito obrigado, mas como é que eu vou saber se você é de verdade ou é também um espírito?

Ela sorriu divertida:

— É fácil tirar essa dúvida — esticou o corpo sobre a mesinha e beijou-o nos lábios demoradamente.
— E então?

— Nossa! Você é de carne e osso! E de excelente qualidade!

Ela riu, feliz. Depois perguntou séria:

— Como foi a conversa?

— Muito boa. Está tudo esclarecido. Creio que ele não aparecerá mais. Com a ajuda do grupo de sua avó, ele agora vai seguir direitinho rumo à nova jornada.

— Muito bom. Acho que agora devemos fazer uma visita final a vó Rosália e depois pensar em nós.

Ele se fez de desentendido:

— E o que temos para pensar em nós?

Ela não percebeu a ironia dele:

— Ué, tantas coisas: você vai ficar aqui em Ribeirão Grande? Vai voltar para São Paulo? O que vai fazer com o casarão? E principalmente... — ela hesitou.

— E principalmente...?

— Ora, corno ficamos nós?

— Simples, já está decidido: eu volto para São Paulo, me caso com uma garota também rica igualzinha a mim e você fica aqui e casa com algum estudante de Direito pobre. Que tal?

Ela se levantou e pôs as mãos nos quadris ameaçadoramente:

— Se você não disser agora mesmo que isso é outra pegadinha idiota sua, vou derramar esse resto de café na sua cabeça e lhe cobrir de tapas!

Ele também se levantou, deu a volta na mesinha até ela, abraçou-a pela cintura e disse amorosamente:

— É claro que estou brincando, sua tolinha. Você nunca mais vai se livrar de mim.

Ela fingiu estar amuada:

— Sei não, você está se preparando para ir embora.

— É claro que vou embora.

— Não disse?

— Mas com você junto.

Ela arregalou os lindos olhos:

— Eu? Você está ficando louco, advogado? E meu emprego? Meu apartamento? Meu carro?

— Já está decidido: você vai pedir demissão amanhã e vai transferir seu curso a distância para um presencial na mesma faculdade em São Paulo. Depois, com calma, vai providenciar a venda do seu apartamento e do carro, certo? Em resumo, vamos comprar tudo novo para nós dois.

— Alex, você está delirando, com febre. Vamos ao posto médico mais próximo. Está falando coisas sem sentido.

Ele continuava segurando-a pela cintura:

— Por que sem sentido? Não quer ser minha mulher?

— O quê? — ela se engasgou, a boca se abriu sem conseguir dizer nada, os olhos se encheram de lágrimas. Bruna perdeu a fala, de tanta emoção. — Você está... está...

— Estou, sua tonta.

220

— Alex, não brinque comigo, você sabe que eu surto fácil.

— Amor, nunca falei tão sério em toda minha vida.

— Você...você está me pedindo em casamento?

— Bom, já pedi. Agora não posso voltar atrás.

— Não enrole, seu tonto: está ou não?

— Meu Deus, que dificuldade de entendimento!

— Lembre-se: Eu estudo Direito, portanto, gosto de tudo muito claro.

— Está bem, senhorita Bruna e seus belos olhos azuis, linda oficial do cartório de Ribeirão Grande: aceita se casar com o doutor Alex, recém-formado em Direito, ou seja, eu?

— Claro que aceito, meu amor! — e beijaram-se apaixonadamente, sob os olhares atônitos do garçom que continuava sem entender nada. Apenas falou sozinho:

— Esse cara não é fraco, não. Ele fala com gente invisível, mas consegue ganhar uma garota dessas! Não entendo.

Depois do longo beijo, Alex brincou:

— Ainda tem alguma dúvida?

— Nenhuma!

— Vamos à casa da vó Rosália. Temos mais uma novidade para contar a ela.

— Tenho certeza de que desta ela vai adorar!

Alex se lembrou de fazer uma brincadeira com o rapaz do bar, que acompanhou tantas vezes seus encontros com o espírito de Jefferson, mesmo sem saber. Foi até ele, que ficou meio assustado:

— E então, hoje você viu?

— Quem, o velho?

— Não, cara, a moça que eu beijei!

O rosto do rapaz explodiu numa alegre risada:

— Ah, essa eu vi!

— Viu que não sou tão louco assim?

Estendeu a mão para cumprimentar o rapaz e voltou para junto de sua amada de lindos olhos azuis.

Alex e Bruna saíram do bar abraçados e sorridentes em direção ao carro dela, próximo dali. O garçom ficou coçando a cabeça, ainda sem entender nada.

Capítulo 16

Como eles previram, Rosália adorou saber do namoro dos dois — agora já transformado em noivado.

— Eu já sabia que essa história ia acabar assim. Quando vi vocês dois juntos pela primeira vez, percebi que as auras de ambos eram afins. E a troca de olhares, ainda que discreta, não deixava dúvidas.

— Você é impossível, vó.

— Bom, acho que agora está tudo esclarecido, não é? O que faltava completar, consegui por meio de outros contatos com o espírito de Isadora, que se mostrou muito receptiva. Mas vamos para a mesa comer um bolinho com café enquanto conversamos.

Rapidamente, Rosália preparou o lanche dos três.

Alex comentou:

— Não consigo parar de pensar na minha mãe. Teve uma vida muito sofrida, depois de ter conhecido o sucesso como artista. E eu não pude ajudá-la em nada.

— Se você nem sabia que ela existia, filho, como poderia ajudá-la? Nada poderia ter feito.

— Sim, mas Isolda poderia ter me contado alguns dados que me ajudassem a localizar minha mãe.

— Não se esqueça de que, pelo acordo que as duas irmãs fizeram no ato da adoção, você jamais deveria descobrir a verdade sobre sua mãe biológica, lembra-se disso?

Alex admitiu com tristeza na voz:

— Isso é.

Sensibilizada, Rosália passou a mão carinhosamente sobre a cabeça dele:

— Acredito que o melhor que você faz, Alex, é esquecer tudo isso. Você agora tem muitos projetos para tocar. Tem um casamento muito próximo a se concretizar, a compra de um apartamento para o casal, o destino que vai dar ao casarão e às joias de sua mãe...

Ele interrompeu-a sorridente:

— E tem mais uma, vó, que nem tive tempo ainda de revelar a Bruna, de forma que a novidade vai para as duas.

Elas o encararam de forma surpresa. Bruna indagou:

— O que é, amor? Conta logo!

— Vou alugar uma sala na avenida Paulista, bem próximo do apartamento onde vamos morar.

Bruna ficou curiosa:

— Para...?

Ele abraçou-a carinhosamente:

— Para termos nosso escritório próprio de advocacia!

Bruna deu um pulo de alegria e um beijo no noivo:

224

— Uau! Adorei essa novidade!

Rosália também comemorou com um beijo no rosto de Alex e completou:

— Vê quanta coisa você tem para resolver? Então, garoto, esqueça o que de ruim passou ou sentiu em Ribeirão Grande. Leve daqui apenas as coisas boas e agradáveis.

Ele enlaçou a noiva:

— Como a minha Bruninha.

— E a nossa vó Rosália — ela emendou.

Alex ficou sério:

— Na verdade, ainda tem um assunto sobre o qual preciso refletir bastante para saber como devo agir.

Bruna e Rosália perguntaram quase ao mesmo tempo:

— Isolda?

— Isso mesmo. Até poucos dias atrás acreditei que fosse minha mãe. Agora descubro que ela não é.

Sempre ponderada, Rosália interveio:

— Realmente, Alex, este é um assunto muito delicado e que só você poderá decidir a respeito. Mas existe um caminho que você pode escolher e que talvez seja menos sofrido para todos.

— Qual, vó?

— Considere o fato de que Isolda foi sua mãe adotiva. Desde que o adotou, ela fez o que toda mãe adotiva faria. Cuidou de você com amor e carinho até você decidir sair de casa e ir morar na capital, não é verdade?

— É verdade.

— Mesmo que Isadora estivesse viva, nada mudaria essa situação porque o processo de adoção foi legítimo. E muitas crianças adotadas passam a vida inteira sem saber quem são seus pais biológicos. A sua situação não é muito diferente das demais crianças que são ou foram adotadas.

— Sim, nesse ponto a senhora está certa, mas, e o mal que Isolda provocou na vida e na carreira de minha mãe?

— Isso ela terá que se acertar com a própria consciência, do mesmo modo que Jefferson já está fazendo. O bem e o mal são meios que a vida usa para mostrar os verdadeiros valores do espírito. Em resumo: qualquer mudança que possa ocorrer, meu amigo, será exclusivamente no seu coração, quando e se você quiser. Isso se chama perdão.

Bruna ouvia a tudo em silêncio, apoiando o queixo, sobre a mão, no ombro de Alex:

— Eu entendo tudo o que a senhora disse, vó, mas não posso enganar vocês nem a mim mesmo. A verdade é que não sei se vou conseguir continuar chamando Isolda de mãe e Teófilo de pai.

— Desculpe insistir, Alex, contudo, não é assim que as crianças adotadas agem? Não chamam seus pais adotivos de pai de mãe? Meu garoto, faça o possível para não permitir que o ódio se instale no seu coração. Eu sei que você não aprendeu a rezar, mas, toda noite, quando for dormir, faça uma prece, a seu modo, para Isadora e converse com ela, de filho para mãe. Ela lhe ouvirá e lhe responderá por meio de intuições ou sonhos que você terá. Experimente.

Bruna completou:

— E, se você quiser, eu o ajudarei, amor.

— Prometo que pensarei em tudo isso e que farei o possível para que nada mude no meu relacionamento com meus pais adotivos.

Rosália se lembrou de algo importante:

— Até porque, no casamento de vocês, conforme a convenção, você deverá entrar com Isolda na Igreja.

Alex ficou surpreso:

— Não tinha pensado nisso.

Delicadamente, Bruna puxou o queixo dele para que pudesse olhá-la e ouvi-la melhor:

— Amor, não quero que você altere suas decisões por causa do casamento. Eu ficarei com você com ou sem casamento.

Divertida, Vó Rosália juntou as mãos e ergueu-as para o alto:

— Ah, Senhor, o amor é lindo!

À noite, deitados abraçados, Alex e Bruna conversavam sobre a situação de Isolda:

— Não adianta, Bruna, por mais que eu tente, esse assunto não me sai da cabeça.

— Sei que esse é um assunto muito pessoal, por isso, prefiro pedir sua permissão antes de dar qualquer sugestão. Você quer eu o ajude a raciocinar sobre ele, Alex?

— Você parece que adivinha meus pensamentos. Eu estava justamente esperando que você se oferecesse.

Ela sentou-se na cama, sentada sobre as próprias pernas:

— Vou começar com uma simples pergunta: por que você rejeita Isolda como sua mãe adotiva?

Ele continuou deitado, cruzando as mãos por trás da cabeça:

— Em primeiro lugar, porque ela não me adotou por amor ou porque tenha desejado isso. Você conhece a história: a adoção foi uma troca, eu fui moeda de troca. Sabemos que Isolda me adotou em troca do perdão de minha mãe.

— Não podemos deixar de considerar a hipótese de que sua mãe tenha usado esse argumento para forçar Isolda a aceitar a proposta. E por que ela queria tanto isso? Talvez porque Isadora, percebendo que não tinha condições físicas e emocionais de criar o filho, quis garantir sua segurança, deixando-o sob a responsabilidade de alguém que soubesse e pudesse cuidar bem de você.

Pela sua expressão, Alex estava refletindo sobre as ponderações de Bruna, achando que faziam sentido:

— Continue.

— Certamente você teve todas as doenças que as crianças costumam ter, além de febres, quedas com machucados e arranhões. Quem passou noites em claro medindo sua febre? Ou lhe fazendo curativos? Além do mais, Isolda cuidou da sua alimentação, das suas roupas. E por último, tomou conta de sua educação, tratou de levá-lo às aulas quando pequeno, ajudá-lo nos deveres de casa, encheu-o de amor e carinho.

Ele interrompeu-a carinhosamente:

— Já sei aonde você quer chegar: que eu me conscientize de que foi Isolda quem cuidou e fez tudo por mim. Enfim, quem me criou.

— Isso mesmo. Isolda e, não vamos esquecer, Teófilo, seu pai.

— Tudo bem, mas não me conformo que ela tenha interrompido a carreira de sucesso de minha mãe. Aquilo foi de uma maldade sem tamanho!

— Aquilo que ela fez foi muito errado, sim. Mas pense que se nada disso tivesse acontecido, se Isadora tivesse seguido sua carreira de sucesso, talvez não tivesse tido filhos.

— E eu não teria nascido.

— Isso mesmo. E nós não estaríamos juntos.

Ele pensou e sorriu:

— É verdade.

— Veja bem, não me leve a mal. Não quero justificar os erros de Isolda, tampouco os de Isadora. Quero dizer apenas que não temos controle sobre tudo que acontece à nossa volta. A vida segue um ciclo em que cada escolha interfere diretamente no ciclo seguinte. Isso significa que nada acontece por acaso e as pessoas precisam tomar decisões a todo instante. A vida é feita de escolhas e nem todas são feitas adequadamente. Além disso, nada se pode fazer com relação ao passado, a não ser usá-lo como exemplo ou referência para não repetirmos os mesmos erros. Só podemos atuar sobre o presente e, por meio dele, criar bons alicerces para o futuro.

— Interessante isso.

— E só mais uma coisa: se você disser a Isolda que conhece toda a verdade, ela e Teófilo vão se envergonhar, se magoar, sentirem-se culpados e certamente irão se afastar de você. O que alguém ganhará com isso? Resumindo: veja o que você tem no presente e decida como quer viver no futuro.

Alex ficou um longo tempo refletindo sobre tudo que ouvira. Só se ouvia o suave tique-taque de um relógio de parede.

Depois desse momento de silêncio, Alex olhou para Bruna com muito carinho, e disse-lhe docemente:

— Só tenho uma coisa para lhe dizer.

Ela ficou ansiosa:

— O que é? Falei alguma bobagem?

— Nenhuma. Você falou coisas sábias, inspiradas, maduras. Por isso eu queria te dizer uma coisa.

— Então diga.

Ele ergueu o corpo e, assim como ela, sentou-se sobre as próprias pernas na cama:

— Eu te amo muito, minha querida. Você acaba de

me mostrar a preciosidade que você é e que me caiu do céu, tornando-me um privilegiado. Com suas palavras, você abriu meus olhos e meu coração para muitas coisas para as quais eu já tinha fechado a porta. Muito obrigado, minha linda! — e beijou-a com imenso carinho.

Quando se afastaram, ela recostou-se no peito dele:

— Não me agradeça, amor. Nem eu mesma sei se fui eu quem falou todas aquelas coisas. Pode ter sido uma inspiração recebida de sua mãe, que só quer ver sua felicidade.

— Se foi ela ou se foi você, não importa. Foram palavras sábias, verdadeiras e que me conduzirão a procedimentos muito mais consistentes e adequados. Eu agradeço muito as duas, de coração.

Capítulo 17

Na manhã seguinte, combinaram que ela deixaria Alex no hotel. De lá, ele faria algumas ligações para São Paulo e ela iria ao cartório pedir demissão. Depois, ela o pegaria no hotel para almoçarem.

Ao recebê-la, Aderbal estava certo do que ela lhe traria um relatório sobre Alex.

— E então, moça, o herdeiro está lhe dando muito trabalho?

— Não, senhor, o Alex é uma ótima pessoa.

O "sinal amarelo" do tabelião acendeu porque sua oficial tratou o cliente pelo nome, em vez de usar senhor ou doutor:

— Entendo. E o que você tem a me dizer?

Bruna estava calma porque a decisão já estava tomada. Não havia nada que seu chefe pudesse fazer para impedi-la ou fazê-la mudar de ideia. Por isso, foi sorrindo que colocou sobre a mesa, bem defronte ao tabelião, sua carta de demissão.

Ele colocou os óculos e leu. Aos poucos foi franzindo a testa ao perceber o teor da carta:

— Você está pedindo demissão, Bruna? — parecia incrédulo.

Ela confirmou com um gesto de cabeça.

— Mas aconteceu alguma coisa aqui que lhe fez tomar esta decisão? Você está insatisfeita com algo no trabalho? Está brava comigo por algum motivo que não sei?

Ela procurou manter-se calma, pois não imaginava a reação que seu chefe teria ao saber dos verdadeiros motivos:

— Tranquilize-se, doutor Aderbal. Não aconteceu nada de errado aqui. Adoro meu trabalho, considero o senhor um ótimo chefe e não tenho nenhuma queixa dos meus colegas.

— Mas, então...?

Ela ruborizou:

— É que... — hesitou um pouco. — Eu e o Alex vamos nos casar.

Aderbal pareceu ter congelado diante da notícia. Ficou parado, boca aberta, não piscava e talvez nem respirasse naquele momento. Com esforço, conseguiu falar:

— Casar?

— É, nós vamos nos casar.

O tabelião levantou-se, deu várias voltas pela sala, parou, ficou olhando para Bruna com as mãos para trás como se estivesse refletindo e depois voltou a sentar-se:

— Você me pegou de surpresa. Como é que isso aconteceu?

Ela sorriu e deu de ombros:

— Não sei. Aconteceu.

232

Ele também riu:

— Que pergunta mais boba a minha. Essas coisas acontecem mesmo, quando menos se espera. Principalmente entre jovens — recostou-se na poltrona e soltou uma profunda respiração.

— O senhor ficou bravo comigo?

— Bravo com você, eu? Mas de jeito nenhum, minha amiga. Apenas fiquei surpreso com uma decisão tão rápida. Deve ser a tal história do amor à primeira vista.

Ela ruborizou:

— É, acho que foi isso mesmo.

— Eu já devia ter desconfiado. No mesmo momento em que apresentei um ao outro, notei que a interação foi imediata, foi uma atração muito rápida.

— Foi, sim senhor. O Alex é uma excelente pessoa.

— Não tenho dúvidas, mas você também é. Você é muito especial, como pessoa e como profissional. Ele é um rapaz de sorte.

— Agradeço muito ao senhor. Aprendi muito consigo.

— Não tem nada que agradecer. Você também me prestou excelentes serviços. Mas espero que não vá interromper seus estudos. Ainda quero ir à formatura da colega.

— Não, de jeito nenhum. Pedirei transferência do meu curso a distância para um presencial, na mesma faculdade, em São Paulo. Já verifiquei por telefone que isso é possível.

Aderbal repetiu o ritual das ocasiões especiais: acendeu o charuto, soltou uma baforada e olhou para o teto:

— Mas que danadinho esse Alex. Chegou aqui como quem não queria nada, meio tímido e pronto, já vai embora levando minha melhor funcionária. Veio buscar uma herança e retorna levando duas! Ele mesmo riu da própria piada.

233

— Ele tem a ideia de alugar uma sala em São Paulo e termos nosso próprio escritório de advocacia; vou trabalhar com ele, depois que me formar.

— Excelente ideia. É para isso que servem as heranças! Quem sabe não faremos uma parceria entre nossos escritórios? O doutor Jarbas já está muito velho e hora dessas se aposenta.

— Quem sabe? Seria um prazer para nós tê-lo como parceiro.

Cuidadosamente, Aderbal pôs o charuto no cinzeiro, levantou-se e foi abraçar Bruna.

— Dê cá um abraço. Meus parabéns e espero que seja muito feliz.

— Muito obrigada, doutor Aderbal.

— Vou ligar para o contador e providenciar rapidinho a papelada da rescisão. Não que eu queira me livrar logo de você, mas sei que quem vai se casar precisa de dinheiro.

— Muito obrigada, mais uma vez.

Quando ela já estava na porta para sair, ele chamou-a:

— Olhe, se alguma coisa der errada no casamento e você voltar para Ribeirão, sua vaga aqui está guardada.

Ela sorriu e balançou a cabeça:

— Não se preocupe com isso, doutor, vai dar tudo certo. Espero vê-lo no casamento.

— Com certeza estarei lá.

Depois, mais aliviada, Bruna se despediu dos agora ex-colegas que estavam por ali. Essa parte foi demorada, porque, mesmo lamentando a saída dela, todos a cumprimentavam pelo noivado, demonstrando o carinho que tinham por ela. Mais contentes ficaram quando souberam que ela iria morar em um apartamento e ter um escritório na capital. Bruna só não esperava que um deles usasse o celular para espalhar as novidades.

234

Só houve um ponto que deixou Bruna muito abalada. Foi quando se despediu de Cordeiro, o oficial que deveria acompanhar Alex na primeira visita ao casarão e não foi porque ele estava adoentado.

Bruna já tinha se despedido de todos os agora ex-colegas e já estava quase na rua, quando ele vinha chegando e se aproximou dela:

— Oi, Bruna, soube que você pediu demissão.

— Acabei de fazer isso, Cordeiro. Mas foi por um bom motivo.

— Também já soube. Você vai se casar com Alex, aquele rapaz de São Paulo que recebeu uma herança da tia, não é isso?

Ela mostrou-se surpresa:

— Nossa, como as notícias correm rápido aqui! Mas é isso mesmo que você falou.

Se o que ele disse a seguir pretendeu ser uma brincadeira, foi de muito mau gosto:

— Que bom para você, né, Bruna? Vai casar-se com um rapaz rico, bonito e ainda por cima ganha um apartamento e um escritório em São Paulo, bem na avenida Paulista! Legal! E agradeça ao meu resfriado que me fez faltar ao trabalho naquele dia e lhe deu a chance de aplicar o golpe do baú no Alex.

Ela levou um choque:

— Golpe do baú? Mas o que você está insinuando, Cordeiro? Eu amo o Alex!

O oficial deve ter sentido a gafe cometida e procurou minimizar a ofensa à ex-colega:

— Ora, Bruna, isso é modo de falar. Eu a conheço bem e sei que você não é dessas — foi então que ele percebeu que ela estava prestes a chorar. — Que é isso, minha amiga, me desculpe. Foi brincadeira minha. Uma brincadeira estúpida. Não quis ofendê-la. Me perdoe!

235

Mas o estrago já estava feito: ela saiu correndo para que ninguém a visse chorando.

Cordeiro ficou parado no meio da rua, atordoado, sem saber o que fazer ou dizer.

Transtornada, Bruna foi direto para seu apartamento, apesar de ter combinado buscar Alex no banco.

Na mente dela, Cordeiro até podia ter feito uma brincadeira, mas, de repente, plantou no seu íntimo a dúvida a respeito de quantas pessoas estariam pensando que ela aplicara o golpe do baú, de verdade. Essa possibilidade a deixara transtornada, justamente ela, que a vida inteira sempre zelara pela ética e honestidade. Por isso mesmo escolhera estudar e formar-se em Direito.

Percebendo que Bruna estava demorando demais para ir buscá-lo no hotel, Alex ligou para ela:

— Ei, docinho, já se esqueceu de mim?

Para surpresa dele, ela não correspondeu à brincadeira e respondeu séria e com a voz de quem estivera chorando:

— Não me esqueci, mas preciso falar com você.

Ele fingiu que não percebeu o estado dela:

— Não podemos conversar durante o almoço?

Ela foi seca:

— Não quero almoçar, Alex. Precisamos conversar.

Só neste momento ele percebeu que algo de muito grave havia ocorrido.

— Ei, amor, o que aconteceu? O que você tem?

Ela continuou ríspida:

— Alex, você pode ou não pode vir agora ao meu apartamento?

— Ok, não sei o que aconteceu, mas procure manter a calma. Vou pegar um táxi. Deixe ordem na portaria para permitirem a minha entrada. Sempre entrei pela garagem e eles não me conhecem.

— Farei isso — e desligou.

Preocupado, Alex nem se lembrou de chamar o taxista Asdrúbal. Pegou um dos táxis que ficava defronte ao hotel e deu o endereço da noiva.

Durante todo o trajeto, Alex foi remoendo ideias a respeito do que poderia ter ocorrido para provocar tamanha mudança de humor em Bruna. Ela saíra alegre e feliz e agora se mostrava brava ou transtornada. O que teria acontecido? Por mais que conjecturasse, não chegou a nenhuma conclusão.

Quando o táxi parou diante do prédio de Bruna, Alex pagou a corrida sem esperar pelo troco, anunciou ao porteiro de sua chegada. Em seguida, autorizada a entrada, subiu correndo os três andares.

Quando Bruna abriu a porta, ele impressionou-se com o estado dela: estava com os olhos inchados de tanto chorar. Ela o recebeu na porta e o abraçou sem muito entusiasmo e voltou para se sentar numa poltrona. Ele também entrou, aproximou-se dela e ficou de pé e ao seu lado. Tentou animá-la:

— Ei, oficial, parece que foi um pinguim gelado que me abraçou quando cheguei. Estamos no polo norte?

Ela respondeu séria, sem olhar para ele:

— Sente-se, Alex, precisamos conversar.

Desconfiado, ele se sentou em outra poltrona, de frente para ela. Falou sem muito entusiasmo, porque percebeu que, naquele momento, a situação não era para brincadeiras:

— Você não está me parecendo exatamente uma moça bonita que vai se casar dentro de poucos meses. Deveria estar mais feliz.

Ele levou um choque com a resposta dela:

— Não vai haver mais casamento.

237

A voz dele quase não saiu:

— Quê?

— Eu disse que não vai haver mais nenhum casamento.

O coração de Alex parecia querer sair pela boca, mas ainda tinha a esperança de que fosse uma pegadinha ou um mal-entendido:

— Escute aqui, mocinha, se for mais uma das suas pegadinhas...

Ela se levantou bruscamente quase gritando:

— Não é pegadinha droga nenhuma!

Correu e se jogou na cama chorando. Só então ele percebeu que o assunto era sério, muito sério. Devagar levantou-se, aproximou-se da cama e se sentou bem na beirada, sem tocar em Bruna. Apenas disse calmamente, em voz baixa:

— Querida, eu não sei o que aconteceu para provocar essa mudança de comportamento e de planos. Nem vou ficar aqui repetindo como um disco arranhado "o que foi que aconteceu?". Simplesmente vou ficar aqui sentado, calado e esperar que você resolva falar comigo. Se eu me cansar, vou embora de vez e aí, sim, garanto-lhe que não haverá mais casamento algum.

Foram minutos angustiantes de total silêncio naquele quarto, que já fora palco de ardentes declarações de amor e sensuais gemidos de paixão.

O tempo passava e Bruna continuava deitada de bruços na cama, soluçando, e Alex mantinha-se impassível, olhando para ela, sem nada dizer ou fazer.

Talvez ele tenha esperado meia hora ou um pouco mais. O fato é que, num determinado momento, ele se levantou calmo, mas decididamente, deu a volta na cama, aproximou-se dela, abaixou-se, beijou de leve seus cabelos e disse baixinho:

238

— Muito obrigado por tudo, oficial. Foi muito bom tê-la conhecido.

E se encaminhou para a porta de saída.

Pôs a mão na maçaneta e olhou para Bruna mais uma vez, na esperança de que ela se levantasse e corresse para seus braços, dizendo que tudo fora uma pegadinha. Como isso não aconteceu, ele girou lentamente a maçaneta, com a tristeza estampada no olhar e preenchendo por completo seu coração.

— Não! Não saia, Alex! Por favor, não faça isso! Fique, meu amor!

Aconteceu justamente aquilo pelo qual ele torcera tanto: ela levantou-se depressa e veio correndo para seus braços.

Ficaram longo tempo abraçados, ela soluçando intensamente e ele acariciando seus cabelos curtos. Esperou até que ela se acalmasse. Depois, levou-a de volta para a cama e sentaram-se lado a lado.

Ele passou os dedos sobre os olhos dela para enxugá-los, beijou-os com ternura e pediu, calmamente:

— Quando se sentir melhor, conte-me o que aconteceu.

Ela pegou o lenço dele e terminou de enxugar as lágrimas. Depois falou soluçando tanto, que Alex demorou a entender o que ela estava querendo dizer:

— Eu não sou mulher de dar o golpe do baú.

Alex pensou: "Não, eu não posso ter ouvido o que acho que ouvi!", mas perguntou, intrigado:

— O quê? O que foi mesmo que você falou? Tem algum baú por aqui? Cadê ele?

— Alex, eu não estou brincando! Eu disse que não sou mulher de aplicar o golpe do baú.

Ele pegou o rosto dela com as duas mãos, olhou-a bem nos olhos e perguntou de maneira firme:

— Bruna, você bebeu? Tomou algum alucinógeno?

Ela irrompeu novamente num choro convulsivo e atirou-se no peito dele. Com muito custo, conseguiu falar:

— Tem gente pensando que eu estou dando o golpe do baú me casando com você!

— Golpe do baú? Que história é essa? Quem está pensando ou dizendo isso?

— Não sei quem, mas sei que deve ter um monte de gente pensando e dizendo isso!

— Garota, de onde você tirou essa ideia?

Mais calma, ela contou o que acontecera no cartório, quando fora se despedir de Cordeiro.

— Mas escuta aqui: ele mesmo não disse que foi uma brincadeira de mau gosto? Não lhe pediu perdão?

Ela concordou balançando a cabeça.

— Mas então qual é o problema? Foi uma brincadeira idiota e ele mesmo reconheceu isso. O que podemos fazer? Quer que eu vá lá ao cartório e quebre a cara dele?

Pela primeira vez ela esboçou um sorriso:

— Não, senhor, não quero que você faça isso.

— Então me diga o que é que está pegando.

Fungando e gaguejando, ela tentou explicar:

— Eu sei que ele pediu desculpas. Sei que foi uma brincadeira de mau gosto. Mas, assim como ele pensou isso, quem me garante que outras pessoas desta cidade também não estão pensando?

Ele teve que sorrir:

— Ora, quem? Ninguém! Ninguém pode garantir isso. Não podemos conhecer nem controlar o pensamento dos outros. E nem nos interessa saber o que os outros pensam. O que realmente importa, o que me importa e deveria importar a você, é aquilo que nós dois sentimos um pelo outro. Eu disse muitas vezes e vou repetir: eu te amo muito e quero que seja minha mulher para sempre. É o que eu penso. Se você pensa a mesma coisa a meu respeito, dane-se o que o resto do mundo pensa, ora!

Ela olhou para ele com os lindos olhos azuis brilhando no meio das muitas lágrimas:

— Você está falando sério, Alex? — Nesse momento, ele achou-a parecida com uma menininha querendo carinho. E ele deu:

— Nunca falei tão sério em minha vida, meu amor. Te amo muito.

Desta vez, foi ela quem segurou o rosto dele com as duas mãos:

— Você me perdoa, amor?

— Perdoar de que, garota?

— Desse papelão que fiz! Como é que eu fui deixar um idiota como o Cordeiro me atingir tanto? Que tonta que eu fui.

— Você não foi nem é tonta. Apenas é uma mulher muito ética e honesta e a mais leve insinuação de que pudesse estar sendo desonesta, deixou-a magoada, mesmo sendo uma brincadeira de mau gosto. O que só reforça suas qualidades. Agora, trate de esquecer o Cordeiro, esqueça todos os baús do mundo e me responda.

— O que é?

Ele pôs as mãos na cintura, com ar travesso:

— É verdade que não vai mais ter casamento algum?

Ela se jogou sobre ele, derrubando-o na cama e beijando-o desesperadamente entre risos e lágrimas:

— Bobo! Tolo! Tonto! Eu te amo, eu te quero, quero casar logo com você, não vou mais te deixar pelo resto da vida!

Esse incidente foi um susto e tanto para Alex e foi uma lição e tanto para Bruna. Sofreram por alguns instantes, mas tiveram todo o resto do dia para se refazerem, se amando loucamente.

E o dia estava apenas começando.

Depois do almoço, decidiram ficar no apartamento, sem fazer absolutamente nada, para compensar o desgaste da ridícula história do golpe do baú.

Num dado momento, Alex comentou:

— Amor, você sabia que o consumo de álcool no Brasil é quarenta por cento maior do que a média mundial?

— Tanto assim? Caramba! Como se bebe aqui.

— Você não faz ideia. Segundo um levantamento feito pela Organização Mundial de Saúde quase três por cento da população brasileira acima de quinze anos de idade é considerada alcoólatra. Isso equivale a cerca de quatro milhões de pessoas.

— Deus do Céu! Eu não fazia ideia.

Em tom reflexivo, Alex disse:

— E meu pai foi apenas uma delas.

— Imagino que as causas do alcoolismo sejam muitas, mas as pessoas que entram nessa deveriam ter mais chances de deixar o vício.

Ele continuava reflexivo:

— É verdade — de repente, ele ergueu o corpo da cama e estalou os dedos. — É isso! Amor, você me deu uma grande ideia.

Ela chegou a se assustar com o rompante dele:

— Eu? Mas o que eu disse?

— Que os alcoólatras deveriam ter mais ajuda para deixar o vício. Não foi isso que você disse?

— Foi, mas...

— Pois nós podemos fazer a nossa parte nesse sentido. Pense junto comigo.

Ela ficou olhando para ele e depois de um tempo abriu um enorme sorriso, aquele mesmo que conquistara Alex na primeira vez que a viu. Ela também estalou os dedos e exclamou:

— O casarão!

— Bingo, como diz você! Faremos do casarão um centro de reabilitação e tratamento dos dependentes do álcool. Pelo menos aqui em Ribeirão Grande, ninguém mais continuará nos braços desse vício terrível que arrasou meu pai e, por tabela, o casamento dele com minha mãe.

— De onde estiverem, tenho certeza de que os espíritos dele e de sua mãe estarão festejando essa sua ideia.

— Inspirada por você, amor! — e um beijo carinhoso comemorou essa belíssima ideia do casal.

— Se minha mãe estivesse aqui, ela certamente sentaria ao piano e nos brindaria com aquela música de minha preferência.

Bruna deu um gritinho, assustando Alex:

— O que foi, querida?

— Agora, foi você quem me deu outra ideia!

— Eu? O que eu falei?

— Piano! Você disse que sua mãe sentaria ao piano e tocaria!

— Foi, e daí?

— E daí que você me deu a ideia de deixarmos o piano no casarão e contratar um profissional da saúde que seja pianista especializado em musicoterapia para auxiliar no tratamento dos dependentes.

Alex deu um pulo:

— Bingo! Acertou em cheio! — e deu um grande abraço nela. — Com essa ideia, minha mãe tocaria duas vezes!

243

Alex e Bruna ficaram tão entusiasmados com o destino dado ao casarão, que resolveram vestir-se e ir à casa de Rosália contar mais esta decisão.

Ela ficou muito feliz com a inesperada visita do casal:

— Que bom ver vocês! E já imagino que temos novidades.

Bruna estava exultante:

— E temos, vó. O Alex decidiu reformar o casarão e transformá-lo num centro de apoio e tratamento de dependentes alcoólicos.

— Que grande ideia! Vocês são maravilhosos! De onde estiver, Isadora vai ficar muito feliz.

Bruna não cabia em si de tão contente. Alex só olhava e sorria, curtindo a felicidade da amada:

— E tem mais, vó: o piano de dona Isadora ficará lá, à disposição de um profissional de saúde especializado em musicoterapia que contrataremos para ajudar no tratamento dos dependentes.

— Gente! Quanta coisa maravilhosa! Apenas tenho uma pergunta: como as pessoas interessadas farão para atravessar o rio?

Alex respondeu com orgulho:

— Já pensamos nisso. Colocarei uma embarcação novinha, com manutenção constante e um profissional qualificado para ser o comandante. Sairá diariamente pela manhã e retornará à noite.

— Muito bom, mas vou continuar no meu papel de chata fazendo perguntas difíceis: quem arcará com todas as despesas?

— Bom, eu vou cobrir uma parte dos custos. Ou seja, na verdade minha mãe fará isso. Já apliquei o dinheiro que ela me deixou e usarei os rendimentos para tal. O restante dos custos ficará a cargo dos parentes ou até da Prefeitura ou da Secretaria de Saúde, se aceitarem uma parceria, um convênio. Outra opção será procurarmos o patrocínio de uma empresa daqui da cidade.

— Excelente, filho! Será uma forma de agradecer e homenagear sua mãe.

Bruna interveio:

— Sem dúvida. Mas vamos precisar da senhora.

— De mim? Para quê?

— Para administrar o centro. A senhora será a responsável administrativa pelo centro de reabilitação.

Rosália não escondeu a alegria:

— Quanta honra! Será que sou capaz?

Alex estimulou-a:

— Claro que é, vó! E mesmo à distância nós a ajudaremos. Em caso de dúvida, é só nos ligar.

— Tudo bem, aceito, todavia, tenho uma condição: dispenso salário.

— Vó...

— Este assunto não cabe discussão, Bruna. Serei uma voluntária e levarei meu grupo para ajudar também.

— Negócio fechado — tornou Alex.

E os três se abraçaram felizes.

Mais tarde, depois de trocarem várias ideias sobre o destino do casarão, outros assuntos vieram à tona:

— E quanto ao apartamento de Bruna, o que resolveram?

Ela mesma respondeu:

— Decidi não vender, vó. Contratei uma senhora, uma antiga conhecida, para fazer faxina nele a cada quinze dias. Assim, quando eu e Alex viermos a Ribeirão Grande — e certamente, com o Centro de Reabilitação funcionando, viremos muitas vezes — não precisaremos nos hospedar em hotéis. Meu carro também será mantido e levado para a capital. Está tudo esquematizado.

— E como ficam seus estudos? Afinal, o plano é de vocês dois terem um escritório de advocacia juntos, não é mesmo?

— O plano continua. Eu não disse que já está tudo esquematizado? Chegando a São Paulo, vou estudar de forma presencial, na mesma faculdade.

— E isso é permitido?

— Sim, e em alguns casos nem será preciso fazer novo vestibular. Está tudo planejado, vó, não se preocupe.

— Agora só falta eu fazer a pergunta que eu não queria fazer: quando é que vocês pretendem viajar?

— Vó, não fique triste, mas estamos praticamente de partida. Pensamos ir amanhã cedo.

— Mas, já? Ah, vou sentir saudades de vocês!

— Nós também, vó, mas lembre-se de que existem telefones e outros dispositivos. Vamos nos ver e falar com frequência.

— Assim espero, meus queridos.

Depois da sessão de beijos e abraços emocionados, o casal saiu, sempre fazendo planos.

Capítulo 18

O retorno à capital foi feito no carro de Bruna, naquela bela e ensolarada manhã.

Alex tinha pouca bagagem para trazer: além das roupas, havia o álbum de fotos, os discos e as joias, que, por medida de precaução, estavam bem acomodadas num estojo discreto que foi escondido num cantinho do porta-malas. Já Bruna tinha mais bagagem para levar, mas coube tudo no pequeno carro, porque eram coisas de uso pessoal. De acordo com os planos já definidos, móveis e aparelhos foram deixados no apartamento dela.

Viajaram com calma e fizeram apenas três paradas para repouso e cafezinho. Dentro de pouco tempo, estavam na capital.

No início, ao percorrerem a marginal do Tietê, ela se assustou com a dimensão das pistas, dos edifícios vistos dos dois lados, com a intensidade do tráfego e a velocidade com que era ultrapassada, principalmente pelas motos, em enorme quantidade. A poluição visível no ar também a impressionou.

— Vá se acostumando, querida. Bem-vinda à Grande São Paulo! — brincou Alex diante do assombro estampado no rosto dela.

Na sequência, ao passarem pelos bairros, Bruna ficou simplesmente encantada. Só conhecia a metrópole por filmes e fotos, mas assim, ao vivo, era deslumbrante. Passaram pelos Jardins, pelo Parque do Ibirapuera, avenida 23 de Maio e, naturalmente, pela avenida Paulista, para que Alex pudesse mostrar o lugar onde provavelmente instalariam o escritório deles:

— É lindo, meu amor, mas não será muito caro o aluguel de uma sala aqui, Alex?

— Certamente será, mas será um escritório no padrão que a doutora Bruna merece.

— E o doutor Alex também.

Em resumo, Alex fez questão de passar pelos principais parques e avenidas para que ela pudesse ter uma noção melhor do lugar onde passaria a viver. Ela simplesmente adorou tudo que viu. A cada passeio, o deslumbramento de Bruna aumentava.

Foram almoçar calmamente em um dos melhores e maiores *shoppings* da cidade — não sem antes Bruna deslumbrar-se com as vitrines das lojas.

Só depois é que se encaminharam à pensão onde morava Alex.

Dona Leo estava na recepção e veio abraçá-los.

Quando viu Alex se aproximando, dona Leo fez o estardalhaço que ele já temia. Abriu os gordos e longos braços, um sorriso imenso e deu um grito descomunal:

— Alex, meu querido! Você voltou! E afogou-o num forte e interminável abraço, agitando-se de um

248

lado para o outro. Enquanto isso, Bruna os olhava de forma divertida.

Com muito custo, Alex conseguiu desvencilhar-se de Leonor:

— Eu avisei que voltaria!

— Que bom que você voltou! — e vendo Bruna, não escondeu a curiosidade: — E quem é essa moça linda?

— É Bruna, minha noiva.

Novo abraço exagerado:

— Sua noiva? Muito prazer, Bruna! — e estalou um beijo na face da moça. — Vou ter que arranjar um quarto de casal.

Alex apressou-se em corrigi-la:

— Não se preocupe com isso, dona Leo. Vamos nos hospedar em um hotel por alguns dias e depois iremos procurar um apartamento para comprar. Você sabe: quem casa quer casa, não é? E com essa crise, o mercado deve ter ótimas ofertas.

— Eu entendo, garoto, você está certo. Mas enquanto não conseguem esse apartamento, por que não ficam aqui? Terei o maior prazer em hospedá-los.

Bruna tentou intervir:

— É que estávamos pensando mesmo em ir para um hotel.

— E gastar dinheiro à toa, minha querida? Nada disso. Alex, vou mandar trocar sua cama de solteiro por uma de casal e pronto, está resolvido. Podem ficar o tempo que quiserem.

Alex ainda tentou contra-argumentar:

— Mas, dona Leo...

— Nada de "mas", você não concorda, Bruna?

Claro que ela não concordava, mas diante de tanta boa vontade de dona Leo, não houve jeito de recusar:

— Bom, se o Alex estiver de acordo, acho que está bem, desde que seja apenas por uns dias.

Dona Leo ficou satisfeita:

— Pronto, está resolvido, é somente até acharem o apartamento — baixou a voz, quase sussurrando, e se aproximou do rapaz. — Agora me fale sobre a herança. Virou ricaço?

Alex balançou a cabeça e deu uma gargalhada:

— Não, Leo, não deu para ficar milionário. Herdei fotos, piano, discos e um casarão que precisa de reforma. Ah, sim, e algumas joias.

— Melhor assim, meu filho. Muito dinheiro leva os homens a perder a cabeça, não é, querida? — e dirigiu-se à Bruna: — Tome conta direitinho desse moço, viu? Ele é comportado, mas as meninas daqui são muito assanhadinhas.

— Ah, são? Então pode deixar comigo que eu cuido delas.

Alex estava ansioso para sair dali:

— Já que vamos ficar aqui, vamos desfazer as malas, amor.

Enquanto Bruna ajeitava as coisas no quarto do casal, Alex foi até ao banco depositar as joias no cofre e definir uma nova aplicação do dinheiro que recebera de herança. Um consultor financeiro ajudou-o nos novos investimentos, aqueles mais seguros e rentáveis.

Durante toda a tarde, logo após o almoço, ele e Bruna acompanharam um corretor de imóveis na visita a vários apartamentos na região dos Jardins. Foi uma maratona cansativa, porque o trânsito era intenso e estacionar também estava difícil. A busca por um imóvel já mobiliado dificultava a procura, mas, ao mesmo tempo, estimulava o corretor diante do valor da comissão que ganharia.

No final do dia, estavam esgotados e nada de interessante tinha aparecido. Já imaginavam a mesma cansativa jornada que teriam de encarar no dia seguinte.

No entanto, ninguém conhece previamente os maravilhosos e misteriosos planos do invisível.

O casal estava repousando, assistindo a um programa de variedades na televisão, quando o celular de Alex tocou:

— Senhor Alex — a suave voz feminina parecia-lhe conhecida.

— Sim?

— Desculpe-me ligar a esta hora, não queria importuná-lo. Sou Aline, corretora da Imobiliária RG e soube que o senhor está procurando um apartamento para um casal, que seja novo, mobiliado, nas proximidades da avenida Paulista, isso é verdade?

De onde conhecia aquela voz?

— Sim, é verdade. Desculpe perguntar, mas como a senhora soube disso e como conseguiu meu telefone?

— A Imobiliária RG tem um imenso cadastro e foi por meio dele que obtive seus dados. Espero que não se importe.

— Não, de jeito nenhum. É que a esta hora...

Ela o interrompeu:

— Sim, já é tarde, me desculpe. É que surgiu uma oportunidade tão especial que tomei a liberdade de ligar.

Bom, já que a conversa estava se estendendo, ele resolveu obter as informações para ver se realmente era um negócio especial:

— O que essa oportunidade tem de especial?

— Um casal de jovens recém-casados tinha acabado de comprar e mobiliar um apartamento com as características que o senhor procura e, na semana seguinte, o marido foi promovido e transferido para o Canadá, onde deverão permanecer por uns cinco anos, pelo menos. Como eles têm pressa em viajar, querem vender tudo com urgência, por um preço bastante convidativo.

Alex animou-se:

— Realmente, parece interessante. Podemos visitar esse apartamento amanhã pela manhã?

— Sim, claro. O senhor poderia anotar o endereço? Vou esperá-lo lá às 10 horas.

— Combinado, Aline, eu e minha noiva estaremos no endereço na hora marcada.

Depois que desligou, Alex bateu palmas, deu um pulo sobre a cama e se deitou ao lado de Bruna:

— Você acredita em milagre? Pois acaba de acontecer um! — e contou para ela a conversa que tivera com a corretora.

Bruna levantou os braços para o alto:

— Ai, Deus, que bom! Espero que dê certo. Não aguentaria outra maratona igual à de hoje.

A localização do prédio, recém-inaugurado, era ótima e as instalações elegantes e funcionais. O apartamento ficava no 20º andar.

Quando saíram do elevador apressados, viram logo o apartamento em questão. A porta estava aberta, pois a corretora já estava à espera deles.

Pela porta aberta, eles viram que no fundo da sala, havia uma imensa janela de vidro, como se fosse uma parede, e a corretora estava ali, de pé, de costas para a porta, provavelmente apreciando a linda paisagem da cidade, vista de um andar tão alto.

Alex bateu de leve na porta e a corretora se virou.

O casal levou um susto tão grande que, mesmo disfarçadamente, se apoiou no batente lateral da porta. O coração de Alex disparou.

Era Isadora! Ou uma cópia dela.

Alex e Bruna ficaram mudos, enquanto Aline, a corretora, se aproximava deles, sorridente.

— Olá, vocês devem ser Bruna e Alex, acertei? Entrem, por favor, —estendeu a mão para eles, que corresponderam automaticamente.

O toque da mão da corretora na de Alex provocou nele uma forte e estranha sensação.

Eles pareciam um casal de autômatos: andavam e mal respiravam. Estavam impressionados e intrigados. Aquela mulher era uma cópia fiel de Isadora Belintani.

— Fiquem à vontade. Olhem tudo e me perguntem se tiverem alguma dúvida ou necessitarem de algum esclarecimento. Pessoalmente, acho que este apartamento é ideal para um casal prestes a se casar.

Alex e Bruna se entreolharam: aquela frase foi apenas coincidência ou ela sabia que eram noivos? Ou...?

Aline continuou:

— Esta sala, por exemplo, é tão grande, tão espaçosa, que caberia um piano — muita coincidência! — Algum de vocês dois toca piano?

Quase engasgando, Alex respondeu:

— Minha mãe tocava muito bem. Era uma artista muito talentosa, de fama internacional.

Aline sorriu como se tivesse ficado feliz com essa resposta:

— Ah, sim? Como se chamava?

— Isadora Belintani.

A corretora comentou olhando fixamente para Alex, que teve a impressão de ver um brilho especial nos olhos dela:

— Tenho quase certeza de que já ouvi falar dela — e mudando o tom de voz, convidou-os a conhecer o imóvel. — Venham, me acompanhem para ver o restante do apartamento.

A corretora não mentiu: aquilo era um achado. Os móveis, de muito bom gosto, eram novos, assim como os aparelhos e eletrodomésticos. Enquanto olhavam, Aline descrevia os recursos do condomínio: piscina climatizada, *fitness center*, salão de festas e de jogos, sauna, tudo o que há em um prédio moderno.

Quando sentaram para discutir o preço, Alex e Bruna ficaram mais estupefatos ainda: era bem abaixo dos que tinham visto na véspera.

Aline percebeu a surpresa deles e comentou:

— Sei que os valores estão bem abaixo daqueles praticados pelo mercado. Isso se deve não à crise que tem forçado os preços para baixo, mas também, e principalmente, à urgência com que o casal proprietário precisou viajar e se apresentar no Canadá. Não querem deixar nenhuma pendência aqui no Brasil.

Era muito difícil para o casal, principalmente para Alex, manter um diálogo natural com a corretora, porque não desgrudavam os olhos dela, impressionados com a semelhança entre ela e Isadora.

— Bem, Aline, creio que não temos nada a questionar e só nos resta fechar o negócio. Gostamos muito do apartamento.

— Que bom, senhor Alex, fico muito feliz. E sei que vocês serão muito felizes aqui. Como sabem, é pertinho da avenida Paulista, o lugar ideal para se abrir um escritório. Se não estou enganada, o senhor é advogado, não é?

Quase faltou fôlego a Alex:

— Sim, sou, e minha noiva Bruna brevemente também será.

— Então, poderão ter um escritório próprio para ambos trabalharem juntos, não é?

— Essa é a ideia.

Aline desculpou-se:

— Dê-me um momento. Vou até o térreo pegar os formulários para preenchermos e oficializarmos a compra. Volto já.

Depois que a corretora saiu, Alex pegou na mão de Bruna e com os olhos úmidos, disse-lhe:

— Amor, não sei o que está acontecendo aqui, mas às vezes tenho a clara impressão de que estou falando com minha mãe e não com uma desconhecida. Você entende isso?

— Entendo, querido, mas quem nos garante que ela é realmente uma desconhecida?

Aline retornou com a papelada, Alex examinou e leu tudo com atenção, depois ele e Bruna fizeram as assinaturas necessárias. Aline parecia muito feliz:

— Pronto, negócio fechado. Acho que todos nós fizemos um bom negócio, vocês não concordam?

— Tenho certeza disso.

Aline completou:

— Só vou pedir um favorzinho a vocês. Quando toda a documentação estiver pronta, a imobiliária ligará para vocês pedindo que compareçam à sede deles. Aí o senhor fará os devidos pagamentos e a transação estará oficializada.

Alex, meio tímido, pediu:

— Posso lhe pedir também um favorzinho?

— Claro. Não posso recusar nada a um cliente como o senhor. Um cliente muito especial.

Bruna e Alex sempre achavam que por trás de cada frase que Aline pronunciava, havia uma insinuação que cabia perfeitamente nas fantasias. Seria mesmo fantasia deles?

— Posso tirar uma *selfie* para registrarmos esse momento tão importante?

— Claro, meu filho.

Era coincidência demais.

Alex tirou a *selfie,* verificou se estava boa e despediram-se.

Quando estavam na porta, Aline chamou:

— Bruna!

Ela se voltou curiosa. Com uma expressão bem carinhosa, a corretora disse:

— Cuide muito bem desse moço, viu? Ele vale ouro.

Muito emocionada com tudo o que ocorrera ali, sobretudo com a compra do tão sonhado apartamento, Bruna quase trocou os nomes:

— Pode deixar, Isad..., desculpe, dona Aline.

No elevador, os dois se abraçaram emocionados. Talvez pelo sonho que começava a se concretizar, talvez por outras incompreensíveis razões.

De qualquer forma, não se preocuparam nem um pouco com o fato de estarem sendo vistos pela câmera de segurança.

Pena que não puderam ver a expressão de Aline quando saíram do apartamento. Ela fechou a porta, recostou-se nela, deu um grande suspiro e deixou escapar um inequívoco semblante de felicidade.

No final da tarde, ambos estavam cansados, mas felizes.

Deitados, Bruna tinha a cabeça recostada sobre o peito dele, que acariciava de leve seus cabelos.

Ele sussurrou:

— Que sorte tivemos, hein, amor? Um apartamento sob medida para nós, novinho em folha.

— E aquela corretora, amor, que impressionante a semelhança dela com sua mãe!

— Tanto que eu quase perdi a voz quando a vi pela primeira vez.

— E eu? Mal conseguia falar com ela.

— Espera aí — ele esticou o braço e pegou o celular que estava sobre o criado-mudo. — Vamos ver melhor essa foto.

Bruna continuava com a cabeça no peito dele e se assustou com as exclamações dele:

— Ei! Ei! O que é isso?

Sem levantar a cabeça, Bruna perguntou, com voz sonolenta:

— Que foi, amor?

— Não acredito! Dê uma espiada nisso aqui, amor.

Ela ergueu o corpo e olhou a foto que haviam tirado no apartamento. Estava tudo lá: eles dois e a corretora.

Só que o rosto da corretora era outro e não aquele parecido com Isadora! Agora aparecia ali o rosto de uma moça loira, de olhos verdes, bem alta, com cerca de trinta anos de idade. Não era aquela que os atendeu. Como podia ser isso?

Alex e Bruna ficaram se olhando em silêncio, tentando entender o que tinha acontecido.

Num impulso, ele pegou o cartão de visitas da imobiliária que também estava sobre o criado-mudo e ligou:

— É da imobiliária RG?

— Sim.

— Eu me chamo Alex e hoje comprei uma das unidades de vocês, aqui perto da avenida Paulista.

— Pois não, senhor Alex. É um prazer tê-lo como cliente. Posso ajudá-lo em algo?

— Sabe o que é? Eu gostaria de tirar uma dúvida com a corretora que nos atendeu, mas esqueci o nome dela.

— Isso é fácil de descobrir. É só verificar as fichas de vendas do dia. Espere só um instantinho.

Alex falou baixinho para Bruna:

— Vamos esclarecer isso de uma vez por todas.

A voz voltou no celular:

— Senhor Alex? É aquela unidade do 20° andar?

— Essa mesma.

— O senhor foi atendido pela nossa colega Aline. Mas infelizmente ela já foi embora. Agora, o senhor só poderá falar com ela amanhã.

Alex fingiu um pouco:

— Aline? Hummm... Não estou bem certo se o nome dela era esse. Desculpe, mas pode me descrever essa Aline?

— Bem, ela é loira, olhos verdes, bastante alta, parece uma sueca ou alemã, coisa assim — sorriu. — Tem trinta anos, creio, a gente nunca sabe direito a idade das mulheres, não é mesmo?

— É essa mesmo. Você a descreveu direitinho. Voltarei a ligar amanhã. Ah, mais uma coisinha, apenas curiosidade minha: o que significam as letras RG do nome da imobiliária?

— São as iniciais da cidade de Ribeirão Grande.

— Ribeirão Grande, perto de Capão Bonito?

Bruna, que vinha acompanhando a conversa, olhou assustada para Alex. O corretor completou a resposta:

— Essa mesma. É que o fundador desta imobiliária nasceu lá e pôs esse nome na firma para homenagear o lugar onde nasceu.

— Ok, está esclarecido, muito obrigado — e desligou.

Bruna olhava-o ansiosa:

— Quanta "coincidência", hein? E a corretora?

— O rapaz que me atendeu descreveu direitinho a moça que está na *selfie* — e completou decepcionado:

258

— Chama-se Aline, é loira, olhos verdes, bastante alta e deve ter cerca de trinta anos.

Bruna também estava triste, sem saber o porquê.

Alex pegou o rosto dela entre as mãos e disse quase chorando:

— Amor, não foi essa moça quem nos atendeu. Por favor, diga para mim, não foi essa moça! Não foi, não foi! —pôs-se a chorar, apoiando a cabeça sobre o ombro dela, que nada podia fazer senão chorar também enquanto afagava seus cabelos.

Quando ele se acalmou, ela explicou serenamente:

— Amor, sejamos lógicos e racionais. Por mais que desejássemos, aquela corretora não poderia ser sua mãe. Ela sempre foi Aline, a loira de olhos verdes. Mas, por um merecimento nosso e de sua mãe, ela se fez ver e nós pudemos vê-la. Para lhe explicar como isso é possível, teria que falar-lhe de ectoplasma e energia fluídica, o que não vem ao caso agora. O que importa mesmo é saber que essa foi uma forma de sua mãe nos dizer que está conosco, está do nosso lado, nos ajudando, nos protegendo e orando por nós. Este foi o recado dela e nós o recebemos, graças a Deus.

Alex ficou mais algum tempo com a cabeça apoiada no ombro de Bruna. Depois, levantou a cabeça, enxugou os olhos úmidos e disse para ela, emocionado:

— Obrigado, amor. Ainda tenho muita coisa a aprender com você.

— E eu estarei sempre ao seu lado para ajudá-lo no que puder.

Eles ficaram abraçadinhos um tempo enorme, muito parecido com a própria eternidade.

Como já era início da noite, foram jantar num elegante e romântico restaurante da zona sul, com música ao vivo. Entre uma e outra taça de vinho, conversaram sobre todos os acontecimentos e mudanças que ocorreram em suas vidas desde que se conheceram.

Abraçadinhos, voltaram para a pensão, imaginando que, dentro de poucos dias, já estariam dormindo no seu próprio ninho de amor.

Desta vez, reservaram a noite para dormir de fato, porque ambos se encontravam muito cansados, física e emocionalmente.

E também porque, para um casal de jovens fogosos e cheios de energia, as paredes daquela pensão tinham ouvidos aguçados e eles não queriam ser indiscretos com os demais hóspedes.

Capítulo 19

Na manhã seguinte, logo depois do desjejum, Bruna ligou para Rosália. Cheia de alegria e entusiasmo, contou-lhe as novidades do dia anterior, fazendo questão de descrever minuciosamente o apartamento que haviam comprado.

Em seguida, narrou com detalhes seu encanto diante da beleza e enormidade da cidade. Rosália não cabia em si de contente e agradecia a Deus e à Isadora terem possibilitado aos jovens aquela felicidade. À noite, iria compartilhar aquelas novidades com seu grupo de apoio espiritual.

Alex esperou Bruna acabar de falar com a avó para ligar para Isolda, pois queria que sua noiva acompanhasse o diálogo e o alertasse caso viesse a cometer algum deslize.

Ele estava visivelmente tenso e, para acalmá-lo, Bruna sentou no seu colo e lembrou-lhe:

— Não se esqueça de chamá-la de "mãe".

Ele olhou-a sério e discou:

— Oi, mãe.

A voz do outro lado da linha parecia sinceramente feliz:

— Alex, meu filho! Eu e seu pai estávamos morrendo de saudades de você. Já está em São Paulo?

— Já, sim, mãe. Cheguei ontem.

— E como foi de viagem?

— Correu tudo bem. Pessoalmente falaremos melhor. Estou indo aí visitar vocês.

— Quem bom! Estaremos à sua espera.

— Tenho uma surpresa para vocês.

A voz dela mudou um pouco:

— Surpresa? Que tipo de surpresa?

— Ora, mãe, se eu falar, deixa de ser surpresa.

— Está bem, você está certo. Eu e seu pai estamos esperando. Quando você vem?

— Isso também é surpresa. A qualquer momento, quando vocês menos esperarem, estarei chegando por aí.

— Pode vir a qualquer hora de qualquer dia. Você sabe que esta casa é sua.

Bruna percebeu que Alex ficou aliviado quando desligou. Estava pálido e as mãos tremiam um pouco. Talvez o esforço emocional para se controlar e parecer natural tivesse sido demasiado grande. Para acalmá-lo, ela beijou-o e deitou a cabeça dele no seu colo, mantendo o braço esticado para acariciar seus cabelos.

— Parabéns, você se saiu muito bem, querido. Além de amá-lo bastante, tenho muito orgulho de você.

Apesar disso, ele levou muito tempo para se refazer. Todas as cenas às quais assistira quando fizera

262

o exercício de visualização com Rosália no casarão, tinham vindo à sua mente enquanto falava com Isolda. E elas deixavam seu sangue fervendo:

— Não sei se vou conseguir conversar sem que ela perceba que estou diferente, frio.

— Sei que você conseguirá, querido. Vou pedir aos nossos protetores espirituais que nos ajudem.

— Vou precisar mesmo de muita ajuda deles.

Para quem está na capital, a ida para Sertãozinho não é muito fácil: do aeroporto de Congonhas deve-se pegar um voo de uma hora para Ribeirão Preto e de lá, no próprio aeroporto, aluga-se um carro para percorrer cerca de vinte quilômetros até a cidade onde moravam Isolda e Teófilo.

Na verdade, o percurso inicial foi feito pelo casal sem muitos contratempos. Congonhas estava com pouco movimento àquela hora. O avião para Ribeirão Preto era confortável e o voo foi tranquilo, rápido e sem turbulências.

No aeroporto de lá havia bastantes carros disponíveis para locação.

Até este ponto, estava tudo correndo bem. O carro que eles alugaram era último tipo, amplo, confortável, bem equipado; e a rodovia bem conservada e sinalizada. Desta maneira, não tiveram dificuldades para chegar à cidade. Difícil mesmo para Alex era a aproximação da casa de seus pais adotivos. Ele estava tenso e angustiado.

Bruna procurava acalmá-lo a todo instante:

— Querido, pare um pouco o carro, respire fundo e peça ao espírito da sua mãe que lhe inspire e ajude. Você pode não acreditar nessas coisas, mas funcionam. Confie em mim.

Ele fez o que Bruna propôs: como a rua estava deserta, estacionou o carro, fechou os olhos e pensou fortemente na figura de sua mãe. A seu modo, pediu ajuda e orientação. Ele nunca saberá se isso funcionou, mas voltou a colocar o carro em marcha e dirigiu de forma mais calma e decidida para a casa de Isolda e Teófilo.

A casa ficava num bairro não muito distante do centro, cercada por muros brancos e protegida por um portão de grade, através da qual se podia ver um bem cuidado jardim na entrada e depois uma simpática varanda.

Ao toque da campainha, Isolda veio atendê-los.

Ela recebeu Alex com a euforia esperada, mas sozinha, pois o marido estava trabalhando. Abraçou-o carinhosamente e beijou-o na face várias vezes:

— Meu filho, que bom revê-lo depois de tanto tempo! Como você cresceu e ficou mais bonito!

Ele estava meio sem jeito:

— Bondade sua, mãe!

— E quem é esta linda moça? — abraçou Bruna também com bastante carinho.

— Ela faz parte da surpresa que falei.

— Além de mais bonito, você também está mais sério. Está preocupado com alguma coisa? É por causa da herança?

— Não, nada disso. É que... vou me casar. Pronto, era essa a surpresa que agora não é mais.

— Vai se casar? Com esta linda moça?

— É, sim. É a Bruna.

— Bruna, que nome bonito! Seja bem-vinda à família!

E voltou a abraçá-la, no que foi retribuída:

— Muito obrigada. Já os conheço de nome. O Alex fala muito da senhora e do seu marido.

— Verdade? Espero que fale bem.

Bruna foi esperta:

— Ele sempre falou muito bem, adora vocês.

Era evidente a satisfação de Isolda em saber disso:

— Fico muito feliz em saber. Ele sempre foi tímido conosco, nunca foi de demonstrar grandes afetos.

Alex defendeu-se:

— Ora, mãe, os homens são mais retraídos do que as mulheres na demonstração de carinho.

A senhora corrigiu:

— Nada de generalizar. Alguns homens, você quer dizer. Seu pai é muito carinhoso. Mas vamos entrar e sentar, gente. Vocês devem ter muitas novidades para nós. Pena que Teófilo não está aqui agora, mas chegará daqui a pouco, assim que sair do trabalho.

Na verdade, não havia muito a dizer. Alex não se mostrava motivado a conversar. Foi gentil o tempo todo, mas não exibia aquele carinho especial que os filhos costumam demonstrar às mães. Aparentemente, Isolda não desconfiou de nada.

Avisado da visita, Teófilo apressou-se em voltar para casa e chegou em pouco tempo. Alex o cumprimentou da mesma forma e apresentou Bruna como sua noiva.

Alex e Bruna perceberam que nenhum dos dois, nem Isolda, tampouco Teófilo fizeram qualquer pergunta sobre a tia Isadora, apenas algumas referências quando o assunto exigia.

Da mesma forma, nenhum dos dois demonstrou qualquer interesse sobre a herança. Por conta própria, Alex falou do casarão em Ribeirão Grande, descrevendo-o, e se pôs à disposição para colaborar com alguma ajuda financeira, caso precisassem. Gentilmente, ambos recusaram dizendo que estavam bem e que ele, Alex, deveria usar os bens da herança em benefício próprio, como deveria ter sido o desejo da tia, ainda mais agora que iria se casar.

265

Propositalmente, Alex não fez menção ao piano, nem às fotos, nem aos discos. Achou que eles seriam temas bem provocativos.

Na verdade, durante todo o tempo, foi mais uma conversa de encontro de amigos do que entre pais e filho. Bruna manteve-se a maior parte do tempo calada, até porque sua principal preocupação era, de certa forma, vigiar Alex para que ele não dissesse ou soltasse palavras inconvenientes durante a delicada situação.

Logo após o jantar, Alex se dispôs a ir para um hotel com Bruna, mas Isolda não permitiu:

— Mas o que é isso, meu filho? Você está na casa dos seus pais! Seu quarto de solteiro está arrumadinho, do jeito que você o deixou. E na sua cama cabe perfeitamente um casal, com certeza! Não, senhor, nada de hotel. Eu e seu pai ficaríamos muito magoados se saíssem agora.

Depois de concordar em ficar, foram todos sentar-se na varanda à frente da casa, diante do jardim, aproveitando a noite fresca e enluarada.

Na varanda havia duas cadeiras de balanço e um sofá, onde ficaram Alex e Bruna, de mãos dadas.

Para surpresa de Bruna, Alex puxou um assunto inesperado:

— Há uma coisa que nunca comentei com vocês, mas tenho muita curiosidade a respeito.

Isolda incentivou-o:

— Então comente agora, aproveitando que estamos todos juntos, o que não é frequente.

— Tenho muita vontade de saber sobre meu tempo de criança.

Bruna gelou, inclusive porque percebeu a troca de olhares entre Isolda e Teófilo. Foi o pai quem perguntou, cauteloso:

— Que tipo de curiosidade, filho?

Alex esforçou-se para parecer natural, mostrar que aquele era um tema casual:

— Saber coisas, de um modo geral, nada em especial. Por exemplo, como eu era quando criança, se dei muito trabalho a vocês, quais as doenças que tive, como fui como aluno, se era muito travesso, coisas assim. Não tenho quase nenhuma lembrança desse tempo.

Observadora, Bruna percebeu um leve suspiro de alívio de Isolda, que, em seguida, começou a falar:

— Bem, você foi uma criança frágil. Teve uma infância marcada por uma saúde abalada não só pelas doenças típicas da infância como catapora, caxumba, sarampo e outras, mas também por resfriados fortes, inflamações da garganta, febres e precisou de muitos cuidados com a dentição. Como era magrinho, sofria quedas com frequência e chegou a quebrar um braço e uma perna, em épocas diferentes. Mas havia um lado muito positivo e agradável: desde pequeno, sempre foi ótimo aluno. Disciplinado, estudioso e atento às aulas. Nunca foi preciso mandá-lo estudar ou fazer os deveres de casa e nunca repetiu o ano.

Ele brincou:

— Ouviu, amor, desde pequeno eu já era um gênio...

Isolda continuou, saudosa:

— Quando ganhou a primeira bicicleta, foi um terror. Chegava em casa sempre cheio de arranhões nos joelhos e nos cotovelos.

Bruna quis dar uma suavizada no clima:

— Você era gênio, mas também era danadinho, hein, amor?

Parecia que Isolda não queria parar de falar da infância de Alex. Enquanto falava, balançava a cadeira e olhava para o céu, como buscando ali o arquivo de memórias:

267

— Na maior parte das vezes, eram travessuras de criança feliz. Preocupação séria mesmo só nos deu quando caiu de uma mangueira onde subira para pegar frutas. Minha nossa! Quase morremos de susto. Mas se alguém nos perguntar se valeu a pena, eu responderia sem precisar pensar: valeu e muito! Cada minuto que tivemos você por perto, meu filho, foi um festival de alegria e felicidade, um presente de Deus — nesse momento, Alex e Bruna se entreolharam.

Isolda prosseguiu:

— Era um prazer levá-lo à escola. Quando você cresceu e já sabia ir sozinho, tivemos uma enorme sensação de perda. Percebemos que ali, naquele momento, você começava a ser independente, e não precisaria mais tanto dos pais.

Bruna notou que Alex estava emocionado, com os olhos úmidos. Com algum esforço, ele conseguiu falar, mas a voz traía sua emoção — que, aliás, ele não fazia muita questão de reprimir:

— Os filhos sempre precisarão dos pais. Algumas coisas eles farão sozinho, justamente porque seus pais o ajudaram a crescer e a ser um indivíduo. Mas os laços de amor e carinho são eternos. Mesmo eu estando em São Paulo e em breve me casando com Bruna, quero que vocês tenham a certeza de uma coisa: eu os amo muito. — e levantou-se para abraçar os pais adotivos.

Silenciosamente, Bruna fez uma prece de gratidão às entidades espirituais pela inspiração e compreensão que deram a Alex, fazendo-o entender e conceder o perdão a Isolda. O próprio Alex, ao voltar a sentar-se, sentiu que misteriosamente havia tirado um enorme peso de seu coração. Passou os braços em torno dos ombros de Bruna e beijou-a na face, com muito carinho. Sabia que ela era responsável por grande parte da iluminação que tivera naquele dia e pela alegria que sua alma sentia naquele exato momento.

Quando já estavam deitados, Alex e Bruna viram a porta do quarto entreabrir-se e a voz sussurrante de Isolda soou baixinho:

— Posso entrar?

— Tudo bem, mãe, pode entrar.

Ela entrou, aproximou-se devagarinho da cama onde eles estavam e deu um beijo na testa de Alex:

— Isso é para lembrar os bons e velhos tempos.

Depois, deu a volta na cama e repetiu o gesto com Bruna:

— Agora que ganhei uma filha, são dois beijos de boa-noite e que tenham bons sonhos.

E saiu devagarinho, deixando o casal atônito e emocionado.

Naquela noite, Alex dormiu tranquilamente e pela manhã acordou com a lembrança de ter sonhado com sua mãe biológica, Isadora.

No sonho, ele era ainda criança. Encantado, observava sua mãe, linda como sempre, num esvoaçante vestido branco, tocar no piano a música que ele mais gostava.

De vez em quando, ela, sem tirar os dedos do teclado, olhava para o filho com muito amor na expressão.

Ao terminar, ela se levantou e caminhou na direção dele, linda e sorridente, com as mãos estendidas para ele, perfeitas, sem nenhuma deformação. Eram as mãos da grande pianista Isadora Belintani!

Ao chegar junto de Alex, passou as mãos macias suave e carinhosamente sobre sua face, enquanto lhe dizia baixinho: "Eu quis tanto fazer isso em você, meu filho, e não pude. Mas você me deu muitas outras compensações. Obrigada, meu filho. Estou feliz e muito orgulhosa de você. Você terá sempre o meu amor." — e o abraçou com muito carinho e ternura.

Foi um sonho tão intenso, tão vívido que Alex acordou sentindo o abraço de sua mãe em seu corpo. Não conseguiu segurar a súplica e o choro:

— Mãe! Não vá!

Bruna acordou assustada:

— O que foi, querido? Que houve? Algum sonho ruim?

Ele tentava segurar as lágrimas para conseguir falar:

— Não, amor, pelo contrário, foi um sonho lindo!

E contou-lhe, emocionado. Ela o abraçou com carinho:

— Pronto, querido, você cumpriu sua missão junto à sua mãe. Ela agora está feliz e em paz. E você também deve se sentir assim.

Deitaram-se abraçados e só acordaram quando raios de sol intrusos não respeitaram as cortinas e invadiram o quarto, iluminando os rostos do casal.

Capítulo 20

Depois do desjejum, Bruna e Alex prepararam-se para retornar a Ribeirão Preto, onde pegariam um voo para a capital.

Isolda e Teófilo despediram-se emocionados do casal, prometendo que iriam ao casamento deles.

O trajeto até o aeroporto foi rápido e tranquilo e, sem muitas burocracias, pagaram e devolveram o carro alugado.

Bruna estava contente:

— Você foi ótimo, amor. Estou feliz por você.

— Sem você eu não teria conseguido.

Após a devolução do carro alugado, fizeram o *check-in* rapidamente.

O voo de volta foi tão pontual e tranquilo. Antes do meio-dia, já estavam em um táxi a caminho da pensão.

Ambos estavam ansiosos diante da quantidade de providências que precisariam tomar com relação a vários assuntos. Mas, depois do almoço, decidiram repousar um pouco.

Acharam ótimo que dona Leo não os viu chegar.

Duas noites depois que Bruna e Alex haviam viajado para São Paulo, Rosália estava reunida com seu grupo de apoio espiritual para as reuniões habituais.

Ela e seus quatro auxiliares estavam em volta da mesinha redonda que ficava no centro do recanto, o quarto sagrado onde as sessões e cirurgias espirituais eram realizadas.

Àquela hora, já havia feito vários contatos mediúnicos e várias preces de auxílio espiritual à distância, para enfermos que não podiam se locomover até o local.

Eles, exaustos, já estavam se preparando para encerrar a sessão, quando, por intermédio de Mina, uma das assistentes, uma entidade pediu permissão para ser ouvida.

Rosália, sempre acolhedora, concordou:

— Aproxime-se, irmã. São todos bem-vindos à esta humilde casa. Apresente-se e diga-nos o que quer que saibamos.

Mina respirava com alguma dificuldade. Apesar de relativamente jovem, era uma das auxiliares mais antigas naquela atividade:

— Minhas irmãs, meus irmãos, desculpem-me por minha intromissão. Espero que tenham paciência em me ouvir. Eu preciso muito desabafar. Não terei paz enquanto não falar.

— Então, veio ao lugar certo, irmã. Fale o que quiser e o quanto quiser. Nosso cansaço é recompensado pelo desejo de ajudar.

— Antes do desencarne, eu me chamava Solange.

Os membros do grupo, exceto Mina, se entreolharam. Seria apenas coincidência? O espírito visitante continuou:

— Meu nome já foi citado nesta mesa. Eu fui a cuidadora da pianista Isadora Belintani — novamente Rosália e os três assistentes se olharam, balançando a cabeça, como que dizendo "não é coincidência, é ela mesmo!". — Em vida, eu tinha a profissão de cuidadora e fiz mal a muita gente, principalmente a pessoas idosas. Maltratei-os muito e até os roubei. Não vou justificar isso falando de uma infância pobre, maus-tratos e violência doméstica, até por parte de parentes. Tornei-me uma pessoa má graças à minha família.

— E o que você espera de nós, Solange?

— Que rezem por mim, que peçam misericórdia para mim. Sei que vocês ajudaram Isadora e Jefferson a encontrar a paz, ou pelo menos um caminho que conduza à paz. Eu sozinha não sei como fazer isso. Fiz um mal horrível ao Jefferson, movida pelo sentimento de ódio e desejo de vingança por um mal que ele me fez. Com isso, fiz a boa Isadora mais infeliz. Vocês devem me achar uma vadia.

— Engano seu, Solange, nós aqui não julgamos ninguém. Só ajudamos e orientamos.

— Eu não pretendia fazer o que fiz com o Jefferson. Minha intenção era apenas aplicar o golpe de sempre contra os idosos. Iria descobrir se Isadora tinha dinheiro e joias, onde os guardava e em algum momento pegaria tudo e fugiria. Foi o que sempre fiz em São Paulo, até que uma câmera me flagrou e tive de fugir.

— E como você achou Isadora, que estava reclusa num lugar tão distante? Por que preferiu fugir para Ribeirão Grande?

— Não foi uma escolha. Eu tinha uma cúmplice que era natural daqui. Me disse que era uma cidade pequena, afastada, e que seria uma boa opção para mim ficar escondida durante algum tempo. Depois que cheguei lá, me falaram de uma velha misteriosa que morava num casarão do outro lado do rio. Quando me apresentei lá, fui atendida por Jefferson. Logo na primeira vez que me viu, já me lançou olhares obscenos, parecia querer me devorar com os olhos. Aceitei o emprego porque parecia que eles tinham muito dinheiro. Mas Jefferson nunca me deixou em paz.

— Ele nos disse que era você quem o provocava.

— E era verdade. Eu era uma pessoa amoral, antiética, desonesta. Eu o provocava para ver se ele me ajudaria no plano. Contudo, ele interpretou mal minha provocação e a levou para o lado sexual.

— Se, como você disse, sua intenção era apenas roubar, por que fez o que fez com Jefferson?

— Porque uma noite quando Isadora já estava dormindo sob efeito de medicamentos, ele entrou no meu quarto e me violentou. Nunca homem nenhum tinha feito isso comigo. Fiquei com um ódio terrível dele, queria que ele morresse.

— E então arquitetou uma vingança.

— Foi isso mesmo. Eu o convenci de que não tinha guardado mágoa do ataque dele e, certo dia, o induzi a me levar até a margem do rio para fazermos amor. Eu disse a ele que era uma fantasia minha, que seria romântico. Tratei de fazê-lo beber bastante para facilitar as coisas.

— E aí ficou fácil jogá-lo no rio.

— Sei que foi um crime horrível, mas eu estava corroída pelo ódio. Quando ele não apareceu mais em casa, Isadora desconfiou de algo e tirou suas próprias

274

conclusões sobre o que eu tinha feito. Pela depressão que ela sofria, pela deformidade das mãos e pela necessidade que ela tinha de alguém que a ajudasse, me manteve empregada.

— Mas você não ficou com ela por muito tempo.

— Enquanto estive viva, não fiquei. Uma tarde ela me pediu para mostrar-lhe o lugar onde eu havia empurrado Jefferson. Como ela continuava frágil, não temi nenhuma ação de vingança por parte dela. Levei-a confiante e lhe mostrei.

— Só que algo deu errado.

— Deu. Inesperadamente, quando eu estava à beira da margem e me voltei para falar com Isadora, o espírito raivoso de Jefferson apareceu bem na minha frente. Quanto mais eu gritava, mais ele se aproximava. Então, caí no rio e tive morte semelhante a dele.

— Às vezes, a justiça acontece de modo estranho.

— É verdade. Hoje eu tenho consciência de todos os meus pecados e percebo que tudo que ganhei com eles não valeu a pena, porque desde que desencarnei não sei o que é ter paz. Sou um espírito sofredor e não aguento mais. Quero pedir perdão a todos que magoei. Quero purificar meu espírito e aprender novas maneiras de agir, para que, ao retornar à Terra, esteja melhor comigo mesma.

— Não vamos iludi-la, Solange, o caminho não será fácil. No plano espiritual você deverá cumprir várias etapas de aprendizado espiritual. Levará tempo, mas é a única forma de você modificar sua maneira de ser, parar de se atormentar e encontrar a paz.

— Eu aceito qualquer condição, amigos. Vocês não conseguem imaginar o sofrimento espiritual de quem faz o mal na Terra. É muito dolorido, angustiante, e eu sei que aqui nesta dimensão há lugares melhores, de harmonia. Eu quero ir para lá e estou disposta a todos os esforços. Por favor, me ajudem.

— Vamos ajudá-la, Solange. Durante a prece que vamos fazer agora, você verá uma luz se aproximando de você. Ela exalará calor e perfume. Vá até ela de coração aberto e disposta a pedir perdão. Você será recebida por amigos bondosos que a levarão para um tratamento. Durante todo o tempo, mantenha Jesus no seu coração. Boa sorte, amiga.

— Muito obrigada, meus irmãos. Para sempre serei grata a vocês e quando estiver purificada, darei um sinal.

— Vá com Deus.

Rosália e seu grupo permaneceram ali fazendo preces fervorosas, até sentirem no ar o doce perfume de rosas.

A missão deles estava cumprida.

Alex e Bruna estavam assistindo à tevê quando o telefone tocou. Ela correu a atender:

— Oi, vó!

— Bruninha, minha filha, tudo bem?

— Às mil maravilhas, vó. E por aí?

— Tenho uma ótima notícia.

— Oba! Boas notícias são sempre bem-vindas!

— Na reunião de ontem à noite, com meu grupo de apoio, adivinha quem apareceu?

— Ah, vó, não consigo imaginar.

— Solange, minha filha, Solange!

— A cuidadora de Isadora?

— Ela mesma. Estava bem arrependida. Admitiu todas as maldades que praticou contra pessoas idosas, fazendo-se passar por cuidadora. Também admitiu o que fez com Jefferson. Mas se mostrou sinceramente arrependida e está disposta a mudar e ser um espírito melhor. Aceita qualquer condição, desde que consiga um pouco de paz. Isso não é ótimo?

— Claro, vó! Que bom! Sempre é tempo para o arrependimento e todos merecem uma oportunidade para reaprender e seguir o caminho do comportamento adequado. Vou orar e torcer por ela.

— Todos nós faremos isso. Mas me diga uma coisa: o Alex se saiu bem no encontro com Isolda e Teófilo?

— Você nem vai acreditar, vó! Muito melhor do que eu mesma esperava. Tenho certeza de que ele foi iluminado e inspirado pelos nossos amigos espirituais. Mostrou-se um verdadeiro filho, gentil, carinhoso, sem demonstrar nenhum rancor ou mágoa.

— Que bom, minha filha, que bom. Tenho outra boa notícia: hoje estive na prefeitura informando que transformaremos o casarão numa casa para tratamento e recuperação de dependentes de álcool, vício que tanto fez nossa Isadora sofrer por causa do Jefferson. Vamos chamar o local de Clínica Isadora Belintani para Tratamento do Alcoolismo. Penso que será uma justa homenagem à nossa amiga.

— Que lindo, vó. Quando contar para Alex, ele ficará muito feliz.

— O prefeito ficou de pensar numa forma de ajudar, por meio da Secretaria de Saúde. Talvez consigamos também convênios e parcerias com alguns planos de saúde.

— Mas que maravilha, vó! A senhora está se saindo uma grande empreendedora!

— É o amor pelas pessoas que nos dá essa força e inspiração, minha filha. Faz muito bem fazermos o bem.

— Eu sei disso, vó. E não se esqueça de nos convidar para a inauguração da clínica.

— Claro que não me esquecerei.

— Também tenho uma novidade: eu e Alex deveremos mudar para nosso apartamento nos próximos dias! Tivemos a maior sorte de encontrar um apartamento mobiliado por um casal que se mudou para o Canadá. Deixaram tudo prontinho. Agora, é só acertar alguns detalhes e já estaremos de apartamento novo!

— Que beleza! Bom tudo estar dando certo! Fico tão feliz ouvindo isso e vendo a felicidade de vocês.

Em poucos dias, Alex e Bruna já tinham em mãos as chaves e a escritura do apartamento. Também deram entrada na documentação para formalizar a transferência de Bruna do sistema de ensino a distância para o presencial, na unidade da capital da mesma faculdade.

Depois, como dois garotos travessos, foram ao apartamento e ali, com todo o carinho e paixão do mundo, fizeram amor com calma, sem pudor e sem ouvidos indiscretos.

Segundo eles, era o ritual de inauguração do ninho de amor deles.

Só na manhã seguinte retornaram à pensão.

Dona Leo ficou realmente triste com a despedida do casal, mas Alex tratou de consolá-la:

— Mas, amiga, não fique assim, não vou me mudar para outro país. Eu nunca vou esquecê-la e pode ter certeza de que eu e Bruna viremos visitá-la de vez em quando. Da mesma maneira, também receberemos sua visita no nosso apartamento.

Alex não tinha muita bagagem na pensão, de forma que rapidamente ajeitou seus pertences no carro de Bruna. Ao sair do estacionamento, ele não pôde evitar sentir uma certa nostalgia por deixar aquele lugar que lhe fora tão acolhedor durante tanto tempo. Também lamentou sinceramente deixar a simpática e querida dona Leo. Mas, disse para si mesmo: "A vida segue".

Em poucos minutos, o carro adentrava o estacionamento do edifício onde o casal curtiria e viveria sua nova vida.

Bruna o esperava no apartamento e o recebeu de braços abertos e com um prolongado e apaixonado beijo.

Enfim, sós!

Epílogo

As semanas que se seguiram foram de intensa atividade para o casal. Mas muito prazerosas, porque diziam respeito aos arranjos finais para o estabelecimento da vida deles em São Paulo.

Os focos principais eram o apartamento, a decoração e a compra de todos os utensílios e aparelhos de que iriam necessitar, além de toda a roupa de cama.

Decidiram deixar para uma segunda etapa a procura da sala para o escritório, a compra de um carro novo para Alex — Bruna não quis substituir o dela, pelo menos por enquanto.

Todas essas pesquisas e compras foram feitas com disposição, alegria e paciência. Claro que à noite chegavam ao apartamento mortos de cansaço, mas nada que algumas taças de vinho e massagens mútuas não trouxessem as energias de volta.

Somente depois de um mês, Alex e Bruna deram por encerradas as providências principais.

O passo seguinte foi a definição da tão ansiosamente esperada solenidade do casamento. Só que nenhum dos noivos queria um evento convencional, tradicional.

A preferência de ambos foi por uma cerimônia simples, breve, realizada no próprio apartamento, celebrada por um juiz de paz.

Depois que tudo passasse, planejariam a lua de mel, com bastante calma, escolhendo muito bem o lugar a visitar ou conhecer, pois agora não seria o momento certo, diante das outras prioridades.

Levaram quase uma manhã inteira para elaborar a lista de convidados para o casamento. Não que fossem muitos, — na verdade, seriam poucos — mas é que estavam preocupados em não se esquecerem de ninguém, dentre as pessoas que, de uma forma ou de outra, tiveram participação importante no relacionamento deles ou que mereciam essa consideração.

Os primeiros nomes a surgir foram os de Isolda e Teófilo, Rosália e os quatro membros do seu grupo, dona Leo e o tabelião Aderbal. Depois vieram os alunos de Alex — que aceitaram sem problemas mudar o local das aulas de reforço —, o pessoal de Ribeirão Grande — três ou quatro ex-colegas de Bruna no cartório.

Calcularam no máximo vinte e cinco pessoas, certamente nem todas viriam devido à distância e a outros compromissos e dificuldades, contudo, isso não impediria que o convite fosse feito.

Dois meses se passaram rápido e logo o dia do casamento chegou. Como previsto, não vieram todos os convidados, apenas vinte, os mais chegados. O apartamento era pequeno para essa quantidade de convidados, mas conseguiram conviver pacificamente naquele espaço tão exíguo.

Uma suave música de fundo amenizava o vozerio das alegres conversas paralelas. O casal, feliz e sorridente, revezava-se nos cumprimentos e contatos com cada um. Rosália e seu grupo se distraíam conversando com Isolda e o marido. O grupo dos jovens alunos de Alex era o mais bem-humorado e, por isso mesmo, o mais barulhento. No meio deles, dona Leo parecia muito à vontade e quase íntima.

O juiz cumprira eficiente e pontualmente seu papel e retirou-se logo após a cerimônia, alegando ter outro compromisso à sua espera.

Como a noite estava fresca e ventava um pouco, as cortinas brancas de cetim da porta da varanda haviam sido fechadas, mas através delas via-se perfeitamente a iluminação da cidade.

Num certo momento, Alex, que estava conversando em um grupo, percebeu uma luminosidade azulada na varanda, que não foi possível definir por causa da cortina, ainda que fosse transparente.

Achou curioso aquele fato, pois não havia luzes daquela cor ali, apenas uma luz branca no teto. Pediu licença ao grupo e discretamente foi até a varanda. Afastou a cortina e passou para o lado externo. A noite estava linda e a temperatura bem agradável. Procurou pela origem da luminosidade azulada. Então a encontrou!

A imagem luminosa e transparente de sua mãe Isadora estava lá, recostada na sacada, sorrindo feliz para ele.

Em outras épocas, Alex se assustaria e entraria correndo para chamar Bruna ou Rosália.

Mas agora não tinha mais esse tipo de medo. Sorriu também e levantou sua taça de champanhe na direção dela.

O espírito de Isadora Belintani levou uma das mãos aos lábios e lançou um beijo em direção ao filho. Alex depois juraria tê-la ouvido dizer: "Parabéns, meu filho!".

A imagem começou a se desvanecer no exato momento em que Bruna surgiu por trás do marido, abraçando-o. Percebendo-o emocionado, ela perguntou baixinho:

— Alguma convidada especial?

Ele olhou para ela, amorosamente, beijou-lhe os lábios com delicadeza e respondeu com a voz embargada:

— Sim, amor, muito especial. E você sabe quem.

Ela balançou afirmativamente a cabeça, agora também emocionada, e se recostaram na mureta, abraçados, com os rostos juntos.

Ela disse quase sussurrando:

— Neste momento, sou a mulher mais feliz do mundo porque tenho você, porque o amo e sei que sou amada.

Ele sorriu:

— Talvez eu esteja mais feliz que você, pelos mesmos motivos.

E encostaram de novo os rostos e durante algum tempo, com os corações batendo como se fossem um só, ficaram admirando a metrópole lá embaixo, com sua movimentação frenética e cheia de vida.

Por trás deles, além das cortinas, podia-se ouvir o burburinho das conversas entre os convidados, também felizes. O clima era de paz e harmonia.

Depois de olharem ao redor, admirando a vista deslumbrante da cidade, Alex e Bruna abraçaram-se e olharam para o céu estrelado. Uma estrela, em especial, chamou-lhes a atenção. Brilhava de forma mais intensa que as demais.

Alex fechou novamente os olhos e teve a certeza de que sua mãe ainda estava ali. E estava. Ele sentiu as delicadas mãos de Isadora acariciarem seu rosto. Emocionado e feliz, Alex teve a certeza de que só mesmo o sentimento de amor é capaz de unir verdadeiramente as pessoas, além do tempo...

Fim

ROMANCES
EDITORA VIDA & CONSCIÊNCIA

Zibia Gasparetto
pelo espírito Lucius

A verdade de cada um

A vida sabe o que faz

Ela confiou na vida

Entre o amor e a guerra

Esmeralda

Espinhos do tempo

Laços eternos

Nada é por acaso

Ninguém é de ninguém

O advogado de Deus

O amanhã a Deus pertence

O amor venceu

O encontro inesperado

O fio do destino

O poder da escolha

O matuto

O morro das ilusões

Onde está Teresa?

Pelas portas do coração

Quando a vida escolhe

Quando chega a hora

Quando é preciso voltar

Se abrindo pra vida

Sem medo de viver

Só o amor consegue

Somos todos inocentes

Tudo tem seu preço

Tudo valeu a pena

Um amor de verdade

Vencendo o passado

Floriano Serra

A outra face

A grande mudança

Nunca é tarde

O mistério do reencontro

Ninguém tira o que é seu

Quando menos se espera...

Amadeu Ribeiro

A visita da verdade
Juntos na eternidade
O amor não tem limites
O amor nunca diz adeus
Reencontros
Segredos que a vida oculta vol.1
A beleza e seus mistérios vol.2
Amores escondidos vol.3

Ana Cristina Vargas
pelos espíritos Layla e José Antônio

A morte é uma farsa
Em busca de uma nova vida
Em tempos de liberdade
Encontrando a paz
Intensa como o mar
O bispo
O quarto crescente
Sinfonia da alma
Loucuras da alma
Ídolos de barro

Marcelo Cezar
pelo espírito Marco Aurélio

A última chance
A vida sempre vence
Coragem para viver
Ela só queria casar...
Medo de amar
Nada é como parece
Nunca estamos sós
O amor é para os fortes
O preço da paz
O próximo passo
O que importa é o amor
Para sempre comigo
Só Deus sabe
Treze almas
Tudo tem um porquê
Um sopro de ternura
Você faz o amanhã

**Conheça mais sobre espiritualidade
com outros sucessos.**

vidaeconsciencia.com.br   /vidaeconsciencia   @vidaeconsciencia

Rua Agostinho Gomes, 2.312 – SP
55 11 3577-3200

contato@vidaeconsciencia.com.br
www.vidaeconsciencia.com.br